Monika Ra

Teufelstisch

'M

# Teufelstisch

Ein Bodenseekrimi

von Monika Rack

**Bibliografische Information der Deutschen Nationalbibliothek**
Die Deutsche Nationalbibliothek verzeichnet diese Publikation in der Deutschen Nationalbibliografie; detaillierte bibliografische Daten sind im Internet über http://dnb.d-nb.de abrufbar.

**Monika Rack**
Teufelstisch
Ein Bodenseekrimi

Berlin: Pro BUSINESS 2013

ISBN 978-3-86386-466-8

1. Auflage 2013


Produktion und Herstellung: Pro BUSINESS GmbH
Gedruckt auf alterungsbeständigem Papier
Printed in Germany
www.book-on-demand.de

Seine breite schwielige Hand klatscht auf den Arm, er betrachtet unwillig die zerquetschte Stechmücke in einem winzigen Blutfleck. Elende Plagegeister. *Culicidae,* im Bodenseeraum fälschlich als Schnaken bezeichnet. Er schnippt sie auf den Boden. Sie ist die zweite Tote an diesem Morgen. Sein Gesicht verzieht sich, eine Maske aus zynischem Selbstschutz. Er hätte nie gedacht, dass ausgerecht er einmal eine Leiche finden würde.

Wie es schon klingt.

*Eine Leiche finden.*

Als hätte er danach gesucht.

Leichen werden gewöhnlich in Fernsehfilmen gefunden, im Wald von ahnungslosen Pilzsammlern oder in einsamen Seitenstraßen, abgelegt wie wertloser Plunder.

Als er an diesem Morgen sehr früh das Haus verlassen hat, ist die Welt noch in Ordnung. Er hat seine üblichen vier Scheiben Toast mit selbst eingekochter Erdbeermarmelade gegessen, hat eine große Tasse schwarzen Kaffee getrunken, ist mit seiner geliebten alten Zündapp zum Hafen geknattert und mit dem Boot auf den See hinausgefahren, wie an jedem Tag.

Mittlerweile ist es kurz vor der Dämmerung, der mit Sternen übersäte Himmel wird bereits heller. In der Konstanzer Bucht verteilt liegen sein eigenes und fünf weitere Fischerboote. Sie heben sich dunkel vom Wasser ab, das im frühen Zwielicht glitzert. Die Männer ziehen die Netze ein, sie unterhalten sich dabei. Peter Kress erzählt begeistert von der Abschlussklas-

senfahrt seines Sohnes, nachdem der sein Abitur geschafft hat, ganz knapp nur, aber immerhin. Alle gratulieren ihm. Sie wissen, dass er und seine Frau sich *Sorgen* um den Jungen gemacht haben.
Auf den Parkbänken beim Hafen sitzen Partyheimkehrer und genießen die Stimmung, aufgekratzt und fröhlich. Eine junge Frau watet bis zu den Knien ins Wasser, sie quietscht hell. Es ist kälter als sie dachte. Ihre Stimme hallt über die glatte Bucht, ein kurzes gellendes Lachen. Bernd Berger hebt den Kopf, blickt in Richtung des Ufers. Sie winkt ihm zu. Er arbeitet brummig weiter, ohne den Gruß zu erwidern. Er sieht bei der Arbeit ein paar Mal auf, beobachtet die Frau, die mit Hilfe ihres Rocks die Beine abtrocknet. Er bemerkt einen Mann, der dicht an der Gruppe junger Leute vorbeigeht, kurz stehen bleibt, an einer Zigarette zieht. Das Glimmen ist ein kleiner Lichtpunkt. Der Mann fällt dem Fischer auf, er trägt einen hell gelben Pullover, eine Farbe, in der er nicht begraben sein wollte. Und er führt einen winzigen Yorkshireterrier an der langen Leine, verglichen mit dem Mann wirkt er wie ein Stoffhündchen.
Einige Zeit später hat Berger die Netze eingeholt. Der Fang lohnt kaum die Mühe, nur wenige Kilo Bodensee-Kretzer, keine Felchen, deren Fangquote geht immer mehr zurück. Die anderen Fischer scheinen nicht mehr Glück zu haben. Anton flucht wie so oft. Er fängt wieder an vorzurechnen, wie viel Verlust er macht, auch durch die Kormorane, vor allem

durch die Kormorane, die schwarzen, als Fischräuber berüchtigten Vögel, denen er generell an allem die Schuld gibt. Und dass er es satt hat und sich einen Job suchen wird oder vielleicht doch nicht, erst, wenn er das Boot verkauft hat. Seine Stimme hallt durch die Bucht, wie zuvor das Lachen der Frau. Keiner antwortet. Was hätten sie sagen sollen.
Bernd Berger nimmt die Fische direkt auf dem Boot aus, um sie in die Genossenschaft zu bringen. Er benutzt Einweghandschuhe, eine Angewohnheit, die er von seiner Tochter übernommen hat seit ihrer Vertretung im vergangenen Jahr, als er und seine Frau eine Reise anlässlich der Silbernen Hochzeit gemacht haben.
Seine Jüngste hat während der Zeit zuverlässig für ihn gearbeitet, hat Antons *Fischerin vom Bodensee*-Gesang über sich ergehen lassen und am Ende gestanden, wie eklig sie es findet, Fische mit bloßen Händen anzufassen. Berger hat gelacht. Er mag seinen Beruf und fragt sich trotzdem, wie lange er ihn noch ausüben wird. Anton ist ein Schwätzer, doch er hat Recht. Als Berger jung war, hat er von großen Städten geträumt. Davon, sich in einer von ihnen einen Namen zu machen. Draußen in der Welt hätte sich sein Schicksal erfüllen sollen. Nicht in einer Provinzstadt, nicht auf einem Binnensee, nicht in einer Fischergondel, nicht beim Ausnehmen von Fischen.
Nachdem sie ihre Arbeit beendet haben, sammeln sie sich zum täglichen Ritual. Bergers Boot liegt in der Mitte, die der

anderen formieren sich fächerförmig um ihn herum. Es wirkt wie die Miniaturvariante der Sternfahrt, mit der die Passagierschiffe der Weißen Flotte am Bodensee traditionell die Saison eröffnen. Die Fischer prosten einander mit ihren Thermoskannen zu, Anton, Matthias und die beiden Peters trinken Tee, André und Bernd Berger halten sich an Kaffee. Berger trinkt ihn schwarz und sehr stark, ein halbes Pfund Pulver auf einen Liter. Wenn der Löffel nicht gerade stehenbleibt, ist er zu schwach, pflegt er mit einem Zwinkern zu sagen. Alle schütteln sich, wenn er damit anfängt, auch seine Frau. Trotzdem steht sie jeden Morgen mit ihm gemeinsam auf und bereitet ihm die Thermoskanne vor. Sie behauptet, dass sein Kaffeeverbrauch irgendwann das Haushaltsbudget sprengen wird.

Dann trennen sie sich und fahren in den Hafen zurück. Bergers Gondel schwankt leicht, als er die Ruder ausrichtet und langsam parallel zum Ufer zieht. Er könnte den kleinen Außenborder nehmen, aber er rudert lieber. Hinaus Fahren, zurück Rudern, so hat er es immer gemacht. Er weiß, dass sie über ihn lachen. Der alte Mann und der See. Fahr nicht zu weit, sagen sie oft zu ihm. Denk an die Haie. Er findet es nicht witzig. Vor allem nicht, wenn Anton es sagt.
Eine Möwe kreist mit schrillem Rufen über ihm. Sie hat den Plastikeimer mit Fischinnereien entdeckt. Berger schaut sich

verstohlen um, als hätte er ein schlechtes Gewissen, dann kippt er den Inhalt mit einem Platschen ins Wasser. Er ist froh, dafür Verwendung zu finden. Den verwöhnten Berger'schen Familienkatzen braucht er mit Fischabfällen nicht zu kommen. Die Möwe weiß sie zu schätzen, sie stürzt sich mit einem heiseren Schrei darauf, innerhalb von Sekunden kommen weitere Vögel heran, die Pfeilen gleich auf das Wasser herunter stoßen, ihr Gefieder schimmert hell, sie wirken rein und ätherisch wie Wesen aus einer anderen Welt. Nach dem Aberglauben von Seeleuten wohnen die Seelen der Verstorbenen in ihnen. Dann fliegt die Schar in Richtung der Rheinbrücke, auf der um diese Zeit noch wenig Autoverkehr ist. Die Länderflaggen flattern auf beiden Seiten der Brücke im Morgenwind, die deutsche und die japanische, wenn er es im fahlen Licht richtig erkennen kann, haben sich um die Masten verheddert.

Die Partygäste sind verschwunden. Der Schiffshafen und der angrenzende Stadtgarten liegen leer und verlassen vor ihm. Es ist seine Lieblingszeit des Tages. Als würden die Stadt und der See ihm allein gehören, jeden Morgen für wenige Minuten, während der er mit dem kleinen Boot in Richtung der Anlegestelle rudert. Seine Aufmerksamkeit wird von einer Frau im dunklen Kleid abgelenkt, sie liegt auf der steinernen Böschung, als nähme sie ein Sonnenbad. Ein Arm liegt angewinkelt, der andere hängt ins Wasser und schwappt mit den Wellen hin und her.

Berger wundert sich kaum. Er ist gewohnt, alles Mögliche zu sehen, wenn Menschen sich in den Morgenstunden allein glauben. Als er näher heran kommt, bemerkt er das Weinglas, das die Frau schräg in der Hand hält und aus dem Rotwein ins Wasser tropft und sich wie Blut verteilt. Er kann betrunkene Frauen nicht leiden, nicht wenn sie kreischend lachen, wenn sie aufdringlich werden oder gar besinnungslos am Boden liegen. Er hätte sie gern dort liegen lassen und weiß, dass er es nicht kann. Berger lässt das Boot ans Ufer gleiten, springt mit einer Leichtigkeit, die man einem Mann seines Alters nicht zugetraut hätte, auf die Uferböschung. Er beugt sich über sie und stupft vorsichtig ihre Schulter.

„Fräulein", sagt er, „stehen Sie schon auf."
Sie ist nicht älter als 23 und er nennt sie unwillkürlich Fräulein. Wenn seine Töchter das gehört hätten, hätte er in die Machokasse zahlen müssen.
Die Frau rührt sich nicht, auch nicht, als er sie kräftig rüttelt. Ihr Haar ist hellblond gefärbt, der dunklere Ansatz ist zu sehen. Sie ist sorgfältig geschminkt, die Blässe ihres schmalen Gesichts lässt sie zerbrechlich wirken. Der Lippenstift hat die Farbe von Blut und ihr Mund ist wie eine Wunde in dem hellen Gesicht. Ihr Kopf ist leicht zu Seite geneigt, als würde sie schlafen. Berger ist seltsam gerührt. Sie ist im Alter seiner

jüngsten Tochter und ähnelt ihr ein wenig. Er rüttelt die Frau wieder, ohne eine Reaktion zu erhalten.
*Komasaufen*, schießt ihm durch den Kopf. Er hat den Begriff erst vor kurzem in seinen Wortschatz aufgenommen, als er einen Artikel über Alkoholmissbrauch gelesen hat. Er ist ratlos. Eigentlich müsste die Kälte des Wassers, das unaufhörlich um ihren Arm schwappt, sie wecken.
Er nimmt ihr Handgelenk und prüft den Puls. Er hat Übung darin, seit er und seine Frau eine Weile seine kranke Mutter gepflegt haben. Er kann keinen Puls fühlen. Nicht den zarten Flügelschlag eines Herzens. Sie ist leblos wie eine Puppe. Und liegt ebenso am Boden. Wie eine Puppe, die schön angekleidet, zum Spielen genommen und von einem Kind weggeworfen wurde, weil es sie nicht mehr mochte.
Berger richtet sich auf.
*Jesses*, denkt er.
Er blickt zum Horizont, der immer heller wird. Er kann die pastellfarbene Schönheit des Morgens nicht fassen, er kann nicht fassen, dass eine Schar Singvögel in den Bäumen trällert, lieblich und zart, während vor ihm eine leblose Frau liegt. Eine tote Frau. Daran gibt es keinen Zweifel. Sie ist tot. Ebenso tot wie die Kretzer in Bergers Boot.

***

Der Anruf in der Polizeidirektion geht um 5.04 Uhr ein. Es ist ein älterer Mann. Er meldet den Tod einer Frau.
„Sie liegt da am Wasser."
Der Beamte fragt pflichtschuldig nach: „Am Wasser? Wo genau?"
„Am Wasser, unten beim Hafen. Sie ist tot."
Der Mann erhebt leicht die Stimme. Es klingt fragend. Er nennt dem Beamten seinen Namen. Bernd Berger. Er wiederholt den Fundort. Das Wort klingt nach. *Fundort.* Kurze Zeit später wimmelt es im Stadtgarten von Menschen. Polizeiwagen und ein Rettungswagen. Kreisendes Blaulicht blendet die frühe Morgenstimmung. Ein Arzt kniet neben der jungen Frau. Dann steht er auf, flüstert in sein Diktiergerät. Er ist heiser und räuspert sich dabei. Die Sekretärin, die den Text später tippen muss, wird Schwierigkeiten haben.
Mittlerweile wiederholt Berger vor zwei Beamten, was er am Telefon gesagt hat. Er hat die Frau gefunden, so wie sie lag und hat nichts verändert, sagt er. Er wiederholt es mit bestimmtem Ton. Er hat genug Krimis gelesen, um genau das zu wissen. Er hat nur ihren Arm aus dem Wasser gezogen, um den Puls zu fühlen, sagt er weiter. Sie war tot, als er sie fand. Natürlich. Einer der Beamten mustert ihn prüfend. Er ist mittelgroß, leidlich gutaussehend, schlank und auf eine drahtige Weise agil, wenngleich er an dem Morgen verschlafen und matt wirkt und seine hellen Augen, die das schmale Gesicht beherrschen, vor Müdigkeit kaum offen halten kann.

Er hat sich Berger als Kriminalhauptkommissar Fiorino vorgestellt. Vorname Roger, aber das tut nichts zur Sache. Der Beamte neben ihm hat seinen Namen nicht genannt.
Fiorino ist jung, Ende 20. Er wurde erst vor kurzem zur Konstanzer Polizeidirektion versetzt und hat bisher mit nichts Schlimmerem zu tun gehabt als mit Diskothekenprügeleien, Einbruchsdelikten und diversen Körperverletzungen. Konstanz ist die größte Stadt am Bodensee und taucht doch in der Kriminalstatistik als recht harmlose Kleinstadt auf, in der zum Glück nicht oft Kapitalverbrechen geschehen, in der für gewöhnlich keine Toten auf der Straße oder gar im Stadtgarten gefunden werden. Fiorino hat bisher erst einmal mit einem gewaltsamen Tod zu tun gehabt. Dem Tod einer Frau, die in ihrer Wohnung aufgefunden wurde. Sie war mit ihrem Mann in Streit geraten und mit dem Kopf unglücklich an eine Wand geschlagen. Das hier ist etwas anderes. Wenn nicht Urlaubszeit gewesen wäre, würde einer der älteren erfahrenen Kollegen hier stehen.

Fiorino hätte es nie zugegeben, aber er ist froh, so schnell einen eigenen Fall zu bekommen. Und er ist aufgeregter, als er für möglich gehalten hätte. Bernd Berger dagegen ist seltsam ruhig, unter seiner gesunden Bräune ist er weiß wie eine Wand.
„Ist alles in Ordnung? Fühlen Sie sich nicht gut?“

Fiorino fasst Berger vorsichtig am Arm. Der zuckt zusammen und betrachtet ihn stumm. Wie soll er sich gut fühlen. Wie soll alles in Ordnung sein. Vor einer halben Stunde war der Morgen in Ordnung. Bevor er eine tote junge Frau am Ufer gefunden hat.

„Ich sage dem Arzt, er soll nach Ihnen sehen", sagt Fiorino. Er will einen der Ärzte des Rettungswagens, der für alle Fälle angefordert worden ist, zu sich winken, doch Berger schüttelt den Kopf. Ein junger Polizist kommt heran, flüstert Fiorino Informationen zu und deutet auf die Baumgruppe hinter ihnen. Alle, auch Berger, drehen sich um. Zwischen zwei großen Beamten steht ein Jugendlicher, er kann kaum aufrecht stehen, die beiden müssen ihn stützen, was sie sichtlich widerwillig tun. Der Polizist sagt leise, der Junge sei auf einer der Parkbänke gefunden worden. Er habe dort offenbar geschlafen. Fiorino geht ein paar Schritte auf ihn zu, der zweite Beamte folgt ihm langsam.

Berger bleibt allein zurück. Er ist nicht sicher, ob er noch gebraucht wird für weitere Aussagen. Er hat alles gesagt, seine Personalien zu Protokoll gegeben. Er fühlt sich seltsam müde. Vorsichtig schielt er auf seine Uhr. Um diese Zeit wäre er normalerweise bei der Genossenschaft und würde seine Fische abliefern. Wenn nicht alles anders gekommen wäre. Das arme Mädchen. Dieses Mal nennt er sie nicht Fräulein. Er fragt sich, warum von den sechs Fischern auf dem See ausgerechnet er sie gefunden hat. Er weiß, dass seine Frau und sei-

ne Töchter ihn später mit Fragen löchern werden. Er kann seiner Familie nicht mehr sagen als das, was er schon der Polizei zu Protokoll gegeben hat. Er weiß, was sie sagen werden, dass er ständig in Schwierigkeiten gerät und zur falschen Zeit am falschen Ort ist. Wie damals, als er auf dem Heimweg einen Einbrecher überrascht hat, von ihm niedergeschlagen worden ist und eine Woche lang mit Gehirnerschütterung im Krankenhaus verbracht hat. Der Mann ist nie gefasst worden, doch Berger hat den Einbruch in den kleinen Eckladen verhindert und insgeheim ist er stolz darauf.
Fiorino mustert den Jungen. Der kann sich kaum gerade halten. Er hat Koordinationsschwierigkeiten. Fiorino kann den Alkohol bereits riechen, als er noch zwei Meter von ihm entfernt ist.
„Ich habe nix gemacht", sagt der Junge.

Er reißt sich von einem der Beamten los, der ihn am Oberarm gehalten hat: „Ich habe nur auf der Bank da geschlafen. Ist doch nicht verboten, oder?"
Er ist aggressiv. Fiorino weiß, dass es keinen Sinn hat, ihn jetzt zu vernehmen. Er ist betrunken, er ist minderjährig und wenn er zur Aussage gebracht wird, ohne das Einverständnis der Eltern einzuholen, ist das Ganze nicht das Papier wert. Fiorino unterdrückt ein Gähnen. Er ist an geregelte Dienstzeiten gewöhnt und noch nie so früh zur Arbeit gerufen wor-

den. Er hat eine Weile gebraucht, um überhaupt wach zu werden, als er das Telefon gehört hat. Er hat versucht, es zu ignorieren, aber es hat so lange und so aufdringlich geklingelt, dass er schließlich abgenommen hat. An dem Morgen ist ihm aufgefallen, dass er einen schrecklichen Klingelton einstellt hat und ihn dringend ändern muss. Die Mitarbeiterin in der Zentrale hat ihn barsch angefahren und von einem Leichenfund berichtet.
Fiorino hat innerlich gestöhnt. Er hat sich hastig angezogen, die nächstbeste Kleidung genommen, die ihm in die Hand gekommen ist, eine alte Jeans und ein verwaschenes Shirt, die nicht zu seinen edlen Lederslippern passen. Fiorino ist ungekämmt und unrasiert, die dunklen Bartstoppeln wirken wie Dreckspritzer in seinem Gesicht und geben ihm etwas romantisch Verwegenes, findet eine der Polizeibeamtinnen. Wenigstens hat er daran gedacht, sich einzudüfteln wie er es nennt, und riecht nun, als hätte er in Herrenparfum gebadet und damit auch noch gegurgelt.
Er gibt leise Anweisungen, die Personalien des Jungen aufzunehmen und ihn nach Hause zu fahren. Er wird später mit ihm reden. Und er gibt Anweisung, den Stadtgarten kurzzeitig abzuriegeln. Für die Jungs, sagt er. Die Männer von der Spurensicherung, die bald hier sein werden, sind für ihn keine Individuen, er kennt keinen von ihnen beim Namen, was er eigentlich peinlich findet. Für ihn sehen sie alle gleich aus in ihren futuristischen Ausrüstungen und er fasst sie unter

*Jungs* zusammen. Er wendet sich wieder Bernd Berger zu, dankt ihm und sagt, er könne nun gehen. Man werde bei Rückfragen auf ihn zukommen. Berger ist verunsichert, er will etwas fragen, nachhaken, doch der Hauptkommissar hat sich bereits umgedreht und ist zu dem Arzt der Rechtsmedizin gegangen, der auf ihn wartet und ihm leise sagt, die Todesursache könne derzeit nicht exakt genannt werden. Zeitpunkt des Todes circa 4 Uhr morgens. Die Frau habe Hämatome an den Armen und Abschürfungen an beiden Händen.
„Heißt das, sie hat sich gewehrt?", fragt Fiorino.
„Möglich", brummt der Arzt. „Kann auch sein, dass sie auf der Uferböschung gestolpert ist, versucht hat, sich abzustützen und dabei unglücklich gestürzt ist. Dagegen spräche allerdings, dass sie ein Glas in der Hand hält und dass es unversehrt ist."

Fiorino runzelt die Stirn: „Es kann also ein Unfall sein oder ..."
„Oder jemand hat nachgeholfen", sagt der Arzt. Es klingt seltsam trocken. Er sagt es mit dem Anflug eines Lächelns und fährt fort: „Es könnte auch Selbstmord sein, dagegen wiederum spricht die Art, wie die Frau am Boden lag. Kein Mensch würde sich mit dem Kopf nach unten auf eine Böschung legen und dann irgendwas einnehmen."

„Vielleicht hat sie es vorher genommen“, sagt der Beamte, der Fiorino begleitet hat. Sein Name ist Andreas Schmitz. Fiorino dreht sich zu ihm um. Er hat seine Anwesenheit vergessen.
„Möglich“, sagt der Arzt wieder.
Er gähnt und entschuldigt sich. „Alles Weitere nach der Obduktion. Die bekommt Ihr morgen.“
Er verabschiedet sich, geht durch den Stadtgarten, der noch immer von gleißendem Blaulicht erhellt ist, in Richtung seines Autos. Fiorino wendet sich an seinen Kollegen Schmitz. Der ist ebenso leger gekleidet wie er selbst. Fiorino taxiert ihn neugierig. Er kennt ihn ausschließlich in perfekt sitzenden Anzügen. Nun trägt Schmitz eine ausgebeulte Hose und ein langärmeliges graues Sweatshirt mit V-Ausschnitt, das ihm ein jungenhaftes Aussehen gibt. Ein verschmitztes Aussehen, passend zu seinem Namen.
„Haben Sie alles aufgenommen?“, fragt Fiorino.
Schmitz brummt zustimmend. Er ist nicht sehr gesprächig und das liegt nicht an der Tageszeit oder daran, dass er so verschlafen aussieht, wie Fiorino sich fühlt. Er ist nie gesprächig. Schmitz hält sich lieber im Hintergrund.
„Und konnten Sie feststellen, wer die Frau ist?“, fragt Fiorino gereizt. Er hasst es, wenn er ihm jeden Wurm aus der Nase ziehen muss.
„Sie hatte keine Papiere bei sich und wir konnten keine Handtasche finden. Wenn sie nicht als vermisst gemeldet ist,

müssen wir eine Personenbeschreibung raus geben. Ich werde mich später drum kümmern."
Fiorino nickt müde. Er braucht einen Kaffee. Er braucht ihn dringend. Stark und mit sehr viel Zucker. Sein Vater hat ihn gelehrt, Kaffee müsse schwarz sein wie die Nacht und heiß und süß wie die Liebe.

***

Sie hat jedes Zeitgefühl verloren, sie hätte nicht sagen können, wie lange sie so liegt, ausgestreckt auf dem Rücken, im flachen frisch gemähten Gras. Sie starrt in den nachtblauen Himmel über sich. Es ist still und einsam, abgesehen vom Zirpen der Grillen, das ihr laut und mächtig wie ein Orchester scheint, und dem unermüdlichen sanften Plätschern der Wellen am Ufer des Sees. Sie spürt den Schmerz im Gesicht, die geplatzten Lippen, auf denen verkrustetes Blut ein groteskes Make-up bildet, ihre aufgerissene geschwollene Wange und die Schläfe, die sich seltsam taub anfühlt an der Stelle, wo die Faust sie getroffen hat, wieder und immer wieder.
*Gewalt gegen Frauen.*
Sie hat davon in Zeitschriften gelesen, entsetzt und berührt, ohne jemals damit konfrontiert zu werden, ohne eine Frau zu kennen, die davon betroffen ist, durch einen gewalttätigen

Ehemann oder Freund, durch einen Fremden, der sie auf der Straße attackiert hat. Sie hat Glück gehabt. Zumindest bisher. Sie kann sich nicht genau erinnern, was passiert ist, doch sie erinnert sich an die Schläge, gegen die sie sich zu wehren versucht hat, gegen den Angreifer, wie sie die Arme vor ihr Gesicht gehalten hat, bevor sie schließlich in einer seltsam eleganten Bewegung kraftlos zu Boden geglitten ist. Sie hat es geschafft, nicht das Bewusstsein zu verlieren, ein Teil von ihr hat sich gewehrt. Seitdem liegt sie dort, lange nachdem er gegangen ist und sie zurückgelassen hat. Sie spürt das Rauschen ihres Blutes in den Ohren und das Pochen ihres Herzens, ruhig und gleichmäßig. Sie hat keine Furcht. Und sie würde es wieder tun. Sie würde wieder zu ihm sagen, was sie beobachtet, was sie mitbekommen hat. Dass es mit dem späteren Tod der Frau zu tun haben muss.
Sie ist auf dem Heimweg gewesen, sie geht gern nachts durch den Stadtgarten, im Sommer, wenn der Himmel wie ein blaues sternengesprenkeltes Tuch über allem hängt, im Herbst, durch wabernden, alle Geräusche schluckenden Nebel oder in der Vorweihnachtszeit, vorbei an den einsam verschlossenen Buden des Weihnachtsmarktes am See. Sie hat nie einen Gedanken an Gefahr verschwendet. Was sollte passieren. Es ist eine harmlose Kleinstadt.
Sie hat gesehen, wie er mit der hübschen blonden Frau gestritten, wie er sie am Arm gepackt und geschüttelt hat. Und sie hat einen Fehler gemacht. Sie hätte hingehen und sich

einmischen, sie hätte Mut zeigen sollen. Wie die junge Frau, die sich von ihm nicht hat einschüchtern lassen. Sie hat die Jugendlichen auf einer Bank in der Nähe gesehen, die ebenfalls den Streit beobachtet haben. Wenn sie der Frau geholfen hätte und in Gefahr gekommen wäre, hätten sie es bezeugen und im Notfall die Polizei rufen können. Aber sie ist weitergegangen, hat sich eingeredet, es ginge sie nichts an, es sei ein Krach unter Liebenden, der nichts zu bedeuten habe. Sie ist nach Hause gegangen, in die Sicherheit ihrer Wohnung, hat sich hingelegt und ist eingeschlafen. In der Zeitung hat sie vom Tod der Frau gelesen und wird sich für den Rest ihres Lebens Vorwürfe machen. Dass sie nicht geblieben ist. Sie war müde nach der langen Schicht, sie wollte heim. Und sie wollte sich nicht einmischen. Schließlich hat sie es doch getan. Sie hat den Mann erkannt, hat ihn zuvor schon öfter gesehen. Er ist Stammgast in dem Lokal, in dem sie bedient. Sie hat ihn angesprochen. Eine selten dumme Idee. Was hat sie sich dabei gedacht? Was hat sie erwartet? Dass er Reue zeigen, zusammenbrechen und sich bei ihr stellvertretend für alle Frauen entschuldigen, dass er zur Polizeidirektion gehen und alles gestehen würde? Womöglich, grübelt sie, hat er geglaubt, sie wolle ihn erpressen. Vielleicht hat er gedacht, sie sei eine Gefahr.

Auf dem Nachhauseweg ist sie ihm begegnet. Er hat auf sie gewartet. Und er hat sie zum Schweigen gebracht. Effektvoll. Die Schmerzen in ihrem Gesicht sprechen eine eigene Sprache. Sie will nicht mehr denken, nicht darüber nachdenken. Sie will sich nicht mehr einmischen. Auch wenn es falsch ist. Auch wenn es feige ist. Sie wird nicht zur Polizei gehen und nicht zu einem Arzt. Sie ist nicht sicher, ob sie es schaffen wird, nach Hause zu kommen. Später vielleicht, wenn sie Kraft gesammelt hat. Sie müsste sich in der Ambulanz behandeln lassen und weiß, dass sie es nicht kann. Zu viele Fragen, die ihr gestellt würden. Sie wird allen erzählen, dass sie gestürzt sei, mit dem Fahrrad oder auf der schlecht beleuchteten Kellertreppe. Kein Mensch wird ihr glauben, doch niemand wird ahnen, was wirklich dahintersteckt. Sie wird es ihnen nicht sagen. Die Schläge haben mehr zerstört, als sichtbar ist.

Sie hat die Vision eines Alltagsengels, der sie rettet, vielleicht ein älterer, gutmütig väterlich aussehender Mann, der sich über sie beugt und etwas Dummes sagt wie „Ist alles in Ordnung? Brauchen Sie Hilfe?“ Irgendjemand, der sich um sie kümmern und einen Krankenwagen rufen würde. Doch sie ist allein. Sie bleibt im kühlen Gras liegen, inmitten des Stadtgartens, auf der Rasenfläche, die während des Tages von Picknickdecken belegt ist, nicht weit von dem Ort entfernt, an dem sie in der vergangenen Nacht die Beobachtung gemacht hat. Nicht weit von dem Ort, an dem die andere junge Frau gestorben ist. Sie selbst ist am Leben. Was immer ihr in dieser Nacht geschehen ist. Sie ist am Leben.

Luigi Di Centa öffnet die beiden Fensterflügel und atmet tief die würzige, angenehm warme Nachtluft. Es ist kurz vor Morgengrauen, am Horizont ist bereits ein schmaler heller Streifen zu sehen. Luigi weiß nicht, warum er aufgewacht ist. Normalerweise schläft er tief und traumlos bis 7 Uhr. Er hat nie einen Wecker gebraucht.

Die Stadt ist ruhig und friedlich um diese Zeit. Keine Autos, es ist noch zu früh für die Lieferung im kleinen Eckladen. Zu früh für den Zeitungszusteller, der auf Inlinern die Straßen entlang flitzt wie Hermes en vogue und elegant wie ein Eisschnellläufer, die beiden schweren Taschen über die Schultern gehängt. Die letzten Heimkehrer aus den Diskotheken sind unterwegs. Sie haben einen langen Weg aus dem Industriegebiet hinter sich. Luigi überlegt, wann er das letzte Mal in einer Disko war. Ein genaues Datum fällt ihm nicht ein. Es muss zu der Zeit gewesen sein, als er Eva kennen gelernt hat. Irgendwann im Jahr 2008. Er kann sich erinnern, weil es das Jahr war, in dem er die Eisdiele von seinem Opa übernommen hat. Er, der italienische Junge, der in einer süddeutschen Kleinstadt aufgewachsen ist und dort in die Familientradition der Speiseeisherstellung eintritt. In jenem langen heißen Sommer, in dem das Geschäft mit Eiscreme geboomt und jedes Straßencafé sich eine goldene Nase verdient hat. Er erinnert sich nicht wegen Eva. Die Zeit mit ihr war nur eine Episode. Trotzdem ist kein Tag vergangen, an dem er nicht an sie

gedacht hat und er hat sie, trotz der Beziehungen, die er seitdem gehabt hat, nie vergessen.
Er legt den Kopf in den Nacken und blinzelt in den Himmel. Die Lichter der Stadt sind zu hell, um die Sterne wirklich genießen zu können. Wieder muss er an Eva denken. Sie hat ihm alle Sternbilder erklärt. Am liebsten mochte sie Orion. Den Jäger. Aus einem Fenster drei Häuser weiter ist leise Musik zu hören. Frank Sinatra singt vom Sommerwind und irgendwie scheint es zu der Szene zu passen. Die Musik kommt aus der Wohnung von Tony Martens. Er ist eben heimgekommen. Luigi weiß, dass er Spaß hatte, dass er noch weiter Spaß haben wird in dieser Nacht. Luigi hört das leise Lachen einer Frau. Er beneidet ihn dafür. Nicht um die Begleitung, die bedeutet Martens nicht viel, das weiß er. Martens hat viele Frauen und doch keine. Luigi beneidet ihn, weil er das Leben leicht nimmt. Vor allem, weil er seine Zeit selbst einteilen kann. Martens ist Privatdetektiv, ein brotloses und unbeständiges Gewerbe, nichts für Luigi, der Sicherheit um sich braucht. Für Luigi ist Tony der freieste Mensch, den er je getroffen hat.
Luigi späht hinunter auf den Stadtgarten, der dunkel vor ihm liegt. Die Beleuchtung ist schlecht. Trotzdem kann er von seinem Fenster aus ein Stück des Hauptweges sehen, die Blumenbeete auf beiden Seiten. Und er bemerkt den Mann, der auf allen Vieren über den Rasen kriecht.

*Sturzbesoffen*, denkt Luigi. Kommt es ihm nur so vor, oder greift es tatsächlich um sich, werden es immer mehr Betrunkene? Oder haben die Menschen früher einen sehr viel höheren Alkoholpegel vertragen? Der Mann tastet mit den Händen vor sich über den Boden, er scheint einen Gegenstand zu suchen, der sehr klein ist, arbeitet sich langsam und systematisch ein Rasenstück entlang, lässt flache Handflächen und gespreizte Finger wie Detektoren über das Gras gleiten. Luigi lächelt. Er erinnert ihn an seinen Bruder, der immer wieder auf Knien den Boden des Badezimmers nach Kontaktlinsen abgetastet hat. Zu jenen Zeiten, als es noch keine Tageslinsen gab und die kleinen Kunststoffstücke wirklich teuer waren. Luigi will das Fenster wieder schließen, als er einen zweiten Mann bemerkt, der schnell auf den Knienden zugeht.

„Es kann doch nicht sein, dass Du ihn verloren hast", schreit er, als er noch einige Meter entfernt ist. Seine Stimme hallt durch die nächtliche Stille. Der Mann am Boden zuckt zusammen und blinzelt ängstlich und unterwürfig zu dem anderen auf.

„Ich habe ihn nicht verloren", sagt er. Es klingt halb kläglich, halb verdrießlich. „Er ist mir runter gefallen und muss hier irgendwo liegen."

Er tastet weiter mit den Händen über den Boden. Luigi zwinkert unwillkürlich kurzsichtig, doch er kann nichts weiter erkennen. Schließlich gibt der Mann seine Suche auf. Er kniet noch immer am Boden, in einer irgendwie flehenden Hal-

tung. Es macht den Mann, der über ihm steht, nur noch wütender. Der packt ihn an den Aufschlägen seines Sakkos und zerrt ihn hoch.
„Reiß Dich bloß zusammen, Du Schwachkopf. Wegen Dir wird die ganze Sache noch schiefgehen“, faucht er.
„Lass mich los“, schreit der andere, er versucht, sich gegen den größeren Mann zu wehren, kann sich nicht von ihm befreien.
„Wegen Deiner Blödheit hätte die Alte beinahe alles gemerkt. Und jetzt verlierst Du auch noch den Stick. Du bist einfach nur dämlich. Man sollte Dein Hirn anbohren und in den See gießen, wäre kein Verlust.“
Er schüttelt ihn, wie ein Hund eine gefangene Ratte schütteln würde, verliert vollends die Beherrschung und schlägt ihn ins Gesicht, während die andere Hand noch immer um den Stoff des Kragens geballt ist. Dann lässt er ihn los, so unvermittelt, dass der Mann in der hellen Jacke nach hinten taumelt. Er ist sichtlich benommen. Er tastet an sein Gesicht, fühlt warmes Blut, fängt an zu jammern: „Du hast mir die Nase gebrochen, Du bist ja völlig irre.“
Luigi schielt unwillkürlich in Richtung der Wohnung von Tony Martens und erwartet, ihn am Fenster stehen und die Ursache des Lärms erkunden zu sehen. Doch das Zimmer ist mittlerweile dunkel. Martens scheint zu schlafen. Luigi wundert sich, wie bei dem Geschrei überhaupt jemand schlafen kann.

„Komm jetzt“, bellt der Größere. Er kümmert sich nicht darum, dass sein Partner blutet, dass er hektisch nach einem Taschentuch kramt und es gegen seine Nase hält, „stell Dich nicht so an. Wir haben nicht die ganze Nacht Zeit. Wir müssen hier verschwinden. Sobald es hell ist, wirst Du verdammt noch mal nach dem Stick suchen und wenn Du ihn nicht findest, lasse ich Dir *Looser* auf Deinen fetten Arsch tätowieren.“
Die beiden verschwinden im schummerigen Zwielicht, Luigi hört noch das Fluchen des einen, als sie weiter entfernt sind, der andere wuselt in devot geduckter Haltung hinter ihm. Luigi ist nicht sicher, ob er Mitleid mit ihm haben soll.
Einen Moment überlegt er. Luigi neigt nicht zur Neugier, doch er weiß, dass er nicht wieder einschlafen kann, wenn er nicht zumindest versucht hat, zu finden, wonach die beiden Männer gesucht haben. Er vermutet, dass es sich um einen USB-Stick handelt. Was sollte das Wort Stick sonst bedeutet. Sicher kein Drumstick. Wer sollte danach suchen mitten in der Nacht. Ohne lange nachzudenken nimmt Luigi eine große Taschenlampe und eilt in seinen Schlaf-Shorts und mit bloßem Oberkörper leise die Treppen des Wohnhauses hinunter und über die Konzilstraße in Richtung Stadtgarten. Die Straße ist menschenleer.
Er trägt keine Schuhe, um schnell und leise laufen zu können. Der Asphalt fühlt sich selbst mitten in der Nacht sommerlich warm an und kurz darauf tappt er langsam über das taufeuchte Gras. Er sucht systematisch einen größeren Radius ab

im Umfeld dessen, auf dem er den Mann suchen sah und orientiert sich dabei an zwei Rosenbüschen.
Er kommt sich ein bisschen blöd vor bei dem, was er tut und fragt sich, was genau er eigentlich macht und was das Ganze bringen soll. Trotzdem genießt er den kleinen nächtlichen Trip. Es ist wie damals im Ferienlager, wenn alle auf nächtliche Schatzsuche gegangen sind. Kurze Zeit später wird seine Hartnäckigkeit belohnt. Er entdeckt im Kegel seiner Lampe einen glitzernden Gegenstand im Gras und nimmt ihn an sich. Ein Speicherstick, wie er vermutet hat. Er ballt die Hand fest um seinen Fund und lächelt zufrieden. Luigi wendet sich wieder in Richtung der Konzilstraße und seines Wohnhauses, ebenso angespannt, wie er gekommen ist. Er kann kaum erwarten, den PC hochzufahren und den Stick zu prüfen. Er fühlt sich wie im Film.
Luigi beachtet nicht den kleinen Lichtpunkt zwischen den Bäumen, der eine glimmende Zigarette markiert. Und er bemerkt nicht den Mann, der im Schatten der Bäume steht, ihn beobachtet und registriert, in welches Haus er geht. Der Mann wählt kurz darauf eine Nummer und spricht leise in sein Handy, ohne sich die Mühe zu machen, die Zigarette aus dem Mund zu nehmen. Seine Stimme zittert, sie klingt wie zerbrochenes Glas.
„Ich dachte, ich könnte mich auf Euch verlassen. Was zum Teufel ist schief gegangen. Sie ist tot“, sagt er erstickt, „wie konnte das passieren. Und wie konntet Ihr den Stick verlie-

ren, nach allem, was wir dafür in Kauf genommen haben.“ Er lauscht kurz auf die Antwort und sagt dann barsch „Ich weiß es eben. Haltet mich nicht für naiv.“
Er schnippt die Zigarette ins Gras, wo sie langsam verglüht. Ein sterbendes Glühwürmchen.
„Seht zu, dass Ihr ihn wiederbekommt. Er ist zu wichtig.“ Lauschen, dann eine krächzende Antwort: „Vergiss es. Damit will ich nichts zu tun haben.“

***

Hauptkommissar Fiorino sitzt kurz vor 7 Uhr am Schreibtisch. Der Tisch ist für das Büro zu groß und viel zu sperrig. Doch Fiorino braucht den Platz für seine Unterlagen. In der Polizeidirektion ist es um die frühe Stunde noch ruhig.
Fiorino hat die Kaffeemaschine eingeschaltet. Sieben gehäufte Löffel Pulver, er braucht ihn zum Wachwerden. Er weiß, dass der Kaffee für Schmitz zu stark sein wird. Im Büro ist es angenehm kühl. Trotzdem spürt Fiorino, dass er bereits zu schwitzen beginnt. Er ist froh, dass er ein Ersatzhemd mitgebracht hat. Er hat seine Krawatte gelockert. Der kleine Ventilator summt leise und lässt die Blätter in seiner Hand rascheln, den dreiseitigen Bericht der Obduktion. Fiorino hat ihn bereits zweimal gelesen und wartet auf die Ankunft der

Kollegen Schmitz und Dettmers, um das Ergebnis zu besprechen. Zudem hat die Pressestelle der Polizeidirektion die Vermisstenfahndung auf die Seite 1 der Konstanzer Lokalausgabe setzen lassen, unmittelbar unter den reißerisch gehaltenen Aufmacher.

**UNBEKANNTE TOTE – PERSONENBESCHREIBUNG:**

GRÖßE: CA. 175 CM
ALTER: CA. 22 BIS 25 JAHRE ALT
HALBLANGE HELLBLONDE HAARE, DUNKLERER ANSATZ

*BEKLEIDUNG:*
SCHWARZES SOMMERKLEID LEINEN MARKE BOSS, GRÖßE 34
PINKFARBENER SCHAL
SCHWARZE RIEMENSANDALEN GRÖßE 37

*BESONDERE KENNZEICHEN:*
EIN FEHLENDES FINGERGLIED AM RECHTEN ZEIGEFINGER
TÄTOWIERUNG AN DER LINKEN WADE IN FORM EINER SPINNE

AM 16. JULI WURDE IM STADTGARTEN DER STADT KONSTANZ NAHE DEM WASSER EINE TOTE AUFGEFUNDEN. EIN GEWALTVERBRECHEN KANN NICHT AUSGESCHLOSSEN WERDEN. HINWEISE BITTE AN DIE POLIZEIDIREKTION KONSTANZ, JEDE ANDERE POLIZEIDIENSTSTELLE ODER PER E-MAIL.

Er wünschte, es gäbe die üblichen Verdächtigen, die nun verhaftet werden könnten. Wenn in Konstanz oder näherer Umgebung eine Straftat oder ein minderschweres Delikt vorliegt, gibt es für gewöhnlich drei Einzelpersonen oder Gruppierungen, die ins Visier der Polizeidirektion geraten, und in diesem Fall fallen wohl alle durchs Raster. Es ist eine Jugendgruppe, etwa ein Dutzend Jungen im Alter zwischen 13 und 15, die sich *Mark-Gang* nennen, weil ihr Gebiet im Einzug der Markgrafenstraße liegt. Die Jungen haben während der letzten Monate vor allem durch Schlägereien mit zwei anderen Gruppen oder mit Türstehern der Disco *Dance Palace* von sich reden gemacht. Weitere Dauergäste in den Akten der Polizeidirektion sind die Mitglieder einer im Hegau angesiedelten Rockergang namens *Alien Angels.* Sie treten gewöhnlich wegen Drogendelikten und Verstößen gegen das Waffengesetz in Erscheinung. Der Dritte im Bunde ist ein unscheinbarer Mann mit Stirnglatze und schmucklosem bürgerlichen Namen Egon Rindt. Einer, der verschusselt harmlos wirkt und als Staubsaugervertreter oder Versicherungsmakler durchgehen würde. Stattdessen hat er eine andere Karriere gewählt, sich nach ganz oben gebracht. Er ist im Rotlichtmilieu bis hinter Zürich bekannt und gefürchtet als *Big E.*, ein eisenharter Mann mit ellenlangem Vorstrafenregister voll mit Rechtsbegriffen wie Menschenhandel, Zwangsprostitution, Körperverletzung, Erpressung. Was könnte einer von ihnen mit dem vermuteten Suizid der jungen Frau zu tun haben?

Fiorino wendet sich wieder dem Bericht zu. Der Mageninhalt der Toten – er mag es nicht, wenn über einen Menschen so geschrieben wird und weiß, dass er sich das abgewöhnen muss – enthält Pizza, Cola und Rotwein und eine hohe Dosierung Barbiturate. Fiorino runzelt die Stirn. Er findet es schlimm, wenn Menschen zu Beruhigungsmitteln greifen oder greifen müssen. In Verbindung mit Alkohol machen sie einen fertig. Er denkt an Marilyn, an Jim und Janis und was sie noch hätten erreichen können, wenn sie die Finger von Pillen, Gras und Alkohol gelassen hätten. Die Dosis im Magen der Frau wird als konzentriert genug bezeichnet, um in Verbindung mit Alkohol zum Tod zu führen. Also vermutlich Suizid. Fiorino liest den Absatz nochmals. Sein erstes Gefühl ist Erleichterung, es wohl doch nicht mit einem gewaltsamen Tod, einem Tötungsdelikt zu tun zu haben. Das zweite Gefühl erschreckt ihn. Es ist Enttäuschung. Er kann es kaum fassen. Er ist enttäuscht, nicht endlich einen wirklichen Fall

zu bekommen. Einen, bei dem er sich beweisen kann. Der ihn weiter bringt.
Fiorino fühlt sich mit einem Mal schlecht. Er denkt an die tote junge Frau. Daran, dass sie ebenfalls Träume und Pläne hatte, die an einem Morgen im Sommer zu Ende gegangen sind. Er fragt sich, ob sie noch ein letztes Mal die Sonne aufgehen sah, bevor sie gestorben ist. Wenigstens einen Hauch von Morgenrot. Er bezweifelt es. Der Tod ist etwa um 4 Uhr morgens eingetreten, selbst für Juli zu früh für die Sonne. Das Leben ist manchmal nicht fair. Und manchmal ist es wie ein schlechter Roman.
Seit er ein Junge ist, hat er davon geträumt, bei der Kriminalpolizei Karriere zu machen. Wie sein Vater. Wie sein Bruder Claude, der viel zu früh gestorben ist, der getötet worden ist während eines Einsatzes, ausgelöscht, tragisch, getroffen von einem Querschläger, wie man es in Krimiserien sieht.

Fiorino erinnert sich an die letzte Nacht, die Nacht im Krankenhaus, an seine Mutter, die weinend neben dem Bett steht, unfähig, sich zu bewegen, an das Gesicht seines Vaters, aschfahl und wie versteinert. Er erinnert sich an all das Blut, an Claudes blasses Gesicht, die tief in den Höhlen liegenden Augen, die die seinen gesucht haben, als er neben ihm auf dem Bett gekniet und seine Hand gehalten hat. Fiorino ist fast noch ein Kind gewesen und hätte aus dem Zimmer geschickt werden sollen, fort von der Intensivstation, deren medizi-

nisch-sterilen Geruch er nie aus der Nase bekommen hat. Doch er ist geblieben. Er hat sich an die Hand seines Bruders geklammert, als ginge es auch um sein eigenes Leben. Seitdem hat er sich selbst oft gefragt, warum genau es ihn in den Polizeidienst gezogen hat und wäre es nicht ein zu großes Klischee gewesen, wäre er sicher, dass es der unterschwellige Wunsch ist, Claudes sinnlosen Tod in irgendeiner Weise wieder gut zu machen.
Fiorino nimmt einen Schluck aus seiner Bechertasse. Eine mit dem Logo der Polizeidirektion. Er muss daran denken, eine eigene mitzubringen. Der Kaffee schmeckt abgestanden. Er steht auf und schüttet den Rest in einen der Pflanzenkübel. Einen kleinen Fikus. Er kann das Bäumchen nicht leiden, die Blätter sehen seltsam verschrumpelt aus, nicht wie bei einer gesunden Pflanze, ständig regnen einige von ihnen auf den Boden. Als wäre der Herbst ins Büro eingekehrt. Wenn Fiorino ärgerlich oder schlecht gelaunt ist, pflegt er mit dem Bäumchen zu schimpfen, natürlich nicht laut, was würden die Kollegen von ihm denken, sondern still und in Gedanken. Er geht zum Schreibtisch zurück und lässt sich in den Bürostuhl fallen. Er hört das leichte Ächzen der Federung. Er nimmt den Bericht wieder in die Hand und versucht, sich auf das Geschriebene zu konzentrieren, das er bereits zweimal gelesen hat. Wie vom Arzt schon erwähnt, bestätigt der Bericht Hämatome und Abschürfungen an den Armen und Händen, die jedoch mindestens zwei Tage alt sind. Ein Fingernagel ist

abgebrochen. Fiorino seufzt. Die Tür wird geöffnet, Andreas Schmitz schiebt seinen pummeligen Körper durch die Tür. Er versucht wie immer, möglichst unauffällig aufzutreten, was bei einem Mann seiner Statur nicht leicht ist. Er nuschelt halblaut, es hört sich an wie *Monster* und soll *Morgen Chef* heißen. Fiorino erwidert den Gruß. Er schätzt es nicht, wenn er Chef genannt wird. Bei Schmitz ist er wenigstens sicher, dass es nicht zynisch gemeint ist. Zynismus ist keine seiner Eigenschaften.
Sein Kollege hält wie jeden Morgen eine Tüte vom Bäcker in der Hand, wie gewöhnlich drei Brötchen und ein Stückchen Süßes. Es ist seine Ration bis zum Mittagessen. Kein Wunder, dass er nicht eben filigran wirkt.

Schmitz hängt seine Anzugjacke auf die Lehne des Besucherstuhls und setzt sich an den Schreibtisch gegenüber dem von Fiorino. Er sieht müde aus. Auf Schmitz Stirn liegen kleine glitzernde Perlen, sein Hemd zeigt Schweißflecken. Der dritte Schreibtisch ist der des Kollegen Marco Dettmers. Fiorino ist sicher, dass er in den nächsten Minuten ins Zimmer stürmen wird, strahlend und fit, dass er direkt vom Schwimmen oder vom Joggen kommt und seine nassen Handtücher irgendwo im Büro aufhängen wird.
Er wendet sich Schmitz zu, der nun an der Kaffeemaschine steht und eine Uli-Stein-Tasse füllt. Schmitz gibt reichlich

Milch und Zucker dazu und öffnet die Brötchentüte. Wie an jedem Morgen bietet er sie Fiorino an und wie an beinahe jedem Morgen schüttelt der dankend den Kopf. Schmitz beißt herzhaft in ein Roggenbrötchen und kaut. Als er einen Schluck Kaffee nimmt, verzieht er unwillkürlich das Gesicht. Er ist zu stark für ihn. Fiorino hat es gewusst und er weiß, dass Schmitz ihn trotzdem trinken wird, weil er Kaffee braucht wie andere Menschen Luft zum Atmen. Schmitz streckt wortlos die Hand über den Schreibtisch und lässt sich von Fiorino den Bericht der Rechtsmedizin geben. Der Bericht ist von Doktor Wassmer geschrieben. Schmitz stellt sich auf dessen Faible für Details und manchmal blumige Ausschmückungen ein. Sein Blick huscht über den Bericht.

UNTERSUCHUNG EINER UNBEKANNTEN TOTEN, LIEST ER. ALTER CA. 22 BIS 25. ZEITPUNKT DES TODES: 16. JULI 2011, CA. 4.00 UHR MORGENS. DIE TOTE HAT EINE GEPFLEGTE ERSCHEINUNG, NORDISCHER TYP. HALBLANGE HELLBLONDE HAARE, GEFÄRBT VOR CA. 3 WOCHEN, DUNKLERER ANSATZ. SORGFÄLTIG GESCHMINKT. DER LIDSTRICH AM LINKEN AUGE IST EXAKTER AUFGETRAGEN ALS AM LINKEN. SCHMITZ SCHNAUBT LEISE. SEHR SCHLANKER KÖRPERBAU, LEICHTES UNTERGEWICHT. KEINE AUFFÄLLIGKEITEN, AUßER FEHLENDEM FINGERGLIED AM RECHTEN ZEIGEFINGER. BLINDDARMNARBE. ER LIEST WEITER,

BIS ER ZUM MAGENINHALT KOMMT. HIER LEGT ER DAS BRÖTCHEN VORSICHTIG ZUR SEITE. PIZZA HAWAII, COLA, ROTWEIN, KAFFEE, ZEITPUNKT DER NAHRUNGSAUFNAHME ETWA EINE STUNDE VOR EINTRITT DES TODES. DEN NÄCHSTEN ABSATZ LIEST ER ZWEIMAL. HOHE KONZENTRATION VON BARBITURATEN, EINNAHME ENTSPRECHEND DER HALBWERTZEIT CA. EINE STUNDE VOR EINTRITT DES TODES. KEINE WEITEREN SPUREN VON SEDATIVA IM BLUT. IN KLAMMER: EINNAHME VERMUTLICH NICHT REGELMÄßIG. LIPPENSTIFT AN DEN OBEREN SCHNEIDEZÄHNEN, KEINE SPUREN VON LIPPENSTIFT AUF DEM GLAS, DAS BEI DER TOTEN GEFUNDEN WURDE. IN KLAMMER: VON DER SPURENSICHERUNG BESTÄTIGT. DIE HAUT SONNENGEBRÄUNT UND GEPFLEGT, AN DEN HÄNDEN TROCKEN UND RISSIG. NAGELLACK WAR FRISCH AUFGETRAGEN UND AN DREI NÄGELN VERSCHMIERT. SEHR HASTIG AUFGETRAGEN. DIE HÄNDE PASSEN NICHT ZUR SONST SORGFÄLTIGEN PFLEGE. HÄMATOME AN BEIDEN UNTERARMEN UND ABSCHÜRFUNGEN AN DEN HÄNDEN. DIE VERLETZUNGEN SIND NICHT UNMITTELBAR VOR DEM TOD ERFOLGT, SIND ETWA ZWEI TAGE ALT. TODESURSACHE IST EINE BARBITURATINTOXIKATION, ADDITATIV MIT EINER GROßEN MENGE ROTWEIN. VERMUTLICH SUIZID.

Schmitz nimmt sein Brötchen wieder auf und kaut langsam weiter. Fiorino beobachtet, wie seine Augäpfel beim Lesen hin und her gleiten.
„Interessant", sagt Schmitz schließlich. Er deutet mit dem Rest des Brötchens auf das Blatt. „Ist Ihnen aufgefallen, dass an dem Rotweinglas keine Spuren von Lippenstift gefunden wurden?"
„Das heißt nur, dass sie aus dem Glas nicht getrunken hat. Vermutlich hat sie sich ein neues geholt und ist nicht mehr dazu gekommen, es anzurühren", sagt Fiorino. Er ärgert sich, dass er teilnahmslos klingt.
Schmitz kaut und murmelt: „Interessant ist es trotzdem. Die Tote wurde am nördlichen Ende des Stadtgartens gefunden, das nächste Lokal liegt einen guten halben Kilometer entfernt. Sie müsste also die ganze Strecke mit dem vollen Glas gegangen sein, ohne einen Schluck zu trinken. Finden Sie das nicht merkwürdig?"
Fiorino zuckt mit den Schultern und sagt lahm: „Vielleicht hat sie sich unterhalten."
„Wassmer nimmt an, dass es Suizid war", sagt Schmitz, „liegt auch nahe. Glauben Sie, die Frau hat das ganze Zeug eingenommen, ein neues Glas Wein genommen, ist ruhig im Stadtgarten spazieren gegangen und hat sich dabei unterhalten?"
Es ist mehr ein Vorwurf als eine Frage. Er kennt Schmitz Art und seine Hartnäckigkeit. Früh am Morgen ist sie schwer zu

ertragen. Vor allem bei der Hitze. Fiorino reibt über seine Lider. Er spürt ein juckendes Brennen. Irgendwelche Pollen machen ihm zu schaffen.
„Worauf wollen Sie hinaus?“, brummelt er. Er klingt krächzend, seine Kehle ist trocken. Er schielt in Richtung der Kaffeemaschine und merkt, dass Schmitz einen Rest in der Kanne gelassen hat. Er gießt den Kaffee in die Tasse und kippt ihn schwarz und in einem Zug hinunter. Er fühlt sich besser.
Schmitz räuspert sich und sagt abwägend: „Ich meine nur, dass es merkwürdig ist. Klingt eher, als hätte sie nicht gewusst, dass sie was eingenommen hat. Dass sie arglos war.“
Arglos ist Schmitz’ Lieblingswort. Vor allem in Verbindung mit Frauen. Fiorino muss zugeben, dass er Recht hat. Bevor er antworten kann, wird die Tür aufgerissen, Marco Dettmers kommt ins Zimmer. Wie Fiorino es geahnt hat, war er beim Schwimmen, seine dunklen Haare sind nass, er strahlt. Er packt zwei Handtücher aus einer Sporttasche, hängt sie mit schwungvoller Bewegung über den Heizkörper, der natürlich kalt ist. Sie werden bis zum Abend trocken sein und sind dort dezent aufgehoben.

Dettmers setzt sich auf seinen Stuhl und sieht dabei so engagiert aus, als hätte er kaum erwarten können, ins Büro zu kommen. Er ist Anfang 20, hat ein hübsches sommersprossiges glattes Jungengesicht ohne erkennbaren Bartwuchs. Er trägt ein sonnengelbes T-Shirt, das er im letzten Urlaub ge-

kauft hat. *Life has two sides* steht unter einem Baum, an dessen einen Ast ein Kind auf einer Schaukel sitzt, am anderen der Strick eines Gehängten zu sehen ist.
„Morgen“, sagt er, fröhlich und gut gelaunt. Er klingt jeden Morgen fröhlich und das ist für Fiorino, der seine Morgenmuffeligkeit unter Kontrolle zu halten versucht, noch schwerer auszuhalten als Schmitz und seine penible Genauigkeit.
„Morgen“, sagt Schmitz kauend.
Fiorino antwortet brummend, er reibt müde über sein frisch rasiertes Kinn, das bereits wieder kratzig wird.
„Was gibt es?“, fragt Dettmers, „wurde die Tote vom Stadtgarten identifiziert?“
„Noch nicht. Wir haben den Bericht von Wassmer. Vermutlich war es Selbstmord“, sagt Schmitz.
Dettmers nickt. „Habe ich mir gedacht. Im Sommer steigt die Rate. Vor allem bei Frauen. Depressionen und so“, sagt er leichthin.
Fiorino und Schmitz sehen auf, sehen sich an, beide fragen sich, wo er das gelesen hat. Fiorino unterdrückt ein Lächeln. Dettmers gibt in allen Situationen den Womanizer, selbst hier.
„Kann ich den Bericht sehen?“, fragt Dettmers.
„Du kannst ihn am Bildschirm lesen“, sagt Schmitz.
Dettmers geht nicht darauf ein. Er hangelt über seinen Schreibtisch und schnappt sich die Bogen.
„Da ist ein Butterfleck drauf“, sagt er, „Mensch Schmitz.“

Schmitz murmelt Unverständliches und Dettmers lächelt vor sich hin. Es ist so leicht, den Kollegen zu ärgern. Er fängt an zu lesen.
„Die Frau hat also in einem der angrenzenden Lokale was gegessen und getrunken", sagt er schließlich langsam, „Pizza gibt es am Hafen nur bei Helmut. Vielleicht sollten wir dort anfangen. Ich glaube aber nicht, dass er auch Wein ausschenkt, er hat eher Light-Getränke auf der Karte. Imbiss eben."
„Wir können uns aufteilen", sagt Schmitz.
Fiorino ahnt, dass er vorschlagen wird, die Ermittlungen in den Speiselokalen zu übernehmen.
„Wie lange haben die Läden unten am Wasser eigentlich geöffnet?", fragt Dettmers, „während der Woche sicher nicht länger als bis 1 Uhr, oder?"
„Könnte hinkommen. Müssen wir überprüfen", sagen Schmitz und Fiorino fast zeitgleich.
„Angenommen, es ist 1 Uhr", sinniert Dettmers, „dann lägen zwischen dem Zeitpunkt, an dem sie vermutlich aus dem Lokal komplimentiert wurde, und dem Zeitpunkt des Todes gute drei Stunden.

Was hat sie in der Zeit gemacht? Wassmer schreibt, dass sie aus dem Glas, das bei ihr gefunden wurde, nichts getrunken hat."

„Genau“, sagt Schmitz und streift Fiorino mit triumphierendem Seitenblick. Der brummt trocken: „Von fremder DNA steht nichts im Bericht. Sie ist also auch niemandem näher gekommen.“
„Genau“, sagt dieses Mal Dettmers. Es klingt eifrig. „Wassmer hätte das erwähnt.“
Fiorino muss unwillkürlich grinsen und bestätigt: „Ja, Wassmer weiß alles.“ Seine Laune bessert sich stetig.
„Um es kurz zu machen“, bringt Schmitz sich wieder ein, „wir haben eine tote Frau, wir wissen nicht, wer sie ist, woher sie kam und wir haben kein Motiv für den Selbstmord. Wenn es Selbstmord war.“
„Haben Sie Zweifel?“, fragt Fiorino.
Schmitz zögert. „Irgend was stört mich an der Sache“, sagt er langsam. „Ich kann nicht genau sagen, was es ist. Vor allem erinnert mich das Ganze an einen Fall vor etwa drei Jahren. Damals habe ich in der Nähe von München gearbeitet.“ In seiner Stimme hallt bayerischer Nationalstolz.
„Was für ein Fall?“ fragt Dettmers dazwischen, gespannt wie ein kleiner Junge.
„Eine Frau, die tot an einem Gewässer gefunden wurde“, sagt Schmitz bedächtig, „sie lag ebenfalls halb im Wasser, daran kann ich mich erinnern. Der Fall wurde damals abgeschlossen. Selbstmord. Aber ihre Familie, vor allem die Mutter, hat immer wieder gesagt, es könne nicht sein. Ihre Tochter hätte sich niemals umgebracht. Sie war jung, 22 Jahre alt, immer

fröhlich, war frisch verliebt und sie hatte einen neuen Job in Aussicht."

Schmitz wischt sich mit einem Taschentuch über die Stirn. Für einen eher wortkargen Menschen wie ihn war es eine lange Rede.

„Sehen sie eine Verbindung zu unserem Fall?", fragt Fiorino.

Schmitz zögert: „Wir müssen als erstes die Identität der Frau klären. Und ich kann für alle Fälle die Akten von damals anfordern."

„Gut, und in der Zwischenzeit werden wir uns bei den Mitarbeitern der Hafenhallen umhören."

***

Die Frau trägt ein altmodisch geschnittenes Sommerkleid, dunkelbraun mit hellen Tupfen. Sie betritt zögernd das historische Gebäude der Polizeidirektion, als sei sie nicht sicher, besser umzukehren. Die Absätze ihrer Riemchensandalen klappern auf dem Steinboden und sie versucht, auf Zehen zu gehen, um leiser zu sein. Sie studiert kurz die Schilder und Wegweiser der einzelnen Abteilungen. Der Beamte, der in einem kleinen Kämmerchen hinter einer Glasscheibe sitzt, wird auf sie aufmerksam.

„Kann ich Ihnen helfen?“, sagt er, weder freundlich noch unfreundlich.
Die Frau zuckt zusammen und dreht sich zu ihm um. Sie kommt näher, sagt leise, beinahe schüchtern: „Es ist wegen der Frau, die am See gefunden wurde.“
„Welche Frau?“, fragt der Beamte monoton. Als ob Dutzende von Frauen an Seen gefunden würden.
„Die Frau, über die in der Zeitung geschrieben wurde. Die junge Frau, die tot am Ufer lag.“
Sie holt eine sorgfältig gefaltete Zeitungsseite aus ihrer Handtasche, die ebenso altmodisch ist wie das Kleid. Sie streicht die Seite glatt und reicht sie ihm durch die Öffnung in der Trennscheibe. Der Beamte kann einen Ausspruch wie „Ach die“ zurückhalten. Er wirkt freundlicher und macht eine weit ausholende Bewegung in Richtung der oberen Stockwerke: „Sie sprechen am besten mit den Mitarbeitern von Hauptkommissar Fiorino. Sie sind zuständig.“
*Fiorino. Der Quotenschweizer. Der Neue.* Die Kollegen fragen sich, warum ausgerechnet *ihm* der Fall übertragen worden ist. Die Frau mustert ihn fragend, er reißt sich aus seinen Gedanken und bedeutet, nach links zu gehen: „Zimmer 28“, sagt er.
Sie geht den Flur entlang und erst jetzt erkennt er, dass sie ein Kind an der Hand hält. Ein kleines Mädchen. Es ist blond und niedlich, das rosa Kleidchen ist, anders als das der Mutter, neueste Mode. Die kleinen Sandalen und das Haarband, mit dem die seidigen Locken gehalten werden, sind farblich

abgestimmt. Kurz darauf stehen sie vor der Tür von Zimmer 28. Die Frau überprüft auf dem Schild den Namen, den der Mann am Empfang ihr genannt hat. Sie klopft zaghaft mit einem mageren Zeigefinger auf cremefarben lackiertes Holz. Fast gleichzeitig wird die Tür von innen schwungvoll aufgerissen. Sie tritt erschrocken einen Schritt zurück und zieht ihre Tochter zur Seite, als Dettmers mit einer Kaffeekanne in der Hand herausstürmt.

„Ich setze die nächste Runde auf", ruft er zurück, „bin gleich wieder da-ha."

„Ja, bitte?", sagt Fiorino, als sie zögernd in der Tür steht.

„Sind Sie Hauptkommissar Fiorino? Es geht um die Frau, die im Hafen gefunden wurde. Kann ich mit Ihnen sprechen?"

Ihre Stimme klingt brüchig, als hätte sie sie lange nicht benutzt. Er steht hinter dem Schreibtisch auf und bietet ihr den Stuhl an, der davor steht. Sie starrt ihn an, prüfend, ängstlich. Er kann sich nur schwer daran gewöhnen, im Dienst diese Wirkung auf Frauen zu haben und hätte gern einen Satz wie *Keine Angst, wir beißen nicht,* gesagt, aber das kann er nicht machen. Stattdessen macht er eine einladende Handbewegung. Sie setzt sich. Sie wirkt erschöpft, als hätte sie sich nicht mehr lange auf den Beinen halten können. Sie zieht das kleine Mädchen zu sich, es lehnt sich gegen die Knie der Mutter und die schlingt kurzzeitig die Arme um das Kind. Dann holt sie

wieder das Zeitungsblatt aus der Tasche, legt es auf seinen Schreibtisch.
„Mein Name ist Britta Fleming“, beginnt sie.
Fiorino wiederholt seinen Namen und stellt seinen Kollegen Schmitz vor.
„Ich habe den Artikel gelesen“, sagt sie und deutet auf die Seite, „und die Vermisstenfahndung. Der Beschreibung nach könnte es sich bei der Toten um meine Schwester handeln.“
Ihre Stimme ist nur noch ein Flüstern.
„Möchten Sie ein Glas Wasser?“, fragt Schmitz schnell.
Die Frau schüttelt den Kopf und fährt fort zu sprechen: „Ich habe meine Schwester seit einigen Tagen nicht gesehen und heute morgen, als ich von der toten Frau gelesen habe, habe ich mir Sorgen gemacht. Die Beschreibung passt genau auf sie. Ich habe natürlich versucht, sie zu erreichen, aber sie ging nicht ans Telefon. Zu Hause ist sie auch nicht.“
Eine Träne rollt langsam über ihr müdes Gesicht. Sie lässt das Mädchen los, öffnet wieder die altmodische Tasche und holt ein Papiertaschentuch heraus. Fiorino überlegt, dass Frauen in Filmen immer Stofftaschentücher benutzen, die ihnen von Männern zugesteckt werden. Immer im richtigen Moment. Er selbst hat niemals Stofftaschentücher gehabt und hätte ihr keines anbieten können. Er wundert sich, wie er in dieser Szene einen solchen Gedanken haben kann.
Britta Fleming hebt entschlossen den Kopf. Als sie weiter spricht, setzt sie zur Untermalung ihrer Worte die Hände ein,

fächert die Luft mit abgehackten Gesten, die nervöse Erschöpfung zeigen: „Meine Schwester arbeitet von zu Hause aus und sitzt sonst um diese Zeit immer am Schreibtisch."
Fiorino wartet. Er tauscht einen kurzen Blick mit Schmitz und hofft, dass Dettmers nicht zur falschen Zeit ins Zimmer zurück kommt und die Frau aus dem Konzept bringt.
„Sie ist Schriftstellerin. Ihr Name ist Marit Fleming", fügt sie hinzu. Sie hat sich fürs erste gefasst und stopft das zerknüllte Tuch in die Tasche zurück.

„Kinder- und Jugendliteratur?", fragt Schmitz völlig unerwartet.
„Ja", sagt sie mit erstauntem Unterton und dreht sich halb zu ihm um.
„Sie ist recht bekannt", sagt Schmitz mit Kennerblick, „ich habe meiner Nichte neulich eines ihrer Bücher gekauft." In Schmitz' umfangreicher Verwandtschaft, die er hin und wieder erwähnt, wimmelt es von Neffen und Nichten, Cousins und Cousinen.
Fiorino wendet ein: „Sie tragen den gleichen Nachnamen wie ihre Schwester. Das heißt, sie hat nicht unter einem Pseudonym geschrieben?"
Britta Fleming hat registriert, wie er ihre Tochter angesehen hat und versteht, was er eigentlich fragen oder worauf er hinaus will.

„Nein, sie wollte unter ihrem richtigen Namen bekannt werden“, sagt sie knapp, „und ich wollte wieder unter meinem Mädchennamen leben, nachdem ich geschieden wurde.“
Ihr Gesicht ist nicht mehr müde, sondern ernst, verschlossen, stumpf. Sie hätte jedes Alter zwischen Ende 20 und Anfang 50 haben können.
„Frau Fleming, ich danke Ihnen, dass Sie zu uns gekommen sind. Und ich habe nun eine schwierige Frage an Sie. Wir müssen sicher gehen, ob es sich bei der toten Frau wirklich um Ihre Schwester handelt. Sehen Sie sich in der Lage, sie auf einem Polizeifoto zu identifizieren?“
Britta Fleming zögert. Sie drückt ihre Tochter an sich und in genau dieser Sekunde kommt Dettmers zurück. Fiorino war nie so froh, ihn zu sehen.
„Kollege Dettmers kann das kleine Mädchen mit nach draußen nehmen“, sagt er leise.
Eigentlich braucht er nicht zu flüstern, weil das Kind ohnehin jedes Wort der vorherigen Unterhaltung angehört hat. Er wendet sich an das Mädchen und sagt mit der übertrieben freundlichen Stimme eines Mannes, der sonst nicht mit Kindern zu tun hat: „Möchtest Du einen Saft oder ein Eis?“
Britta Fleming bedeutet ihr mit stummer Geste, mit Dettmers mitzugehen. Die Kleine tut es ohne besondere Begeisterung. Er nimmt sie vorsichtig an der Hand. Fiorino steht auf, geht zu Schmitz’ Schreibtisch und zieht ein Foto aus der Akte, die darauf liegt. Er zögert und gibt es dann Britta Fleming. Sie

braucht nur darauf zu sehen, um in Tränen auszubrechen. Dieses Mal bekommt sie von Schmitz ein Taschentuch. Eines aus Papier, aber immerhin. Sie entschuldigt sich schluchzend für ihr Weinen.

Fiorino und Schmitz sind höflich genug, aus dem Zimmer zu gehen und ihr Zeit zu geben. Als sie nach ein paar Minuten das Büro betreten, steht Britta Fleming am Fenster, hält einen Taschenspiegel in der Hand und tupft mit einem kleinen Schwämmchen über ihr gerötetes Gesicht. Sie dreht sich zu ihnen um und wirkt gefasster. Fiorino kommt auf sie zu und führt sie zu dem Stuhl vor dem Schreibtisch zurück. Er ist fürsorglicher, als man ihm zugetraut hätte.
„Es tut mir sehr leid, Frau Fleming."
Britta Fleming kämpft wieder mit der Fassung und flüstert: „Marit hätte in zwei Wochen Geburtstag gehabt. Ich war schon dabei, eine kleine Party für sie vorzubereiten. Und ich wollte ein neues Rezept für eine Torte ausprobieren. Mit Erdbeeren. Die hatte sie so gern."
Sie schwimmt in Tränen.
„Es tut mir leid", sagt Fiorino wieder.
„Wissen Sie, wie sie gestorben ist? War es ein Unfall?"
„Das können wir noch nicht sagen."
„Sie glauben doch nicht, dass sie selbst ...?"
„Das können wir noch nicht ..."

Britta Fleming schneidet ihm das Wort ab: „Nein“, sagt sie, „das kann nicht sein. Selbstmord kann es nicht gewesen sein. Das hätte sie nie getan. Sie war glücklich. Und sie hatte so großen Erfolg.“
„Wie sah es mit ihrem Privatleben aus?“, fragt Schmitz.
Britta Fleming sagt herausfordernd: „Ich sagte doch, sie war glücklich.“
„Können Sie uns sagen, ob sie eine feste Beziehung hatte, einen Freund, einen Verlobten?“
„Sie hat mit mir nicht über Ihre Beziehungen geredet.“
„Aber sie wissen, dass sie glücklich war.“
Wieder ein herausfordernder Blick mit hochgezogenen Brauen: „Ja, das war sie. Und was immer Sie glauben, sie hätte nie Selbstmord begangen. Dazu war sie nicht der Typ.“
Fiorino fragt sich, ob es dazu einen bestimmten *Typ* gibt. Er ist wiederum froh, dass Dettmers nicht im Zimmer ist, er hätte ihm zugetraut, mit seiner Theorie von Frauen und Suizid im Sommer anzufangen.
Britta Fleming steht auf und sagt: „Sie entschuldigen mich. Das alles ist zu viel für mich. Ich muss mich auch um meine Tochter kümmern und versuchen, ihr alles zu erklären. Sie hing sehr an Marit.“
Fiorino und Schmitz erheben sich, als sie aus dem Büro geht. Draußen nimmt sie das Kind, das neben Dettmers steht und auf sie wartet, wortlos an der Hand und geht den Flur entlang. Ihre Schritte sind energisch. Sie verlässt die Polizeidirek-

tion und kramt im Gehen ein altmodisches kleines Klapphandy heraus. Sie tippt eine Nummer und wartet drei Klingeltöne ab: „David. Bist Du es? Du musst mir helfen. Nein, es geht mir gut. Es geht um Marit. Sie ist tot, David."
„Oh Gott, das tut mir leid, Britta", sagt eine dunkle Männerstimme, „was ist passiert?"
„Die Polizei ist sich nicht sicher."
Er stutzt. Was kann es bedeuten, dass die Polizei eingeschaltet worden ist. Er tippt auf Unfall. Wie furchtbar, denkt er, muss es für Britta Fleming sein, ihre über alles geliebte Schwester auf diese Weise zu verlieren. Die Jüngere, die quirlig und immer fröhlich war und Licht in Brittas depressives Leben gebracht hat.
„Kann ich etwas für Dich tun?", sagt er sanft, „wie kann ich Dir helfen?"
„Das ist lieb, David. Ich komme schon zurecht. Aber ich will, dass *Du* für mich arbeitest, dass Du in der Sache recherchierst. Du hast als Journalist doch gute Kontakte. Ich glaube, die Polizeibeamten wissen nicht recht weiter. Sie meinen, es könnte Selbstmord sein, ebenso schließen sie nicht aus, dass es ein Unfall war. Ich möchte, dass *Du* herausfindest, was mit Marit geschehen ist."
Sie wartet die Antwort nicht ab, gibt ihrem Gesprächspartner nicht einmal die Möglichkeit dazu, sie unterbricht das Gespräch ungewohnt rigoros und schiebt das Handy in die Tasche zurück. Der Mann am anderen Ende ist verblüfft. Er

hält, nachdem sie geendet hat, den Hörer noch ein paar Sekunden in der Hand, als erwarte er, sie würde ihm weitere Informationen geben, dann schiebt er ihn verärgert kopfschüttelnd auf die Festnetzstation zurück. Er kann Störungen während des Schreibens nicht leiden. David Zelazny ist ein Mann Anfang 20, der um einiges älter und abgeklärter wirkt, was vor allem an den dunklen Augenringen und der ungesund fahlen Gesichtshaut liegt. Zu viele Zigaretten, zu wenig Bewegung und zu viele Nächte, die er sich um die Ohren geschlagen hat. Er verkörpert das Klischee des freien Journalisten und Reporters perfekt, angefangen bei der derangiert wirkenden Kleidung, bestehend aus ausgebeulter Jeans und ungebügeltem gestreiften überhängenden Hemd, den in unbändigen Locken gewirbelten Haaren, bis zum chaotischen Arbeitsplatz, einem ausgemusterten Büroschreibtisch am Fenster der Mansardenwohnung, der derart mit Papieren übersät ist, dass das Notebook darunter verschwindet. Alles ist gekrönt vom überquellenden Aschenbecher, zwei halbvollen Tassen mit abgestandenem Kaffee und einem Teller voll bräunlich verfärbter Apfelschnitze.
Zelazny lehnt sich in seinem Stuhl zurück, verschränkt die Hände hinter dem Kopf. Nachdem sie ihn aus der Arbeit für seinen Artikel herausgerissen hat, versucht er seine Gedanken zu sammeln, die um die wenigen Sätzen schwirren, die sie atemlos in sein Ohr gehaucht hat.
*Den Tod von Marit aufklären.*

Wie stellt sie sich das vor. Soll er diffuse Kontakte zur Polizei aktivieren oder Zeugen aus dem Ärmel schütteln? Er kennt Britta seit vielen Jahren und weiß, dass sie in naivem Selbstverständnis an Probleme herangeht, indem sie sich jemanden sucht, der eine Lösung für sie findet. Trotzdem ist sein Jagdinstinkt geweckt, er hat Blut geleckt, gibt sich kurzzeitig der Vision hin, für die Berichterstattung und die Aufklärung des Falles Fleming, die allein ihm zuzuschreiben ist, einen Journalistenpreis einzuheimsen und sich fortan aussuchen zu können, welche Aufträge er annimmt. Keine Marktberichte mehr und nie wieder die öden Vereinswesen-Einspalter. Er angelt eine Zigarette aus der Schachtel, die zweitletzte. Er muss daran denken, neue zu kaufen. Er legt den Kopf in den Nacken und bläst ein paar Rauchringe in die Luft, dann setzt er sich gerade und versucht seine Gedanken auf die Rezension zu konzentrieren, die er angefangen hat. Sein Abgabetermin ist in einer Stunde.

***

Fiorino unterdrückt ein Gähnen. Es ist früh am Morgen, zu früh für ihn. Hätte er die Wahl gehabt, wäre er niemals vor halb zehn aufgestanden. Er kann Sprüche wie *Morgenstund hat Gold im Mund* oder *Der frühe Vogel fängt den Wurm* nicht leiden. Was genau soll das bedeuten? *Der frühe Vogel*, denkt

er mürrisch, *kann mich mal.* Er sitzt am Schreibtisch und blättert in Unterlagen. Er und Schmitz haben ein Protokoll der Aussage von Britta Fleming angefertigt. Ein Gedächtnisprotokoll in indirekter Rede. Er wünschte, er hätte sie um Erlaubnis gebeten, ein Aufnahmegerät zu benutzen und die Aussage wörtlich zu protokollieren. Schmitz und Dettmers sind noch nicht im Büro. Er linst ungeduldig auf die Uhr. Dettmers hat am Vorabend die Nachbarn von Marit Fleming befragt und Schmitz wollte sich um die Spurensicherung in der Wohnung kümmern. Fiorino erwartet ihre Berichte. Er ist sicher, dass beide sie nach Feierabend fertig gestellt haben und ausgedruckt mitbringen. Er selbst hat den Hintergrund der Autorin durchleuchten lassen. Ein halbes Dutzend Treffer ihrer Bücher bei *amazon,* mehrere Hundert bei *google.* Schmitz hatte Recht. Sie war bekannt.
Er beobachtet eine Fliege, die vergeblich hinaus ans Licht zu kommen versucht und immer wieder gegen die Scheibe prallt, steht auf, öffnet das Fenster und wartet, bis das Insekt nach draußen geflogen ist. Angenehm kühle Morgenluft schwappt ins Zimmer, er öffnet auch den zweiten Fensterflügel. Die Tür wird aufgerissen und Dettmers stürmt ins Zimmer. Noch bevor Fiorino den Mund aufmachen kann, fragt Dettmers, ob er seinen Bericht gelesen habe. Fiorino runzelt die Stirn. Dettmers ist ungeduldig. „Ich habe Ihnen die Datei per Mail geschickt" sagt er und klingt anklagend.

Fiorino wendet sich schuldbewusst seinem PC zu. Er ist es noch immer nicht gewohnt, Mails wie eingehende Post zu behandeln. Fiorino ist jung und hat dennoch nie wirklich gelernt, mit Computern umzugehen. Er steht mit ihnen auf Kriegsfuß, seinetwegen hätte Outlook in den Dienststellen nicht eingeführt werden müssen. Die Anmeldemaske steht auffordernd auf dem Bildschirm und er gibt schnell sein Passwort ein. *Rio Grande*. Wie der Klassiker mit John Wayne. Er wirbelt mit dem Bürostuhl wieder zu seinem Kollegen herum.
„Geben Sie mir eine Zusammenfassung, ich werde ihn später ausführlich lesen", sagt er mild.
Dettmers gießt Kaffee in eine große Bechertasse, wirft drei Würfel Zucker hinein und rührt mit hörbar missgelaunten Löffelklappern um. Er verdreht die Augen, als Fiorino es nicht sehen kann. Dann setzt er sich schwungvoll rittlings auf seinen Stuhl.
„Marit Fleming hat in einem der großen Wohnblocks gewohnt. Diese komischen Neubauten, rechtsrheinisch", beginnt er und bekommt ein zustimmendes Nicken.
Die Wohngegend, als Vorzeigeobjekt der Stadt geplant, ist beinahe zum architektonischen Dilemma geworden. In der Bevölkerung hagelt es, zumindest anfangs, Kritik an den Häusern, sie werden als hässlich, kalt und unpersönlich beschrieben, moderne Kasernenklötze, die die Silhouette der Stadt und das Rheinufer verschandeln. Dass sie in aufdringli-

chem rot, orange und ockerfarben gehalten sind, macht es nicht besser. Auch nicht, dass sie auf den Baugrund gestellt wurden, den viele Bürger als idealen Standort für ein geplantes und dringend benötigtes Konzerthaus gesehen hätten.
„Die meisten Mieter waren zu Hause und ich habe mich von Wohnung zu Wohnung durchgefragt“, sagt Dettmers und scheint ein Lob zu erwarten.
Fiorino schweigt.
„Wie in den meisten Häusern dieser Art und Größe wissen viele kaum, wer neben ihnen wohnt, geschweige denn, die Namen oder die familiären Hintergründe der Nachbarn. Einige Bewohner, die ich befragt habe, wussten nicht einmal, dass eine Frau namens Marit Fleming in ihrem Haus gelebt hat. Erst der Beschreibung nach haben sie sie erkannt“, sagt Dettmers, räuspert sich kurz, „aber in der Wohnung nebenan lebt eine alleinstehende ältere Frau. Hannelore Reimer heißt sie. Sie ist wohl einsam, auf jeden Fall ziemlich gelangweilt. Sie hat mir gesagt, dass sie gern mit dem Zug und dem Bus herumfährt, um nicht allein zu sein.“
„Soll vorkommen“, brummt Fiorino.
„Sie hat sich ab und zu mit Marit Fleming unterhalten und war sehr betroffen von ihrem Tod“, sagt Dettmers. Er erzählt an dieser Stelle nicht, dass die Angaben von Frau Reimer in see-alemannischer Mundart gehalten und von zahlreichen „Jesses, des arme Mädle“ unterbrochen worden sind. Er weiß,

dass Fiorino sich mit dem einheimischen Dialekt nicht anfreunden kann.
„Die Fleming hat ihr immer die Zeitung vom Briefkasten mit nach oben gebracht“, sagt er.
„War doch nett von ihr“, murmelt Fiorino und gähnt in seine Hand. Es ist nicht gegen Dettmers und seine Ausführungen gerichtet, er ist schlicht müde, doch es genügt, ihn zu verunsichern und zu irritieren und er beschließt, schneller zu Punkt zu kommen: „Frau Reimer hat erzählt, dass die Fleming öfter Besuch hatte. Dann hat sie bis morgens Musik gehört und die Reimer konnte nicht schlafen. Sie hat sich deswegen bei der Fleming beschwert und die hat sich entschuldigt und gesagt, dass es ihr Freund ist, der die Musik aufdreht.“
„Ein Freund also. Da weiß die Nachbarin mehr als die Schwester. Oder mehr, als sie sagen wollte“, sagt Fiorino.
„Und es kommt noch besser“, sagt Dettmers und erkennt an seinem Ausdruck, dass er endgültig sein Interesse geweckt hat. „Die Fleming hat der Reimer gesagt, das mit der Musik habe sich ohnehin bald erledigt, weil sie mit ihrem Freund zusammenziehen will.“
Fiorino ist sichtlich enttäuscht und Dettmers ergänzt eifrig: „Und wissen Sie auch, wohin sie umziehen wollte?“
„Ich erfahre es sicher gleich.“
Dettmers grinst und sagt: „Nach Eugen in Oregon. Ihr Freund ist US-Amerikaner und hat dort wohl einen Laden.

So wie die Reimer es verstanden hat, wollte Marit Fleming Deutschland für immer verlassen. Und zwar innerhalb der nächsten Wochen."

***

„Die habe ich noch nie gesehen", sagt der Kellner gleichgültig nach flüchtigem Prüfen des Fotos. Die Antwort haben Dettmers und Schmitz am Abend schon mehrfach gehört. Sie sind mit Farbkopien eines Fotos von Marit Fleming, das sie von ihrer Schwester erhalten haben, bei der Konstanzer Hafenmeile unterwegs, den alten Güterhallen der Bahn am Wasser und dem ehemals als Hafenmeisterei genutzten Gebäude der Schifffahrtsbetriebe, die vor Jahren zu Gastronomiebetrieben umgebaut worden sind. Ein Konzept, das während der Wintermonate nicht ankommt, doch im Sommer der Renner ist. Zwischen den Bäumen des weitläufigen Biergartens hängen Lichterketten, aus den Lautsprechern dudeln Songs der 1960er Jahre, man kann sich an den Theken Getränke, Snacks und deftige Brotzeit holen, oben auf der Balustrade reihen sich zwei Speiselokale und eine Eisdiele aneinander. An der Frontseite einer der ehemaligen Laderampen prangt ein Graffity, das Schmitz zum Schmunzeln bringt. *Sex and Crime in the Altersheim*, steht in leuchtendem Rosa auf

Hellgrau. Er tritt einer Aushilfe in den Weg, die sich mit einem Tablett voll leerer Biergläser an ihm vorbeischlängeln will.

„Kriminalpolizei", sagt er leise, „haben Sie ein paar Minuten Zeit für mich?"

Das Mädchen starrt ihn kulleräugig an. Das Wort *Kriminalpolizei* genügt meist, um diesen Ausdruck in die Gesichter von Menschen zu zaubern. Eine Mischung aus Neugier, Erstaunen, Argwohn und latent schlechtem Gewissen.

„Kann ich Ihren Ausweis sehen?", fragt sie und wirkt pampig und aufgesetzt taff. Sie stellt das Tablett auf ein Beistelltischchen und streicht eine Haarsträhne hinter das Ohr. Schmitz zeigt den Dienstausweis, zückt in der nächsten Bewegung geübt die Kopie.

„Haben Sie diese Frau am Abend des 16. Juli hier im Lokal gesehen?"

Sie kneift die Augen zusammen, als sie das mittlerweile ramponierte Blatt genauer taxiert: „Kann ich nicht sagen. Ich weiß nur, dass sie öfter hier war. Das ist diese Schriftstellerin."

„Kennen Sie sie?"

„Nicht persönlich. Ich habe sie ein paar Mal bedient. Sie war sehr freundlich. Aber ich kann mich nicht erinnern, ob sie am 16. hier war. Es ist immer eine Menge los."

Schmitz bedankt sich und führt einen ähnlichen Dialog mit drei weiteren Mädchen. Zwei haben am 16. Juli Dienst gehabt, können sich jedoch nicht erinnern, die andere ist neu und hat die Frau auf dem Bild nie gesehen. Er dreht sich fragend in Dettmers Richtung, fängt seinen Blick auf, der deutet mit einem Kopfschütteln an, dass auch er nichts erreicht hat.

Schmitz beschließt, noch in einem weiteren Lokal nachzufragen und sich dann in den Biergarten zu setzen, in die Nähe des Flachbildfernsehers, der ein Länderspiel überträgt. Er hat vergessen, wer gegen wen, es ist ihm egal. Es war ein langer Tag und er hat Lust, ihn mit einem Bier und einem Fußballspiel abzuschließen, in Gesellschaft von Dettmers, wenn der Lust dazu hat.

*Glutofen,* denkt er. Es ist früher Nachmittag, die Temperaturen haben die 35-Grad-Marke längst erreicht und die heiße schwüle Luft hüllt die Stadt in ein feuchtes Tuch. Die Schulen haben seit einigen Tagen vor Beginn der Sommerferien die Tradition von *hitzefrei* wieder eingeführt, Schmitz wünschte, er selbst könnte den flirrenden Tag in Ufernähe verbringen und alle halbe Stunde in die Fluten abtauchen.

Er zieht ein Taschentuch aus der Anzugjacke und wischt sich verstohlen über die Stirn. Unter all den jungen und agilen Menschen erscheint es ihm wie ein Makel, nicht frisch und munter zu sein. Er fühlt sich ausgelaugt, erschöpft, verspannt, er müsste wieder Sport machen und einige Kilos abnehmen. Mit Fitnessstudios kann er sich nicht anfreunden, doch er hat

im Frühjahr im neu eröffneten Sportgeschäft an der Bodanstraße Joggingsachen und die besten Laufschuhe gekauft, die er jemals gehabt hat und sich vorgenommen, an mindestens zwei Abenden in der Woche zu Joggen. Zweimal hat er sich aufgerafft, am ersten Tag für eine Strecke von etwa einem Kilometer, am zweiten Tag eineinhalb. Dann hat es angefangen zu regnen und er hat eine Ausrede gefunden, nicht zu Laufen. Schmitz tritt in die Eisdiele, sie ist menschenleer, abgesehen von einem Kind, das bäuchlings auf dem Boden liegt und mit Wachsmalstiften ein Bild zeichnet und zwei Frauen mit müden Gesichtern, die die Bestellungen von Eisbechern und Getränken abarbeiten. Sämtliche Gäste sitzen draußen auf der hölzernen Balustrade mit Sicht auf den See. Er zeigt erneut seinen Dienstausweis und die Farbkopie und stellt routiniert die Frage nach Marit Fleming. Die Frauen schütteln einhellig den Kopf, sagen, sie könnten sich nicht erinnern und er will wieder gehen, als die Kleine den Kopf hebt und das Foto ebenfalls sehen will.
Schmitz lässt sich darauf ein. Das kleine Mädchen rappelt sich vom Boden auf und steht winzig und niedlich und mit zutraulichem Lächeln vor ihm. Schmitz und seine Frau wünschen sich seit Jahren ein Kind und wenn er es sich würde aussuchen können, hätte er gern eine Tochter gehabt. Sein Gesicht nimmt einen milden Ausdruck an, er geht in die Hocke, lobt die Zeichnung des Kindes, eine Wiese mit Blumen, vorwiegend in rot gehalten und mit Bäumen in lila. Das

Mädchen strahlt. Er reicht ihr das Foto, das die Autorin mit breitem Lächeln hinter blutroten Lippen zeigt.

Das Kind betrachtet es nur flüchtig und sagt mit piepsiger Stimme: „Das ist die Frau, die mir neulich mit meinen Stiften geholfen hat. Sie ist sehr nett."
„Sie hat Dir geholfen?", sagt Schmitz.
„Ja, meine Buntstifte sind runtergefallen, sie waren überall auf dem Boden und sie hat sie für mich eingesammelt und alle wieder in die Kiste gelegt", sagt sie eifrig.
Eine der Frauen hinter der Theke mischt sich ein und sagt schnell: „Stimmt, jetzt erinnere ich mich auch. Das war vor einigen Tagen, an einem Donnerstag, am frühen Abend."
„Sicher?", fragt Schmitz skeptisch.
„Ja", sagt die Frau, „eigentlich schon. Am Donnerstag war besonders viel los und Thomas", sie deutet mit dem Kinn auf einen der Männer in dunklen Westen und blütenweißen Hemden, die draußen die Gäste bedienen, „wäre fast über die Kleine gestolpert, als sie die Stifte eingesammelt hat. Wir konnten nichts machen, es war die Hölle los und da hat eine junge Frau ihr geholfen. Kann ich das Foto nochmals sehen?"
Schmitz reicht es ihr. Sie taxiert es, tritt in Richtung der Tür, wo besseres Licht ist. Sie ist skeptisch, sagt schließlich: „Ja, das könnte sie gewesen sein."

„Das war sie bestimmt", sagt das Kind vorwurfsvoll, „sie war sehr lieb. Sie hat ihre Pizzaschachtel auf die Seite gelegt und hat sich auf den Boden gekniet und mir geholfen. Sie ist sogar unter den Tisch gekrochen, um einen Stift zu suchen."

„Und der Mann in ihrer Begleitung war ganz ungeduldig", sagt die Frau lächelnd. Sie scheint sich nun doch zu erinnern. Sie streicht ihrer Tochter über die Haare, zwirbelt liebevoll eine dunkle Locke um ihren Finger.

„Können Sie ihn beschreiben?", fragt Schmitz und atmet innerlich auf. Allmählich lohnt sich die Sache.

„Er war groß und gutaussehend", sagt die Frau. Sie nimmt einen verträumten Ausdruck an und dreht weiter an den Locken des Kindes, das geduldig still hält. „Er hätte Schauspieler sein können. Ja, wirklich. Er hat ausgesehen wie Marlon Brando, als er jung war."

„Mmmh", sagt Schmitz. Er hat sich offenbar zu früh gefreut.

Prompt sagt die Frau bedauernd. „Mehr kann ich nicht sagen. Es war die Hölle los an dem Tag."

***

Fiorino und einige Kollegen haben die Spurensicherung in Marit Flemings Wohnung abgeschlossen und dabei nichts gefunden, was einer Erwähnung wert wäre. Außer, dass die Wohnung geschmackvoll und teuer eingerichtet ist. Peter Eisele hat das Notebook bereits mitgenommen, zwei weitere Beamte sind dabei, mit Unterlagen prall gefüllte Kartons in den Fahrstuhl zu wuchten. Fiorino hört Stefan Haider in Konstanzer Dialekt fluchen. Marit Flemings Siamkatze *Andromeda,* wie auf dem kleinen Anhänger am roten Halsband des Tieres steht, ist bereits von einer Beamtin ins Tierheim gebracht worden. Die Schwester, Britta Fleming, hat eine Katzenallergie und kann das Tier nicht aufnehmen, hat Fiorino erfahren.

Er nutzt die Gelegenheit, auf die Terrasse zu treten und die Panoramasicht Rhein abwärts zu genießen. So unschön die Bauten von außen auch wirken, die Aussicht ist, zumindest in den nach vorn gelegenen Wohnungen, unbezahlbar, ebenso das Ambiente des kleinen seitlich gelegenen Parks. Störend sind die lieblos restaurierten Gebäude am gegenüberliegenden Ufer. Eigentlich, überlegt er amüsiert, müsste man auf der hässlichen Seite wohnen, um den diesseitigen Teil im Blick zu haben. Im Schatten der Pappeln und Weiden haben es sich ein paar dutzend Glückliche, die nicht arbeiten müssen, auf Handtüchern, Decken oder direkt auf den Steinfliesen am Ufer bequem gemacht, zwischen Bäumen ist eine Slackline befestigt, auf der ein Mädchen balanciert, vier Jugendliche spielen Frisbee. Fiorino seufzt sehnsüchtig. Dann tritt er zurück ins Wohnzimmer und schließt sorgfältig die hohe Glastür. Seine Schritte hallen auf dem Parkettfußboden. Er bleibt bei einem hohen, mit Büchern vollgestopften Regal

stehen. In den letzten Stunden sind alle gesichtet und geprüft worden, ebenso die eindrucksvolle Sammlung von DVDs. Marit Fleming scheint sich ebenso wie er selbst der Generation von Blu-Ray-Discs verweigert zu haben. Er beugt sich vor, um nochmals die Titel zu studieren, vor allem die der Western. Wenn das Leben ein Film wäre und er das Genre hätte wählen können, in dem er eine Rolle spielt, hätte er sich, im Unterschied zu Dettmers, der in einen *film noir* eingetaucht wäre, für den Wilden Westen entschieden. Nicht für den realen, wie man ihn aus den Geschichtsbüchern kennt, sondern für einen romantisierten im Stil alter Serien. Und er wäre der Sheriff gewesen. Er hat in der Kindheit oft gemeinsam mit seiner Oma, die bei ihnen gelebt hat, Western gesehen, am liebsten hat sie Klassiker mit John Wayne und Audie Murphy gemocht und weil sie beinahe blind war, hat er ihr die Bilder und Szenen beschrieben und ist dabei immer besser geworden. Er hat gelernt, mit Worten umzugehen, er hat die Schönheit der Sprache entdeckt. Seine Großmutter hat ihm gern zugehört, sie hat der Musik, den Dialogen und seinen Worten gelauscht und ab und zu hat sie leise „Jetzt reiten sie" gesagt, „nicht wahr, Junge. Bei der Musik reiten sie immer."
Fiorino richtet sich wieder auf. Er will eben die Wohnung verlassen, als er leises Klopfen hört und die Tür öffnet. Er ist erstaunt, vor sich keinen seiner Mitarbeiter zu sehen, sondern eine ältere Dame. Sie räuspert sich und fragt ihn, ob er von der Polizei sei. Fiorino runzelt die Stirn.

*Neugierige Alte*, denkt er verächtlich. Er verabscheut jede Art von Sensationsgier.
„Ja?", fragt er knapp. Es kann ebenso als Rückfrage wie auch als Zustimmung durchgehen. Sie lässt sich nicht beeindrucken. Und auch nicht vertreiben, wie er heimlich gehofft hat.
„Sie sind it der junge Mann, der vorher da war", sagt sie langsam und linst neugierig an ihm vorbei in den Raum, als erwarte sie, dass er Dettmers, den sie wohl meint, an einen der Stühle gefesselt hat und ihn hindern will, selbst zur Wohnungstür zu kommen.
„Nein, Sie haben sicher mit meinem Kollegen gesprochen", sagt er und versucht, höflich zu klingen.
„Mir isch noch was eigfalle", sagt die Frau zutraulich.
Fiorino bleibt nichts übrig, als zur Seite zu treten und sie einzulassen. Sie setzt sich wie selbstverständlich auf einen der Sessel mit cremefarbenem Chintzüberzug. Mit einer Handbewegung fordert sie ihn, als sei sie zuhause, auf, ebenfalls Platz zu nehmen und erklärt, dass sie die Nachbarin von nebenan sei. „Reimer isch mein Name", sagt sie ergänzend und mit leichtem Einschlag von see-alemannisch, den sie bisher unterdrückt hat. *Reimer.* Er runzelt die Stirn. *Reimer.* Den Namen hat er erst unlängst gehört. Von Dettmers. Sie ist die alte Dame, die erzählt hat, Marit Fleming plane, das Land gemeinsam mit ihrem Freund zu verlassen. Fiorino nennt seinen Namen und Dienstgrad und sie nickt huldvoll wie eine Gräfin. Tatsächlich ist sie genau dies. Hannelore Reimer ent-

stammt einem verarmten Adelsgeschlecht und hat durch Heirat einen Titel aufgegeben, dem sie, anders als ihrem verstorbenen Ehemann, noch immer nachweint.

„Es isch eppes, des ich vergesse hab zu erwähne“, sagt sie.

Fiorino brummelt unverständlich. Er hat ein kleines Notizbuch aus der Jacke gezogen, das Gummiband, mit dem es gehalten wird, gelöst und es aufgeklappt. Er hat nicht die Absicht, was immer sie sagt zu notieren, es macht wenigstens einen soliden Eindruck. Er benutzt seit Jahren für seine Notizen schwarze *Moleskine classic*-Büchlein und ist der Meinung, was für Hemingway, Matisse und Picasso gut war, könne einem Kriminalbeamten nicht schaden.

„In der Nacht, in der die arme Frau Fleming gstorbe isch, sind mehrere Männer in der Wohnung gwese und habet eppes gsucht“, sagt sie.

Fiorino zeigt sich nicht in der Weise beeindruckt, wie sie gehofft hat: „Aha“, sagt er lediglich, „woher wissen Sie das denn?“

Er hat eine Vision von Frau Reimer, wie sie am Türspion steht und auf das Treppenhaus starrt, das Kommen und Gehen der anderen Mieter beobachtet und registriert, wer mit wem und wann das Haus betritt oder es verlässt, wer welche Tüten von welchem Geschäft mit sich trägt. Er stöhnt innerlich. Zeugen wie diese sind nach seiner Erfahrung mit Vorsicht zu genießen. Zu sensationsbezogen. Zu sehr darauf aus, sich in den Mittelpunkt zu stellen.

Er wartet ab, was sie als nächstes erzählen wird. Auf keinen Fall wird er sie dazu ermutigen. Am Anfang seiner Karriere ist er auf eine Dame wie Frau Reimer hereingefallen. Sie hat sich als Zeugin eines Einbruchs gemeldet und die vermeintliche Täterin so sicher und präzise beschrieben, dass eine junge Frau als Tatverdächtige festgenommen worden ist, später ist sie als Reinigungskraft identifiziert worden, eine Frau, die der älteren Dame seit Jahren bekannt gewesen ist. Vielleicht ist er aus diesem Grund voreingenommen. Vielleicht liegt sein Unmut daran, dass er Frau Reimer und ihr überkandideltes Getue nicht leiden kann. Er drückt den Knopf des Kugelschreibers auf und ab, auf und ab, auf und ab, wie er es immer tut, wenn er ungeduldig oder nervös ist. Das leise metallische Geräusch beruhigt ihn. *klick-klicketi-klicketi-klick.*

Hannelore Reimer hüstelt dezent: „Ich hab' mitkriegt, wie die Tür ufgschlosse worde isch", sagt sie. Fiorino ergänzt im Stillen *und da hast Du gleich nachsehen müssen.* Er muss die Wohnungstür nach Spuren gewaltsamen Eindringens prüfen lassen. Wenn die Männer tatsächlich mit einem Schlüssel hereingekommen sind, von wem haben sie ihn erhalten? Fiorino nimmt an, dass sämtliche Fingerabdrücke, die in der Wohnung genommen worden sind, ausschließlich von Marit Fleming und ihrem Lebensgefährten stammen. Es wäre zu schön, verwertbare andere Abdrücke zu finden.

„Ich hon mir nix dabei denkt", fährt sie eifrig fort, „aber kurz druff sind Stimme zu höre gwese, über de Balkon, die Tür

war offe. Es wared mehrere Männer, die irgendwie gstritte hond."
„Und können Sie sagen, worum es dabei ging?"
„Leider überhaupt itte", sagt sie.
Fiorino muss unwillkürlich lächeln über ihren bedauernden Ton und das *überhaupt itte.* Als Schweizer kennt er noch ganz andere Ausdrücke, aber der gefällt ihm auch. Er ist beinahe geneigt, sich mit der hiesigen Mundart anzufreunden, die laut Unesco eine von 13 bedrohten Regionalsprachen in Deutschland und beinahe vom Aussterben bedroht ist.

„Ich hab ja scho gsagt, dass ich den Eindruck ghabt hon, die suchet eppes", sagt sie, „ich mein, was hättet die sunscht mitte in de Nacht det mache solle."
Fiorino muss ihr Recht geben.
„Und ich hab gsehe, dass einer von dene Papiere dabei ghet hot, als sie gange sind."
*Als Du wieder beim Spion Wache gehalten hast,* denkt er und sagt laut: „Können Sie sagen, wie die Männer ausgesehen haben?"
Er erwartet beinahe, eine Antwort wie „Er war groß und gutaussehend" zu erhalten, wie Schmitz von der Mitarbeiterin in der Eisdiele, und ist von Hannelore Reimers Präzision überrascht und auch misstrauisch.

„Der eine", sagt sie, „isch ziemlich groß gwese und war ganz in schwarz azoge, au des Hemd und des Krawättle, alles schwarz. Ugwönlich isch des. Einer war viel klenner, er hot ganz dünne Hoor ghet, rötlichblond, die Kopfhaut hot durchgschimmert und er war eweng dicklich. Und der Dritte, des war en junge Kerle, schlaksig, er hot en Motorradhelm unterm Arm ghet."
Immerhin. Fiorino bedankt sich bei Frau Reimer und er schafft es, herzlich zu klingen. In Gedanken ist er bereits bei seinem Protokoll und er hofft, alles richtig verstanden und ihren Dialekt korrekt übersetzt zu haben. Er hat sich die Worte nicht merken können, sonst hätte er im Nachhinein Dettmers gefragt. Sie schüttelt ihm die Hand auf eine herablassend vornehme Weise, wie sie einer Gräfin würdig gewesen wäre, und schwebt zurück in ihre Wohnung.

***

Die leeren Bierdosen sind in einer Reihe aufgestellt, oben auf dem Rand der Steinmauer. Gemächlich zieht er die Pistole, die SIG liegt schwer und vertraut in seiner Hand, er hat sie zigfach auf dem Schießstand ausprobiert.
Die Bürger der Schweiz haben in einem Volksentscheid über die Verschärfung des Waffengesetzes abgestimmt, in einem Referendum hätte das Aufbewahren von Militärwaffen in pri-

vaten Haushalten verboten werden sollen, doch es wurde dagegen entschieden und so hat er die Armeepistole offiziell zu Hause behalten dürfen und es zudem geschafft, auch die Munition, die eigentlich in der Zentralstelle verwahrt werden muss, bei sich zu haben. Seine Handflächen sind kühl, ebenso wie der Stahl der Waffe, die, als sei er ein Cyborg, zur Verlängerung seines Armes wird. Er nimmt den Geruch von Waffenöl wahr, schwer, beruhigend, schießt ohne zu zielen, trifft viermal, fünfmal, die Dosen fallen scheppernd von der Mauer. Er kräuselt zufrieden die Lippen, pustet auf den Lauf der Pistole. Er hat es noch immer drauf.

„Nicht schlecht“, hört er hinter sich und wirbelt herum. Er hält die SIG noch immer im Anschlag und der Mann, der auf ihn zukommt, hebt wie spielerisch beide Hände und sagt lächelnd „Erschieß mich nicht gleich, Luca.“

Luca lässt den Arm sinken und fragt mürrisch: „Wie hast Du mich gefunden?“

Er ist mit dem Wagen rund eine halbe Stunde gefahren, hat ihn am Waldrand abgestellt, ist gemächlich auf dem Wiesenweg, der sich zwischen knorrigen alten Streuobstbäumen entlang schlängelt, zu einer verlassenen Kleingartensiedlung gegangen, einige umzäunte Parzellen, von denen windschiefe Hütten, vergraste Beete und eine verrostete, seitlich gekippte Schubkarre übrig sind. Einst gesätes Gemüse wächst zwischen hüfthohem Unkraut. Mit einiger Geduld wären hier die Zutaten für einen gemischten Salat zu finden. Er beäugt sein Ge-

genüber misstrauisch. Früher hat er sich oft mit Freunden zum Grillen dort verabredet und weiß, dass sich nicht viele Menschen in diese Gegend verirren.
„Cynthia“, sagt er andere, als würde es alles erklären.
Luca blinzelt in Richtung des schwarz gekleideten Mannes, dessen Name gut bürgerlich Jan Folkerts lautet und der doch aussieht, als sei er Darsteller in einem Krimiklassiker der schwarzen Serie und müsse klangvoll *Pretty Boy Wie-auch-immer* heißen.
„Cynthia“, murmelt er wiederholend. Sie ist aus seiner Sicht eine Gelegenheitsgeliebte, sie selbst wäre gern mehr für ihn und lässt nichts aus, sich um ihn zu kümmern, sei es auch nur, zu wissen, wo er sich aufhält. Cynthia, die von den anderen als *blöde Schnalle* bezeichnet wird.
„Und, liegt was an?“, fragt Luca beiläufig, bemüht um einen gelangweilten Tonfall und eine gleichgültige Miene, während er die Dosen aufhebt und sie wieder auf die Mauer reiht. Innerlich ist er aufgewühlt, besorgt, voll böser Ahnungen, sein Herz hämmert gegen die Rippen, als wolle es aus dem beinernen Käfig ausbrechen. Folkerts zu treffen, mit ihm allein zu sein, macht die meisten Menschen nervös und ängstlich.

„Keller macht Schwierigkeiten“, sagt Folkerts mit heiserer Stimme. Er nimmt, während er spricht, das dünne, angenehm herb duftende Zigarillo nicht aus dem Mund, hält es

spielerisch mit den Zähnen. Sein Gesicht ist schmal und asketisch, die samtbraunen Rehaugen unter dichten Wimpern strahlen trügerische Sanftmut und Empfindsamkeit aus. Er wirkt höflich und kultiviert, niemand würde ihm zutrauen, dass er einen Menschen mit bloßer Faust und drei bis vier Schlägen krankenhausreif prügeln kann, ohne dass sein Puls sich erhöht oder der verbindliche Ausdruck seines Gesichts sich ändert. Ein Gentleman, rein äußerlich. Keiner würde erwarten, dass ihm bereits während der Schulzeit von Psychologen extreme Aggressivität bescheinigt worden ist.
Früher hat es ihm gefallen, es hat ihn amüsiert. Heute empfindet er nichts mehr dabei. Nichts, außer Müdigkeit. Folkerts wünschte, er könnte vergessen. Den Hass. Den Zorn. Seit seiner Jugend ist er daran gewöhnt, sein halbes Leben ist vergiftet davon. Namenloser unbändiger Zorn, der ihn von innen zu verbrennen scheint. Er hat gelernt, ihn zu zügeln, zu bündeln, in hitzigen Situationen wie ein wildes Tier aus seinem Zwinger zu lassen. Zorn ist sein Begleiter, seit er denken kann, hat ihm geholfen, sich anderen gegenüber durchzusetzen, gegen den schlagenden Vater, gegen die älteren Jungen in seinem Viertel, gegen die Mitglieder der Motorradgang, der er eine Zeitlang angehört hat, wenn nötig mit allen Mitteln. Eine Zeitlang hat er sich selbst eingeredet, sie hätten Respekt vor ihm.
Luca atmet tief ein. Er hat es gewusst, er hat es von Anfang an gewusst. Seit er Anton Keller zum ersten Mal gesehen hat.

Der hat nicht den Mumm für solche Dinge. Seine Magennerven flattern. Es ist ein heißer Tag und er schwitzt noch mehr als sonst. Vor allem, weil Jan Folkerts ungeteilte kaltanalytische Aufmerksamkeit auf ihn gerichtet ist, lauernd wie eine Katze, die ihre Beute fixiert, dabei scheinbar jovial. Die Sache beginnt, aus dem Ruder zu laufen. Er spürt, wie sich Schweiß auf seinem Rücken sammelt und über das Rückgrat rinnt. Er hat sich noch nie so sehr gewünscht, an einem anderen Ort zu sein.

„Schwierigkeiten? Inwiefern?“, fragt er stattdessen in routinierter Gelassenheit. Er hebt die Pistole, drückt ab, fegt zwei Büchsen zu Boden. Seine Hände sind ruhig, sie zittern nicht. Immerhin.

„Er will aussteigen“, sagt der andere. Aromatischer Rauch strömt aus seinem Mund und verfliegt in der Sommerbrise. Folkerts hat sich gegen einen maroden Bretterzaun gelehnt und fixiert Luca.

„Kann ich mir denken“, murmelt der, „und was wollen wir dagegen tun?“

Er kennt die Antwort bereits und sie kommt prompt: „Er muss zum Schweigen gebracht werden“, sagt Folkerts, der es gewohnt ist, solche Sätze wie beiläufig zu sagen.

Der Mann in Schwarz, der schwarze Mann, vor dem Kinder sich fürchten. Nicht nur Kinder. Lucas Magen zieht sich noch mehr zusammen.

*Damit will ich nichts zu tun haben. Damit nicht.*

„Ihr wollt ihn…?“, beginnt er, jetzt mit einem Anflug von Unsicherheit in der Stimme, doch Folkerts unterbricht ihn.

„Nein, er soll nur einen Denkzettel bekommen. Damit er das Maul hält und kapiert, dass wir es ernst meinen.“

„Und Ihr wollt, dass ich das tue?“

„Genau“, sagt der andere.

Luca dreht sich erneut von ihm weg und schießt weitere Dosen von der Mauer. Er ist seltsam erleichtert. Nicht nur für sich selbst und weil er Folkerts schneller loswird, als er gedacht hätte, auch wegen Anton Keller. Er kann den Mann nicht besonders gut leiden, eigentlich kennt er ihn kaum, doch er freut sich für ihn, dass er nun nicht mit Jan Folkerts zu tun bekommt, sondern mit ihm selbst. Er weiß schon, wie er es anstellen wird. Er wird gnädig mit ihm umgehen. Und es klingt beinahe fröhlich, als er sagt: „Ich kümmere mich drum.“

***

Roger Fiorino betritt Luigi Di Centas Eisdiele und steuert auf den mittleren der hinteren Tische zu. Er lässt sich auf eines der pastellfarbenen Stühlchen fallen und sieht kurze Zeit später einen Espresso vor sich. Er braucht bei Luigi keine Bestellung aufzugeben. Der kennt ihn besser als seinen eigenen Bruder. Obwohl sie sich erst seit ein paar Monaten kennen, seit dem Tag, an dem Fiorino zum ersten Mal die Eisdiele betreten hat und mit Luigi ins Gespräch gekommen ist, weil er der einzige Gast war, sind die beiden Freunde. *Gesucht und gefunden*, hätte Fiorinos Mutter gesagt. Sie sehen einander sogar ähnlich, beide sind mittelgroß und drahtig, haben einen gebräunten Teint, dichte dunkle Haare und einen so starken Bartwuchs, dass der Schatten ums Kinn selbst unmittelbar nach der Rasur zu sehen ist.

„Wie geht es Dir, Roger. Ich habe Dich seit Tagen nicht gesehen“, sagt Luigi.
Fiorino winkt ab und sagt: „Viel zu tun.“
Es ist das Spiel, das sie immer spielen, wenn Fiorino in seine Eisdiele kommt. Luigi muss als nächstes fragen, ob Roger einen Fall hat. Roger wird sich umschauen, als ob er Geheimnisvolles zu verbergen hätte und antworten, es sei einer, nach dem selbst Oberkommissar Spirenzo aus Palermo oder eine andere italienisch klingende Figur sich die Finger geleckt hätte. Aber er könne nicht darüber reden. Der letzte Satz ist

kaum mehr als ein Flüstern. Als Luigi seinen Text runter spult, ändert sich Fiorinos Antwort.
„Du wirst es nicht glauben, aber ich habe einen eigenen richtigen Fall“, sagt er, „nicht der übliche Kleinkram.“
Luigi grinst. „Ja, sicher.“
„Nein, im Ernst. Meine Abteilung ist mit den Ermittlungen bezüglich des Leichenfundes am Hafen betraut.
Da ist es schon wieder. *Leichenfund.* Fiorino wird sich an das Wort nie gewöhnen können.
„Die Frau aus der Zeitung“, flüstert Luigi, „Madonna.“ Er macht den Eindruck, als wolle er sich bekreuzigen.
„Du kannst mir einen Gefallen tun“, sagt Fiorino.
„Einen Gefallen?“, wiederholt Luigi misstrauisch.
„Versuch Dich ein wenig umzuhören über das Opfer. Sie war Schriftstellerin. Jugendbücher. Recht bekannt. Es gibt sicher einige Leute hier in der Stadt, die über sie zu erzählen haben und die damit nicht zur Polizeidirektion gehen.“
Luigi runzelt ärgerlich die Stirn und sagt theatralisch: „Ich soll für Dich spionieren? Ich soll für Dich den Dorftratsch zusammentragen?“
Er dreht sich um, ob einer der anderen Gäste mitgehört hat. Außer Fiorino sitzen nur zwei Personen im Eiskaffee, ein junges Pärchen. Die beiden sind zu sehr in ihre Zweisamkeit versunken, um die Umgebung wahrzunehmen.
„Nein, natürlich nicht“, sagt Fiorino „ich bitte Dich nur rumzuhören. Als Informant.“

Fiorino wartet zwei, drei Sekunden, dann sagt er leise und verschwörerisch „Du könntest in der Direktion vorbeikommen, wenn Du mir, was auch immer, zu sagen hast, und ich könnte Dich mit der Beamtin näher bekannt machen, die Du so niedlich findest.“

Er grinst innerlich in Erinnerung an die Szene, während der Luigi auf die Kollegin Berg aufmerksam geworden ist. Luigi hat es zum wiederholten Mal geschafft, sich selbst aus der Eisdiele auszusperren, ist von einer Streife beim Versuch ertappt worden, das Schloss der Seitentür aufzubrechen und die anmutig zierliche Frau Berg hat es, nachdem er sich als Pächter des Lokals ausgewiesen hat, in Rekordzeit für ihn geöffnet. Seitdem hat Luigi, ähnlich den Dollarzeichen in Onkel Dagoberts Pupillen, Herzen im Blick, wenn er von ihr spricht und „Was für eine Frau“ schwärmt. Fiorino muss ihm Recht geben. Sie gilt in der Polizeidirektion als anerkannte Schönheit und ist die einzige Kollegin, die in den unvorteilhaften Diensthosen nicht dick wirkt.
Luigi schaut sich wieder um, dieses Mal verlegen. Dann wendet er sich an Fiorino. Sein Gesicht ist zart gerötet. Er scheint in seiner Ehre gekränkt und es tut Fiorino leid, überhaupt damit angefangen zu haben.

„Von Freund zu Freund, Jolly Roger. Ich bin Italiener. Ich brauche Deine Hilfe nicht, um eine Frau kennen zu lernen“, sagt er betont würdevoll.
Fiorino mag es nicht, wenn er *Jolly Roger* genannt wird und Di Centa weiß das. Fiorino mag auch seinen Vornamen nicht. Seine Mutter hat ihm gesagt, er sei nach Sänger Roger Whittaker benannt. Ausgerechnet. Wenn es wenigstens Bond-Darsteller Moore gewesen wäre.
Er schiebt die Sonnenbrille, die er im Lokal nicht abgenommen hat, nach vorn und wirft Luigi über den Rand einen tiefen Blick zu. Die Farbe seiner Iris ist von einem satten intensiven Hellblau, das einen interessanten Kontrast zu den dunklen Haaren bildet. Auf Frauen haben sie Wirkung, er hat es unzählige Male getestet, und manchmal wirken sie auch bei Männern. Er lächelt: „Von Freund zu Freund, Luigi. Du bist ein schüchterner Italiener, der sich nicht traut, eine Frau überhaupt anzusprechen.“
„Wie kannst Du so was sagen“, braust Luigi auf, „manchmal glaube ich, Du bist überhaupt nicht mein Freund. Du bist nur ein Fremder, den ich zufällig kenne.“
Er ist lauter geworden und das junge Mädchen wendet sich tatsächlich von ihrem Freund ab und ihm zu. Fiorino trinkt ruhig seinen Espresso aus und stellt die kleine rote Tasse ab. Er murmelt betont geistesabwesend: „OK, wenn Du es so willst.“ Er macht Anstalten aufzustehen und zu gehen und

weiß, dass Di Centa es nicht zulassen wird. Der lenkt schließlich ein.

„Also schön, aber ich brauche noch ein paar Details“, sagt er. Er versucht ärgerlich auszusehen, was ihm nicht recht gelingen will und fügt im gleichen Atemzug ruppig hinzu, „und es kann dauern. Ich habe noch andere Dinge zu tun.“
Roger Fiorino grinst. Er holt einen Umschlag aus seinem hellen Designerjackett, das er trotz Hitze trägt, weil es nach *Miami Vice* aussieht und reicht ihn Luigi. Der öffnet ihn, nimmt ein Foto heraus.
„Die kenne ich“, sagt er nach kurzem Mustern aufgeregt, „das ist Marit Fleming.“
„Ja genau“, sagt Fiorino, „das ist die junge Frau, um die es geht. Sie ist vor zwei Tagen tot im Stadtgarten gefunden worden. Ihre Schwester ist bei uns gewesen und hat sie identifiziert. Zurzeit können wir weder einen Unfall noch Fremdverschulden oder Suizid ausschließen.“
Luigi gibt ein ungläubiges Schnauben von sich: „Selbstmord. Das kann ich mir nicht vorstellen. Sie sah immer so glücklich aus. Richtig glücklich, weißt Du. Das ist selten.“
„Woher kennst Du sie?“
„Sie war oft hier bei mir in der Eisdiele.“
Nun ist es an Fiorino zu schnauben. „Das ist nicht Dein Ernst.“

Luigi setzt sich ihm gegenüber. „Sie war Stammgast, dort drüben hat sie immer gesessen. Hat immer Latte getrunken. Die beste der Stadt, hat sie gesagt." Er klingt stolz und eifrig. „Und sie hat manchmal hier geschrieben. An ihren Romanen, stell Dir vor. Hatte ein Notebook dabei und wie wild geschrieben. Es inspiriert sie, hat sie gesagt."
Fiorino mag es, wenn Menschen sich begeistern können. Wie Luigi. Er kann mit vollem Herzen bei Dingen sein und auf eine Weise davon erzählen, dass andere mitgerissen werden.
„Einmal hat sie sich auch mit ihrer Schwester hier getroffen", sagt Luigi nachdenklich, „die beiden haben sich gestritten."
Fiorino horcht auf. Er fragt vorsichtig: „Hast Du mitbekommen, worum es ging?"
„Ich belausche meine Gäste nicht", sagt Luigi.
„Natürlich nicht. Aber vielleicht konntest Du ein paar Sätze hören von dem Streit."
„Es ging um einen Mann", sagt Luigi zögernd und hört sich dabei an, als habe man ihn lange überreden müssen, diese Auskunft zu geben. Fiorino sagt nichts dazu. Was hätte er sagen sollen. Er wartet, wie es weiter geht.
„Die Schwester hat herum geschrien, und wenn ich schreien sage, ist das wirklich so. Es war peinlich. Ich hatte schon Angst, sie würde mir die Gäste vergraulen. Sie hat gebrüllt, dass Marit sich aus ihrem Leben raushalten und ihre Familie in Ruhe lassen soll. Und sie würde nicht zulassen, dass sie ihr einen Mann wegnimmt."

Fiorino zündet sich eine Zigarette an. Luigi ignoriert es, obwohl er direkt unter dem *Bitte nicht Rauchen*-Schild sitzt, das Luigi auch mit Einführung des allgemeinen Rauchverbots nie angenommen hat. Er hat blauen Dunst in der Eisdiele nie geduldet. Außer von Fiorino.
„Hat sie sonst noch was gesagt?"
Di Centa überlegt laut: „Sie hat Marit ein Luder genannt. Ich glaube, sie war ziemlich eifersüchtig. Weil Marit jünger und viel hübscher war als sie. Aber irgendwie muss sie sie wohl doch gemocht haben."
„Wie meinst Du das?", fragt Fiorino.
„Sie wäre nicht zu Euch gekommen, wenn es ihr egal wäre. Ihr seid Bullen. Zu Euch kommt man nicht freiwillig."
Fiorino zieht die Oberlippe hoch, wie Bogart es getan hat.
„Schon möglich", sagt er und Luigi muss lachen.
Die beiden verabschieden sich wortreich und Fiorino verlässt die Eisdiele. Er schlendert gemächlich die Straße entlang, weicht gedankenverloren zwei Jungen aus, die mit ihren Skateboards an ihm vorbeizischen. Fürs erste sind die Informationen, die er von Luigi bekommen hat, nicht schlecht. Der Fall ist interessant. Sehr sogar. Er könnte die erste Stufe auf der Leiter nach oben sein. Er fragt sich, wie viel Britta Fleming ihnen verschwiegen, wie viel sie von Marits Beziehungen gewusst hat. Er ist sich sicher, dass Luigis Aussagen völlig korrekt sind. Luigi hat ein gutes Gespür für Menschen und ihre Empfindungen und er neigt nicht dazu, auszu-

schmücken und zu beschönigen. Luigi ist der ideale Zeuge. Wenn Britta ihre Schwester Marit in der Öffentlichkeit angeschrien und ihr vorgeworfen hat, ihr einen Mann ausgespannt zu haben oder zu wollen, muss was dran sein.

***

Schmitz stapft schnaufend die vier Treppen hoch zu der geräumigen hellen 3-Zimmer-Wohnung, die er gemeinsam mit seiner Frau vor einem halben Jahr gekauft und für die sie sich bis über beide Ohren verschuldet haben. Er vermutet, dass sie bis zur völligen Tilgung beide alt und grau sein werden, seine Frau hat ihre Teilzeitstelle als Sachbearbeiterin bei den Stadtwerken aufgestockt, sonst wären die Raten nicht zu schaffen. Außer dem täglichen Treppensteigen hat er zurzeit kaum Bewegung und als er oben ankommt, lehnt er sich gegen die Wand, um tief Luft zu holen. Er muss wieder mit Sport anfangen, am besten Schwimmen. Er fasst mit der Hand prüfend an den Bauch, der sich unter dem Hosenbund dehnt und denkt frustriert, dass er mindestens sieben Kilo abnehmen müsste. Das Hemd ist feucht, durchgeschwitzt, der Kragen reibt an seinem Hals. Er löst die Krawatte und stopft sie achtlos in die Tasche der Anzugjacke. Er steckt den Schlüssel ins Schloss und will ihn umdrehen, als er von oben schnelle

Schritte hört, seinen Nachbarn Eugen Krüger, der jeweils zwei Stufen auf einmal nehmend von oben kommt, eine sorgfältig verknotete Mülltüte schwenkend. Die Häufigkeit, mit der er Krüger im Treppenhaus begegnet, kann kein Zufall sein. Schmitz vermutet, dass er ihn vom Fenster aus kommen sieht und ihre Treffen arrangiert, um ihn in Gespräche über Polizeiarbeit zu verwickeln und zu versuchen, ihm Informationen zu entlocken. Schmitz seufzt, erwidert dann den Gruß des Älteren.

„Schmitz, Schmitz, schön, dass ich Sie sehe", sagt Krüger atemlos, als er neben ihm zum Stehen kommt, „können Sie denn Neues sagen über die Tote vom See?"

Schmitz bemüht sich um eine unverbindliche Miene. Er schüttelt sacht den Kopf. Krüger ist ein hagerer Mann Ende 50, Frührentner, chronisch neugierig und gelangweilt, stets auf der Suche nach kleinen Sensationen und Skandälchen, sei es nur die Kehrwoche, die einer der Nachbarn vergessen hat oder ein Fahrrad, das widerrechtlich vor dem Haus angekettet worden ist von jemandem, der überhaupt nicht dort wohnt. Krüger sieht gespannt zu ihm auf. Er versucht nicht einmal, seine Neugier zu verbergen. Fast tut es Schmitz leid, ihn enttäuschen zu müssen.

„Leider nein, Krüger, dazu kann ich nichts sagen", sagt er. Seine Frau hat mehrfach mit ihm gescholten, er solle sich nicht mit Eugen Krüger, dem Klatschblatt Nummer Eins, wie sie ihn nennt, einlassen und er nimmt es sich wieder vor. Er könnte unfreundlich oder ungeduldig reagieren und den Mann einfach stehen lassen, doch er bringt es nicht übers Herz.

„Auch nicht, ob es einen Verdächtigen gibt?“, fragt Krüger nun, „hoffentlich erwischen Sie den Kerl bald. Ich habe zu meiner Frau gesagt, dass es bestimmt einer dieser Vergewaltiger war. Diese perversen Perverslinge, kriechen ja aus allen Ecken, was man so hört. Das kommt vom Fernsehen. Und all die Betrunkenen. Und die Drogensüchtigen. Jeder von denen hat heutzutage ein Springmesser bei sich, man liest es doch ständig, wenn sie sich vor den Diskotheken vermöbeln und attackieren. Eine Frau kann sich ja nicht mehr auf die Straße trauen, nachts und allein.“

„So schlimm ist es nun nicht, Krüger“, sagt Schmitz begütigend. Von derlei Stammtisch- und Boulevardblattgeschwätz hat er nie viel gehalten. „Wir sind nicht in der Bronx.“

„Sie sind bei der Kriminalpolizei, Sie müssen das sagen.“

„Nein, sicher nicht“, sagt Schmitz, „das ist meine Meinung.“

„Und was können Sie mir nun sagen? Aus der Zeitung erfährt man ja nichts“, sagt Krüger listig.

„Sie wissen doch, dass ich über laufende Ermittlungen nichts erzählen kann“, sagt Schmitz. *Und auch so nicht*, denkt er.

„Und wenn ich selbst eine Beobachtung gemacht habe, kann ich zu Ihnen kommen?“

„Natürlich. Zu mir oder den Kollegen“, sagt Schmitz. Er versucht ernst zu bleiben, als er hinzufügt: „Haben Sie denn was gesehen oder beobachtet?“
Krüger stellt den Müllbeutel ab, sieht nicht mehr sensationsgierig sondern nachdenklich aus und Schmitz fragt sich, ob er Neuigkeiten und wenn ja welche erfahren hätte, wären nicht die Türen des Fahrstuhls mit metallischem Schleifen zur Seite geglitten, wäre nicht seine Frau Lilian mit prall gefüllten Einkaufstüten auf sie zugekommen, ein kritisches Stirnrunzeln aufgesetzt, als sie ihn im Gespräch mit Krüger ertappt. Obwohl er seit drei Jahren mit ihr verheiratet ist, spürt Schmitz noch immer ein Stolpern seines Herzens, wenn er sie nach einem langen Arbeitstag am Abend wiedersieht, seine Gefährtin, seine Geliebte, seine beste Freundin, und er freut sich auf das gemeinsame Essen und die Zeit, die er mit ihr verbringen kann. Er hätte nie gedacht, dass er einmal häuslich sein, dass die Gesellschaft und Nähe eines einzigen Menschen ihm genügen, dass ausgerechnet er die Liebe finden würde. Es gibt nicht genug davon auf der Welt, grübelt er traurig, nicht für alle Menschen und die meisten müssen sich ihr Leben lang mit halbseidenen unerwiderten Gefühlen und schalem Sex zufrieden geben.
„Hallo Schatz“, sagt er. Früher wäre es ihm peinlich gewesen, das zu sagen. *Schatz,* mit einem Lispeln ausgesprochen, ist ein Wort, das Peppermint Patty in schmelzendem Ton zu Charlie Brown sagt. Er nimmt seiner Frau die Einkaufsbeutel ab, sie

kramt in der Handtasche nach dem Schlüssel, zwinkert ihm zu, zärtlich, verschwörerisch. *Nur weg von dem geschwätzigen Kerl.*

Krüger scheint trotz seiner Dickfelligkeit zu verstehen und sagt mit angedeutetem Nicken: „Frau Schmitz, ich will ihren Mann nicht aufhalten."
„Einen schönen Abend, Herr Krüger", antwortet sie fröhlich und öffnet die Wohnungstür, „Sie entschuldigen uns, wir haben später noch einen Termin."
Es ist gelogen und Schmitz weiß, dass Krüger es weiß.
„Schönen Abend, Krüger", sagt er und folgt ihr in Wohnung. Er gibt der Tür mit dem Knie einen Stoß, sie schlägt hinter ihm ins Schloss und sie haben den herrlichen langen Sommerabend für sich allein.

***

Sie liegt an fast derselben Stelle, an der Marit Fleming gefunden worden ist, eine lebensgroße Schaufensterpuppe mit hellblondem Kunsthaar und verrenkten Gliedern, abgelegt auf der steinernen Uferböschung. Ihr matt lackierter Polyethylenkörper ist in bunte Wollbahnen eingestrickt wie in einen Overall. Das Bild ist makaber. Und es wirkt nach. Kein Wunder, dass die Stimme des Mannes, der vor einer halben Stunde einen weiteren Leichenfund im Stadtgarten meldet, sich vor Erregung beinahe überschlagen hat. Auch Fiorino und Schmitz brauchen eine kurze Zeit, um ihre Bestürzung zu verarbeiten. *Guerilla Knitting*. Eigentlich eine Abwandlung von Street Art, hergestellt von irgendwelchen Frauen, die wochenlang vor sich hin stricken und schließlich ihre Werke nachts heimlich um Laternenmasten oder Hydranten nähen. Als Fiorino zum ersten Mal davon gehört und Bilder eines bis in die oberen Äste eingestrickten Baumes gesehen hat, hat es ihm gefallen. Dies hier ist etwas anderes. Wer immer auf die Idee gekommen ist, die Schaufensterpuppe auf diese Weise am Ufer zu platzieren und zu dekorieren, hat nichts Gutes im Sinn. Ob Kunst, Provokation, ob Gedankenlosigkeit oder geschmackloser Streich, die Arbeit der Polizei wird dadurch behindert und, was wesentlich schlimmer ist, der Tod der jungen Frau verhöhnt.

„Lassen Sie uns das Ding schnell entfernen", murmelt Fiorino, „ich will auf keinen Fall, dass die Presse Wind davon bekommt. Das fehlte uns noch."

***

Wie an beinahe jedem Morgen, außer, wenn er wirklich krank ist, und das ist in den letzten 10 Jahren nur ein einziges Mal vorgekommen, als er sich eine bakterielle Lungenentzündung eingefangen hat, ist Anton Keller als erster der Berufsfischer draußen auf dem See.
Es ist so früh am Morgen, dass die Dunkelheit wie ein Tuch über der Landschaft liegt, gesprenkelt mit tausenden von Sternen. Keller hat die kleine Lampe an Bord erleuchtet, seine alte Sturmfunzel, wie er sie nennt. Die Gondel dümpelt sanft auf den Wellen, sie liegt in Ufernähe. Er wird später in die Bucht hinausfahren und die Netze setzen, er beginnt meist damit, wenn die anderen Fischer sich ebenfalls mit ihren Booten einfinden.
Anton hat auf der schmalen Mittelbank Platz genommen, die Beine lang von sich gestreckt, und balanciert eine Frühstücksbox auf den Knien. Er betrachtet die sorgfältig von ihm selbst geschmierten und belegten Roggenvollkornbrote im schummerigen Licht, wählt bedächtig das mit Käse und beißt herzhaft hinein. Er kann sich nicht erinnern, wann er zum letzten Mal woanders als auf dem See, in seiner *Gwendolyn* getauften Gondel sitzend, gefrühstückt hat. Keller hat keine Familie, er lebt allein und schätzt es wie die meisten Menschen nicht, darüber hinaus auch allein zu essen. Morgens frühstückt er auf dem See, auch im tiefsten und kältesten Winter, er hat das Gefühl, inmitten der atemberaubenden Landschaft, umkreist von kreischenden Möwen, die es auf

seine Brote abgesehen haben, nicht einsam zu sein, nachmittags kocht er selbst und geht abends in ein Lokal oder zu einem Imbiss. Keller seufzt. Er greift nach einem weiteren Brot, Salami mit Gürkchen und Tomatenscheiben. Der Himmel ist noch immer von einem satten Nachtblau, doch am Horizont ist bereits der erste helle Hauch zu sehen. Nicht mehr lange und die anderen werden sich mit ihren Booten einfinden und sie werden wie an jedem Morgen gemeinsam und schweigend arbeiten. Sie sind die einzige Familie, die er hat. Er wagt nicht sich vorzustellen, was sie zu der Sache sagen würde, in die er geraten ist. Wie hat er sich darauf einlassen können. Wie blauäugig kann man sein, sich auf so etwas einzulassen.
Er kann sich selbst nicht erklären, was über ihn gekommen ist. Außer dem Wunsch nach Veränderung. Sein Leben hat sich zu lange in ausgetretenen Bahnen bewegt und er hat versucht, sich daraus zu befreien und einen Neuanfang zu wagen, wie immer er hätte aussehen sollen. Anfangs war es eine willkommene Abwechslung, ein Abenteuer, Nervenkitzel. Er wünschte, er hätte sich bei jemandem aussprechen, sich einen Rat holen können. Von einem besten Freund, den er nicht hat. Er schließt die Frühstücksbox, legt sie in den Holzkasten am Bootsheck zurück, reckt sich und gähnt.

Der Mann am Ufer hat ihn die ganze Zeit über im Visier, er verfolgt jede seiner Bewegungen durch das Okular. Luca liegt lang ausgestreckt auf dem sommerlich ausgetrockneten Boden des Riedgürtels, das Sportgewehr auf einen umgefallenen Baumstamm gestützt. Für die Verwendung bei Nacht hat er ein Zielfernrohr mit großem Objektdurchmesser montiert und die Ausrichtung justiert. Er lässt sich Zeit. Er fixiert die Visierlinie, die Einschussentfernung liegt bei knapp 45 Metern. Ideal. Dann drückt er ab und sieht durch das Zielfernrohr, wie Anton Keller zuckt, wie er sich an die Schläfe fasst, wie er gefährlich schwankt in der kleinen Gondel, die dafür nicht ausgelegt ist, seitlich Halt sucht und schließlich schwer nach hinten fällt. Er beobachtet das Motorboot, das langsam heranfährt und längs zum Fischerkahn liegen bleibt. Luca nimmt das Gewehr herunter.

***

Während der vier Monate, in denen Hauptkommissar Fiorino am See lebt, hat er es noch nicht auf eine der nahe gelegenen Inseln geschafft. Nicht auf die Reichenau, die für Gemüseanbau steht und für Weltkulturerbe, nicht auf die Blumeninsel Mainau. *Blumeninsel.* Es klingt wie ein Touristentraum. Tatsächlich scheint es genau das zu sein. Als er sein Auto am Sonntagnachmittag auf dem verschachtelten Parkplatz abstellt, findet er sich unversehens inmitten einer Reisegruppe aus der Pfalz. Plappernde Frauen in Feststimmung und der Aussicht auf Blumen, soweit das Auge reicht. Sie sammeln sich neben dem Reisebus, mit dem sie gekommen sind, und auf dessen Frontscheibe ein *Jesus lebt*-Aufkleber prangt. Fiorino schüttelt genervt den Kopf. Er versucht, sich zu entspannen und den sonnigen Tag zu genießen, versucht, sich vorzustellen, es wäre seine Freizeit. Und er versucht, es nach außen hin so darzustellen, dabei ist er seit rund vier Monaten nie in Freizeit, zumindest nicht im Kopf. Die Frau, die vom Beifahrersitz seines Autos klettert und ihren Rock glatt streicht, lächelt ihm zu. Sie ist hübsch und er bedauert, dass sie nur eine Kollegin aus der Direktion ist, nicht einmal eine Bekannte und schon gar nicht seine richtige Freundin. Dass er sie als Alibifrau mitgenommen hat, um den Eindruck zu erwecken, er sei zufällig hier.

Eigentlich hat er für Frauen keine Zeit. Nicht aktuell, so redet er sich ein. Später irgendwann. Wenn es mit dem Job gut läuft. Wenn er seine Gedanken auf Erholung einstellen kann. An diesem Sonntag nicht. An diesem Tag ist er wegen Britta Fleming hier. Der Mann am Eingang fragt mit freundlich gelangweilter Stimme, ob sie an der Rosenwahl teilnehmen wollen. Fiorino bestätigt es ergeben. *Warum nicht.* Die Frau an seiner Seite schmunzelt wieder.

Er hätte gern gewusst, was Kollegin Lorenz denkt. Was sie von ihm denkt. Er hofft, dass Dettmers niemals erfahren wird, wie er eine Sekretärin als Begleitung einteilen musste, um nicht allein aufzukreuzen. Eigentlich hätte er Schmitz und dessen Frau schicken sollen oder Dettmers. Der wäre mit seinem kleinen Neffen auf die Mainau gegangen, hätte auf Familie gemacht, einen schönen Tag gehabt, würde nebenbei tun, was es zu tun gibt. *Der Fleming auf den Zahn fühlen*, wie Schmitz es nennt. *Weil sie irgendwas zu verbergen hat*, sagt Dettmers. Wieso sind sie eigentlich nicht gegangen? Beide haben angeblich etwas vor. Etwas Besseres natürlich.
Fiorino und Lorenz schlendern über die Brücke auf die Insel. Sie hat sich bei ihm untergehakt, schwenkt mit dem anderen Arm ihre kleine bonbonfarbene Handtasche wie eine Kellnerin, die Feierabend hat, und plaudert munter vor sich hin mit einer angenehm dunklen Stimme, der er stundenlang hätte lauschen können, ohne dem Inhalt zu folgen. Er ist verwundert, dass eine Frau wie sie an einem Sonntag offenbar keine anderen Pläne hat. Beim Ponyreiten biegen sie links ab, gehen langsam die Rosenstraße entlang. Fiorino versucht, den Nachmittag zu den genießen und zu vergessen, dass er im Dienst ist. Eigentlich hat er es nicht schlecht getroffen. Und er hat die Blicke einiger Männer gesehen, die die Lorenz bewundern ansehen. Die hält sich noch immer an seinem Arm fest, geht neben ihm und redet und redet. Sie scheint sich

wohl bei ihm zu fühlen. Er hat schlimmere Wochenenden als dieses gehabt.
Irgendwann haben sie die Insel der Länge nach überquert und kommen zur Schiffsanlegestelle. Hier wuseln noch mehr Menschen umher, als auf dem Rest der Insel. Fiorino steuert auf das Kiosk auf der linken Seite zu und Frau Lorenz folgt ihm.
„Guten Tag, Frau Fleming", sagt er höflich zu der Verkäuferin, die ein Bündel Postkarten abrechnet. Er zaubert einen Hauch von Erstaunen in sein Gesicht: „Ich hätte nicht erwartet, dass Sie wieder arbeiten."
Britta Fleming nickt ihm grüßend zu. Sie vermeidet es, ihn mit Namen anzusprechen. Vor allem nicht mit seinem Titel. *Guten Tag, Herr Kriminalhauptkommissar.* Das wäre es gewesen. Die Leute brauchen nicht alles zu wissen.

„Es ist Hauptsaison", sagt sie missbilligend.
„Ja, natürlich. Wie dumm von mir", sagt Fiorino mit einem Lächeln. Einem gewinnenden Lächeln, wie er hofft. Frau Lorenz tritt an seine Seite.
„Sieh nur, Roger, diese hübschen kleinen Kalender", sagt sie mit einem strahlenden naiven Gesichtsausdruck, „von denen kaufe ich einen für meine Tante in Essen. Sie hat vom See und der Insel so geschwärmt, als sie neulich zu Besuch war",

sagt sie glücklich. „Lach' nicht, dann habe ich mein erstes Weihnachtsgeschenk. Ich schau mich noch ein bisschen um."
Fiorino ist zufrieden mit seiner Kollegin. Sie spielt ihre Rolle besser, als er dachte. Britta Fleming runzelt die Stirn. Von ihrem Gesicht ist zu lesen, dass sie sich fragt, wie ein Mann wie Fiorino, der zwar passabel doch nicht blendend aussieht, zu einer so hübschen quirligen Frau kommt. Die Kundin mit den Postkarten verlässt den Kiosk, Fiorino wendet sich Britta Fleming zu.
„Ich möchte Ihnen nochmals mein Beileid aussprechen, Frau Fleming", sagt er leise, „ich weiß, was Sie durchmachen und das meine ich ganz ehrlich. Und ich darf Ihnen versichern, dass wir Sie über alles, was unsere Ermittlungen ergeben, auf dem Laufenden halten werden."
Er sieht sie tief und ruhig und verständnisvoll an. Britta Fleming schluckt. Sie überlegt, wie merkwürdig es sei, dass er hier und zu dieser Gelegenheit auf den Fall zu sprechen kommt. In Gedanken nennt sie den Tod ihrer Schwester nur *den Fall.* Wie in den Krimis, die sie gern gelesen hat. Früher einmal.
„Gibt es denn Neuigkeiten? Haben Sie was raus gefunden?", fragt sie heiser. Sie wendet sich kurz nach rechts und nach links, ob jemand das Gespräch mithören kann.
„Wir haben noch einige Zeugen zu vernehmen", sagt er beschwichtigend und überlegt, welche genau das sein sollen. Außer dem Jungen, der im Stadtgarten geschlafen hatte, gibt

es keinen. Und natürlich den Berufsfischer Bernd Berger. Aber der hat seine Aussage bereits gemacht. Die meisten Mitarbeiter der Lokale im Stadtgarten sind überprüft worden. Einige von ihnen haben Marit Fleming auf Fotos erkannt, den Bildern, die Britta Fleming ihnen zur Verfügung gestellt hat. Aber niemand, außer einem kleinen Mädchen und ihrer Mutter, kann sich sicher daran erinnern, sie an dem Abend gesehen zu haben. Vor allem nicht in Begleitung eines Mannes, der wie der junge Marlon Brando aussehen soll. Auch die Einsicht der Akten des Falles aus Bayern, die Schmitz angefordert hat, bringt keine neuen Erkenntnisse, und Luigi Di Centa, der sonst über alles Bescheid weiß, kann keine neuen Infos beibringen.

Britta Fleming streicht eine blonde Strähne aus der Stirn. Sie ist blass und übernächtigt, es fällt zwischen all den gebräunten gut gelaunten Menschen besonders auf. Sie sagt leise und wie entschuldigend: „Ich schlafe nicht besonders in letzter Zeit."
„Das ist nur natürlich nach allem, was geschehen ist", sagt Fiorino mit einem bedächtigen Nicken, das väterlich vertrauenerweckend wirken soll, wenngleich er jünger ist als sie.
„Ich muss mich um meine kleine Tochter kümmern", sagt sie, „da habe ich nicht viel Zeit zum Nachdenken."

„Haben Sie jemanden, der Ihnen hilft? Auch dabei, verzeihen Sie, wenn ich das sage, den Nachlass Ihrer Schwester zu ordnen?“

Britta Fleming zuckt zusammen, erschrocken, verloren und auch schuldbewusst.

„Daran habe ich noch gar nicht gedacht“, sagt sie, „ich habe kaum Zeit, die Beerdigung zu regeln. Es ist so vieles, woran ich denken muss. Und die vielen Anrufe und Kondolenzbriefe. Aber wissen Sie, es tut mir gut zu wissen, wie viele Menschen Marit gemocht haben. Sie verehrt haben.“ Sie muss tief Luft holen, bevor sie weiter sprechen kann: „Mir war nicht bewusst, wie bekannt meine Schwester in der Literaturszene tatsächlich war.“

„Es wäre möglich, dass sie bei ihrem Erfolg auch Neider hatte, die ihr nichts Gutes wollten“, sagt er in nachdenklichem Murmeln.

Britta Fleming wirkt mehr und mehr, als würde sie frieren. Von der Schar fröhlicher Freizeitmenschen um sie herum unterscheidet sie sich nicht nur durch ihre abgezehrten blassen Züge und das wie ausgelaugt wirkende Haar, das sie streng zurück gekämmt hat. Sie trägt an dem heißen Julitag eine wollene Strickjacke über ihrer Mainau-Dienstbluse. Sie zieht die Ärmel der Jacke schützend über die Hände, krallt sich daran fest.

„Erst haben Sie gesagt, sie hätte vermutlich Selbstmord begangen. Und jetzt meinen Sie, jemand könnte sie …“ Ihre

Stimme ist brüchig, als sie händeringend und wie gebetsmühlenartig wiederholt: „Aber sie war so glücklich.“
Fiorino versucht, sich seine Ungeduld nicht anmerken zu lassen. Glücklich zu sein ist kein Schutz vor Unfällen und vor Verbrechen. Aber das kann er ihr nicht sagen. Er sagt stattdessen: „Wir müssen zum jetzigen Zeitpunkt in alle Richtungen ermitteln. Wenn Ihnen einfällt, was Ihre Schwester Ihnen ...“
„Sie hat mir nie viel von sich erzählt“, unterbricht sie abweisend, „das habe ich Ihnen doch gesagt.“

„Ich mute Ihnen einiges zu“, sagt Fiorino sanft, „ich komme an diesem Sonntagnachmittag als Tourist auf die Insel und jetzt fange ich an, Sie zu belästigen. Ich weiß, es ist unpassend.“
„Sagen Sie mir einfach, wie ich Ihnen helfen kann“, sagt sie müde. Ihre Finger haben sich tief in das Jäckchen gegraben. Sie denkt an Marit, an einen der letzten Tage, an denen sie sie gesehen hat. Als Marit für sie eingekauft hat, auf dem Rückweg mit dem Fahrrad gestürzt ist, sich Schürfwunden an den Armen zugezogen hat. Britta hat die Schrammen versorgt und Tee gekocht und sie haben sich nebeneinander auf das Sofa gesetzt und gelacht. Es war wie damals, als sie beide Kinder und ein Herz und eine Seele waren. Bevor die kleine

Schwester erfolgreich geworden ist und ihre Lebenswege sich unterschiedlich entwickelt haben.
„Wir müssen, wenn Sie erlauben, weitere Unterlagen Ihrer Schwester einsehen“, sagt Fiorino, „alles, was in der Wohnung war, wurde bereits gesichtet, doch wir haben einen Verweis gefunden, dass verschiedene Akten, Papiere und Kartons bei Ihnen gelagert wurden. Ist das richtig?“
Sie nickt beiläufig: „Sie stehen in meinem Keller. Marit hat mich darum gebeten, weil sie nicht genügend Platz in der Wohnung hatte.“
„Die Geschäftspost und persönliche Briefe sind für uns wichtig. Auch die Festplatte des Notebooks und natürlich der Mailverkehr werden geprüft. Das Notebook ist bereits auf der Polizeidirektion und die Kollegen sind dabei, das Passwort zu entschlüsseln.“
„Das kann ich Ihnen sagen“, sagt sie matt, „es lautet Maya Minus 2004. Name und Geburtsjahr meiner Tochter. Marit hing sehr an ihr.“
„Das ist sehr freundlich von Ihnen, Frau Fleming. Dann muss ich Sie nur um die restlichen Unterlagen bitten.“
Britta sagt ablehnend: „Sie wollen in Dokumenten herumwühlen und womöglich Liebesbriefe lesen?“
Fiorino versucht beruhigend zu wirken: „Von Herumwühlen kann keine Rede sein. Das darf ich Ihnen versichern. Wir bitten Sie zudem, uns die Kondolenzpost zur Verfügung zu stellen.“

Kurz und knapp. Freundlich, nicht gefühllos. Er ist stolz auf sich. Gespräche wie dieses sind ihm unangenehm und er ist froh, es hinter sich zu bringen. Und er verzichtet zu erwähnen, dass die Polizei die Unterlagen mit oder ohne ihre Zustimmung zu sichten berechtigt ist. Wenn eine richterliche Genehmigung vorliegt. Sobald der begründete Verdacht bestünde, dass es sich um Tod durch Fremdeinwirkung handelte. Vorerst ist er mehr an der Reaktion der Frau interessiert, die nun skeptisch ist.

„Gut, ich werde die Sachen heute Abend heraus suchen", sagt sie.
Eine ältere Dame tritt an den Kiosk und kauft für ihre Enkel zwei Mainau-Blumen aus Plüsch. Britta Fleming entschuldigt sich, tippt die Posten in die Kasse ein. Sie ist unverkennbar erleichtert, Fiorino zu verabschieden. Der lächelt ihr zu. Frau Lorenz ebenfalls. Er bezahlt den Blumenkalender den sie noch immer in der Hand hält. Sie flötet: „Danke, Roger."
„Schon gut. Der ist wirklich hübsch, Liebes", sagt er und genießt es, das zu sagen. Und er weiß, dass die Kollegin nichts dagegen tun kann. Im Gegenteil, sie ist amüsiert.
Erneutes freundliches Nicken in Richtung von Britta Fleming. Frau Lorenz hakt sich wieder bei Fiorino ein und sie gehen gemeinsam davon, langsam, schlendernd, als hätten sie den ganzen Nachmittag Zeit, wie andere Paare auch. Sie

schwenkt die kleine Tüte und die elegante Handtasche. Ihre langen glatten Haare schimmern im Sonnenlicht.
„Und, was halten Sie davon?", fragt er leise, als sie ein Stück entfernt sind. Eigentlich hätte er in normaler Lautstärke reden können.
„Sie hat ein schlechtes Gewissen", flüstert Frau Lorenz zurück, „und irgendwas zu verbergen, wenn sie mich fragen. Sie ist eifersüchtig auf ihre Schwester. Und wie. Allein die Reaktion auf die Briefe und ihre Sorge, man könnte in Liebesbriefen stöbern."
„Ja, da ist was nicht in Ordnung. Können Sie veranlassen, dass die Briefe, die Akten und anderen Unterlagen aus dem Keller gleich morgen früh abgeholt und zeitnah geprüft werden, Frau Lorenz? Man soll alles chronologisch sortieren. Und die Mails müssen gecheckt werden. Frau Fleming war so nett, uns das Passwort zu geben, das spart uns Zeit. Ich gebe es gleich an die Kollegen weiter, die können dann schon mal anfangen."
Er muss über den Eifer der jungen Kollegin lächeln und sagt mit fröhlichem Unterton: „Aber genug von dienstlichen Dingen. Was halten Sie von einem Kaffee oder Eisbecher? Ich finde, das haben wir uns verdient."
Frau Lorenz stimmt begeistert zu: „„Immer. Aber ich möchte Sie einladen, als Wiedergutmachung für den Kalender."
„Ich bitte Sie", sagt Fiorino. Er fühlt sich angenehm verlegen und irgendwie erleichtert, dass sie sich nicht mit einer der

rätselhaften Diäten herumplagt, wie es seine Schwester seit Jahren tut und damit alle Familientreffen stört, weil niemand in ihrer Nähe genussvoll essen kann, während sie an einem stillen Wasser nippt.

„Was wollen Sie mit dem Ding nun anfangen?“, fragt er.
Frau Lorenz zwinkert ihm zu und sagt: „Ich werde ihn meiner Tante schenken. Zu Weihnachten. Dann habe ich schon mein erstes Geschenk.“
„Das glaube ich jetzt nicht“, sagt Fiorino.

***

„Ich sage es Dir nochmals, Eugen. Halt Dich da raus. Du wirst Schwierigkeiten bekommen.“
Die kleine Frau, deren mausgraue Haare von einer Dauerwelle ausgelaugt sind und sich wie winzig gekrauste Stahlwolle um ihren Kopf kringeln, hat die Faust in die Seite gestemmt und fuchtelt in der anderen Hand mit einem Kochlöffel, mit dem sie bis dahin in einem Topf gerührt hat.
„Aber ich bin Zeuge“, sagt der Mann am Küchentisch. Eugen trägt eine ausgebeulte Jogginghose und ein weißes Feinripphemd, ein längst vergangenes und doch niemals ausgerottetes

Klischee alltäglicher kleinbürgerlicher Spießigkeit, „ich kann doch nicht so tun, als hätte ich nichts gesehen."
„Ach was", sagt die Frau schnippisch und ungeduldig. „Die Herren von der Polizei werden bestimmt auch ohne Dich auskommen. Glaub mir, es bringt nur Ärger, wenn man sich einmischt."
Sie hat die Szene in Erinnerung, die sich vor vielen Jahren, als sie selbst noch ein Kind war, abgespielt hat. Den Nachbarn, der sich auf dem Dachboden erhängt hat, der 40jährige Familienvater, der an einem kurzen Seil vom Mittelbalken baumelt. Ihre Mutter hat ihn gefunden, als sie mit einem Wäschekorb nach oben gegangen ist. Kurz darauf ist sie schreiend die Treppen herunter gerannt, mit vor Schreck geweiteten Augen, hat unter hysterischem Schluchzen geschrien: „Er hängt da oben. Der Lehmann. Mein Gott."
In der Folge ist sie von der Polizei verhört worden, so lange, bis sie selbst beinahe geglaubt hat, eine Mitschuld an dem Selbstmord zu haben.

„Aber ich habe gesehen, dass sie irgendwas eingenommen hat", sagt Eugen kläglich und anklagend zugleich. „Sie saß auf der Bank und hat aus einem Röhrchen geschluckt und dazu Wein getrunken. Das würde doch bedeuten, dass es Suizid war. Und die Polizei ermittelt immer weiter und sucht nach einem Täter, den es überhaupt nicht gibt."

Er hat so sehr das Bedürfnis, sich mitzuteilen, zur Polizeidirektion zu gehen, in das schön restaurierte Gebäude am Sternenplatz, in seinem dunkelgrauen Anzug, dem einzigen, den er besitzt, und eine Aussage zu machen. Eine Aussage, die den ganzen Fall neu beleuchtet und zum Abschluss bringt. Er will seinen Namen in der Zeitung lesen. Der Mann, der die Umstände des Todes der bekannten Autorin aufgeklärt hat. Und er hofft, dass Schmitz, sein Nachbar, der Kripobeamte, der ihn nie wirklich ernst genommen hat, davon erfährt. Dass er am besten die Aussage selbst zu Protokoll nehmen muss.
„Halt Dich da raus, sage ich."
Die kleine Frau hat sich wieder dem Herd zugewandt und rührt energisch in ihrem Eintopf. Sie schimpft vor sich hin: „Du weißt überhaupt nicht, was in dem Röhrchen war. Vielleicht ein Vitaminpräparat oder Aufbaumittel. Wenn es Schlaftabletten gewesen sind, hat die Polizei das leere Röhrchen gefunden und weiß ohnehin Bescheid. Wenn nicht, machst Du Dich zum Affen."
Eugen sieht auf, traurig unter schweren Lidern, er stiert auf ihren schmalen Rücken unter dem orange farbigen Baumwollpullover, der so oft gewaschen worden ist, dass er seitlich mit kleinen dunklen Faserpünktchen bedeckt ist. Er sagt dumpf: „Wenn Du es so siehst, werde ich es eben nicht melden."

David Zelazny kann es nicht leiden, wenn ihm etwas vorgemacht wird. Es ist weniger die Tatsache, dass man versucht, Dinge zu vertuschen, vor ihm geheim zu halten, ihn reinzulegen oder zu belügen, sondern dass er für gutgläubig und naiv gehalten, dass er benutzt wird. Er ist unschlüssig, wie und ob er an Britta Flemings Auftrag, wenn er ihn so nennen will, herangehen soll. Er hat Kontakte, natürlich hat er sie, als Journalist kennt er halb Konstanz, doch Recherchen in einem Todesfall hat er nie betrieben.

Er hat schlecht geschlafen in der Nacht nach ihrem Anruf, die Sache ist ihm nachgegangen. Er hat außer Britta auch Marit gekannt, wenn auch nur flüchtig. Eigentlich kennt er auch Britta nicht wirklich und ist erstaunt, dass sie ausgerechnet ihn um Hilfe gebeten hat. Zelazny fühlt sich hin und her gerissen zwischen Ehrgeiz, Hilfsbereitschaft und Lustlosigkeit. Und eigentlich ist ihre Bitte ohnehin zweitrangig. Wenn er der Sache nachgeht, dann nur, um sie journalistisch auszuwerten.

Nachdem er zwei Stunden in der Lokalredaktion verbracht und den Artikel über eine Newcomer-Band im Kulturladen ins System eingegeben hat, sich von der Sekretärin mit einem Eis hat aufpäppelt lassen, weil sie meint, er hätte es nötig, macht er sich auf den Weg, einen ersten Kontakt zu aktivieren. Die Filiale einer Drogerie-Kette, die er ansteuert, liegt in einer Seitenstraße, der Laden ist so klein, dass er schon mit fünf Kunden überfüllt wirkt. Er schleicht sich von hinten an ein blondes Mädchen heran, das geduldig Nagellackfläschchen einer no-name-Firma in Regale füllt, er packt sie um die Taille. Sie schreckt nicht hoch, als habe sie damit gerechnet, dreht sich zu ihm um, sie hofft, dass ihre Miene unergründlich ist. Die Frauen in den Liebesgeschichten, die sie seit ihrer Jugend begeistert liest, sehen immer gleichgültig und dabei wunderschön aus, wenn sie Männer am langen Arm zappeln lassen. Er fragt mit dunklem Timbre, ob sie Zeit für ihn habe, sie zögert, ruft ihrer Kollegin an der Kasse zu, dass sie eine Zigarettenpause machen wolle. Sie hätte nicht rufen müssen, der Laden ist so winzig, dass die Kollegin nur wenige Schritte von ihr entfernt sitzt und entsprechend zusammenzuckt. Anita folgt ihm nach draußen, nimmt eine Zigarette, die lose in der Tasche ihres weißen Kittels steckt und leicht verbogen ist, sie lässt sich von ihm Feuer geben und wartet ab, was als nächstes kommt. Sie hat vergeblich versucht, ihn nicht zu nett zu finden, wenngleich ihr klar ist, dass er kein Interesse an ihr hat. Außer daran, sie auszufragen nach Dingen aller Art, die sie meist beantworten kann. Anita gilt in der Kleinstadt als gut informierte Tratsche.

Zelazny zieht ein Foto von Marit Fleming hervor, das er aus dem Zeitungsarchiv geliehen hat, und er bekommt eine ähnliche Antwort wie die, die Luigi Fiorino gegeben hat. Anita erkennt die Autorin sofort. *Die Tote vom See.* Sie unterdrückt ein Seufzen. Sie hat zu viele Romane gelesen, in denen der

Tod romantisiert und vom Sterben in Schönheit erzählt wird. Sie sagt ihm in kurzen Sätzen, was sie von der Autorin weiß, im Kern das Gleiche, was auch Fiorino von Luigi Di Centa erfahren hat, vor allem, dass sie sie in dessen Eisdiele beim Schreiben gesehen habe. Sie lässt Zelazny an ihren Gedankengängen teilhaben, sinniert, ob Marit Fleming an Liebesromanen gearbeitet habe, weil sie selbst so verliebt schien und glücklich von innen heraus, wie sie es nennt. Zelazny fragt sich, was genau sie damit meint und hofft, dass sie es ihm nicht erklären will. Er vermutet, sie habe davon in einem der Romane gelesen, in die sie oft vertieft ist. Bücher mit kitschigen Covern, auf denen Frauen in wallenden Gewändern aus Schlössern fliehen oder von langhaarigen Männern umarmt werden, die alle wie Wikinger aussehen. Sein eigener Roman, an dem er seit Jahren schreibt und den er selbst als düstere sprachgewaltige Untergrundpoesie definiert, wird sicherlich kein Lesestoff für sie sein, sollte er jemals verlegt werden. Schließlich plaudert sie munter von einem Streitgespräch zwischen Marit und Britta Fleming. Er ist immer wieder verblüfft über die Details, die Anita aus dem Leben anderer Menschen kennt.

Nach dem Gespräch mit ihr muss er wissen, was seine *Auftraggeberin*, wie er sie insgeheim nennt, ihm bezüglich der Beziehung zu ihrer Schwester verschwiegen hat, und trifft sich mit Britta in dem Gartenlokal, das sie vorgeschlagen hat. Normalerweise geht er nicht in diese Art von Biergärten, er

mag sie nicht, er mag es nicht, wenn pausenlos Weizen getrunken und geschnippelter Rettich gegessen wird, dazu Brezeln, das Ganze womöglich an Tischen, auf denen blauweiß karierte Decken liegen. Diese Art rustikaler Behaglichkeit liegt ihm nicht. Wenn David etwas trinkt, geht er in eine Bar.
Sie sitzt an einem der kleinen Tische, ein Glas Spezi vor sich, sie hat das Kinn auf die Hände gestützt und scheint tief in Gedanken versunken. Außer ihr sitzen drei Paare an Tischen verteilt, allesamt Radtouristen, die eine Pause einlegen. David schwingt sich ihr gegenüber auf die Bank, sie sieht mit einem sanften und leicht verschlafenen Ausdruck auf. Sie trägt eine dicke Wollstrickjacke, die sie vorne zugeknöpft hat. Dass sie friert, ist in diesem Fall verständlich, die Bänke des Lokals stehen im kühlen Schatten unter einem dichten Laubdach aus sattgrünen Kastanienblättern.
„David", sagt sie leise, „schön, dass Du gekommen bist."
Es klingt, als sei er ein Freund aus Schulzeiten, der zu Besuch in der Stadt ist und sich der alten Zeit wegen mit ihr trifft.
Zelazny schnippt mit dem Finger, ordert bei der vorbeiflatternden Bedienung einen Espresso. Er ertappt sich dabei, wie er sie anstarrt. Nicht, weil sie besonders hübsch oder anziehend wäre. Es ist das Dirndl, das sie trägt. Er spürt spontane Abneigung. Trachten sind ebenso wenig sein Ding wie Biergärten, Hornknöpfe, Wadenstrümpfe, Hüte mit Gamsbart. *Ein Dirndl.* In Südbaden und getragen von einer Frau mit breitem Ruhrpotteinschlag. Schlimm genug, beim Oktober-

fest, das auch in Konstanz alljährlich auf dem Gelände von Klein Venedig stattfindet, mit den erzkonservativen bayerischen Fummeln belästigt zu werden, aber mitten im Sommer und in hellrosa Billigvariante mit supertiefem Ausschnitt, der nicht für die flache knochige Brust und ungelenkte Figur des Mädchens gedacht ist, das ist zuviel. Zelazny reißt sich schaudernd von dem Anblick los und wendet sich Britta zu. Er sagt rau: „Ja, ich muss mit Dir sprechen."
„Hast Du schon was rausgefunden?", fragt sie und klingt halb hoffnungsvoll, halb ängstlich.
„Sagen wir, ich habe meine Fäden gesponnen", sagt er.
Sie muss unwillkürlich lächeln, ihre verhärmten Züge lockern sich, sie sieht jung aus wie ein Mädchen, hübsch und anmutig, die Ähnlichkeit zu ihrer Schwester ist unverkennbar. Dann wird sie wieder ernst und fragt, als er nicht weiterredet, vorsichtig und tastend „Ja? Und?"
Er beschließt, ohne Umschweife zum Thema zu kommen, nimmt die Sonnenbrille ab, die er im Dämmerlicht des Gartens nicht braucht und fixiert sie scharf. Die Vision von etwas Dunklem, das er gleich erfahren könnte, flackert auf, etwas, wofür ein Mensch zu töten bereit wäre, eine alte Schuld, von der zu erfahren einen in Gefahr bringt. Er schüttelt den Kopf über sich selbst, als er sie ansieht, ihr unglückliches Gesicht, die gekrümmte Haltung ihres schmalen Körpers. Welch düstere Geheimnisse könnte sie haben. Er fragt heiser: „Kannst Du mir sagen, was zwischen Dir und Marit los war?"

„Wie meinst Du das?“, fragt sie, wiederum kraft- und tonlos. Ihre Augen sind unverwandt auf ihn gerichtet, aufgerissen, groß und rund wie Murmeln.
„Ich meine damit, dass es Hinweise gibt, Ihr hättet Euch in der Öffentlichkeit heftig gestritten.“
*Vielleicht um ein Erbe*, grübelt er. Er findet es schlimm, wenn Menschen wegen Geld streiten, wenn Familien sich deswegen entzweien, wenn Geld der Antrieb für all ihr Tun und Handeln ist und er hofft beinahe, dass die Gerüchte, die er gehört hat, wahr sind und ein Mann der Grund für den Disput der Frauen war. Dass es um Leidenschaft und Emotionen und zerrissene Gefühle geht.
„So, es gibt Hinweise“, sagt sie spöttisch und unterbricht seine Gedanken, „hat der Dorfklatsch Dich erreicht.“
Ihr Herz klopft hart gegen den Brustkorb. Sie hat das Gefühl, dass David mitten durch sie hindurch sieht. Was, wenn er erfährt, was sie getan hat. Wenn irgendjemand davon erfährt? Sie hört seine Stimme wie aus weiter Entfernung.
„Wenn ich Dinge ermittle“, sagt er, „geht es nun mal nicht ohne Klatsch und Tratsch und meine Aufgabe ist es dann, die Spreu vom Weizen zu trennen.“
„Was willst Du damit andeuten?“, fragt sie, „dass ich mit ihrem Tod zu tun habe?“
„Quatsch“, sagt er schroff.

Sie funkeln einander an, sie lenkt schließlich ein: „Schon gut. Und was sonst noch?“

„Du sollst neidisch auf Marit gewesen sein und…“, fährt er fort. Weiter kommt er nicht. Britta Fleming ist aufgestanden. Ihr Gesicht ist auf einmal kalt und die Züge angespannt, als hätte man sie mit einem Expander hinter ihrem Kopf festgezurrt.

„Das geht Dich nichts an“, murmelt sie so leise, dass es kaum zu verstehen ist. Das zarte Zwitschern der Vögel in den Bäumen rund um sie ist um einiges lauter. Sie schüttelt unmerklich den Kopf. Warum fragen all die Männer nach ihrer Beziehung zu Marit. Wie kommt David an Gerüchte von ihrer, Brittas, Eifersucht. Warum versuchen sie nicht herauszufinden, was mit Marit geschehen ist in jener Nacht.

„Britta“, sagt er versöhnlich, „ich frage nicht aus Neugier, OK? Aber ich kann Dir nicht helfen, ich kann nichts weiter unternehmen, wenn Du nicht mit offenen Karten spielst. Ich muss wissen, woran ich bin.“

„Das Ganze hat nichts mit dem Fall zu tun“, sagt sie steif.

Da ist es wieder. Sie hat den Tod ihrer Schwester als *den Fall* bezeichnet. Den Tod ihrer Schwester, die sie so sehr geliebt und der sie dennoch Dinge entgegengeschleudert hat, die sie nicht mehr hat zurücknehmen können. Dass sie ihr einen Mann ausgespannt hat. Welchen Mann? Nur weil Marit mit ihm gelacht hat. Britta ist nicht einmal sicher, ob er überhaupt ahnt, was sie für ihn empfindet. Sie hat es ihm nie ge-

zeigt. Marit hat nichts getan, sie hat nichts falsch gemacht, außer jünger, hübscher, erfolgreicher zu sein. Die rasende Eifersucht. Der Neid über ihr leichtes und offensichtlich sorgloses Leben. Warum Marit? Warum hat sie alles bekommen? Warum nicht sie selbst? Marit Fleming und Thomas Sanderson. Ein Traumpaar. Der giftige Stachel, der sich in all den Jahren tiefer und tiefer in sie gebohrt hat, bis sie eines Tages die Mails geschrieben hat. Anonym sozusagen. Nicht zurückzuverfolgen. Britta hat viel gelernt von ihrem Ex-Ehemann. Sie hat gelernt, verantwortungslos zu sein. Sie hat gelernt, andere Menschen zu verletzten. Und sie hat einiges aus der IT-Branche gelernt, indem sie ihm über die Schulter geschaut hat. Sie hat die Mails an Marit geschrieben und sie mit all dem Hass und Neid getränkt, der in ihr war.
Die Worte brennen noch in Ihrem Kopf. Sie will, dass Marit leidet, wenigstens ein paar Minuten lang, dass sie sich quält, wie sie selbst sich ein Leben lang gequält hat. Sie weiß, wie sensibel die Jüngere ist. Sie weiß, dass sie sie damit tief getroffen hat. Aber sie fühlt sich nicht befriedigt. Sie fühlt sich nicht besser. Im Gegenteil. Sie wird es niemals wieder gut machen können.

Und sie muss wissen, ob Marit sich das Leben genommen hat. Womöglich aus Kummer. Wenn es ein Unfall war, wenn es doch nur ein Unfall war. Sie muss Gewissheit haben und

hat doch Angst vor dem, was die Kriminalbeamten, was David herausfinden könnten. Hätte sie ihn nur nicht beauftragt. David ist gründlich und wenn er sich in etwas verbissen hat, wird er nicht aufgeben. Er ist Journalist durch und durch.
Er reißt sie aus ihren Gedanken. „Gut“, sagt er und klingt resigniert, „wie Du meinst.“
„Gut“, sagt auch Britta, „wenn es das war?“
Zelazny steht ebenfalls auf, er ist nicht sicher, wie sie es meint, ob sie damit den Auftrag gekündigt oder nur dramatisch das Ende des Gesprächs signalisiert hat. Sie hat sich umgedreht, hat ihm den Rücken zugewandt, was ihn noch mehr in seiner Annahme bestärkt, ihre Zusammenarbeit sei zu Ende, und ist in Richtung des Ausgangs gegangen. Ihr Gang in hohen Absätzen ist unsicher, als habe sie keine Übung, mit eleganten Schuhen zu gehen. Er legt einen Schein auf den Tisch und verlässt hinter ihr das Gartenlokal. Er geht in einigem Abstand hinter ihr her. Zwei der Gäste sehen ihnen neugierig nach, sie wirken geknickt, ein Paar, das wegen einer Lappalie gestritten hat.
Draußen auf der Straße, im strahlenden und warmen Sonnenschein, der sie dazu bringt, die Jacke aufzuknöpfen, auszuziehen und über ihren dünnen Arm zu hängen, bleibt Britta Fleming stehen und dreht sich zu ihm um. Ihr Gesicht ist keine Maske mehr, es hat sich entspannt. Und sie schüttelt das beklemmende Gefühl, das sie noch vor kurzem umschlossen hat, kurzerhand ab. Sie muss pragmatisch denken. Sie

kann, was immer geschehen ist, nicht rückgängig machen, doch sie kann, sie muss die Wahrheit herausfinden oder besser herausfinden lassen. Sie hebt trotzig das Kinn.

„Es hat nichts mit Marits Tod zu tun, David", sagt sie noch einmal. Ihre Lippen sind zusammengepresst. „Das musst Du mir einfach glauben. Und ich bitte Dich, weiter nachzuforschen und alles zu tun, was Du kannst."

Er mustert sie nachdenklich, dann nickt er.

***

Fiorino hätte nicht erwartet, dass es so einfach sein würde, den Jungen in die Polizeidirektion kommen zu lassen. Ihn vorzuladen wäre zu hart ausgedrückt. Den Eltern gegenüber. Tatsächlich trifft es genau das. Der Junge, der am Morgen von Marit Flemings Tod schlafend im Stadtgarten aufgefunden wurde, ist ein wichtiger Zeuge. Seine Großmutter hat genau das betont. Eine resolute ältere Dame, die den Jungen begleitet und an seiner Seite das Büro betreten hat, mit kämpferischer entschlossener Miene, als müsse sie ihn vor der ganzen Welt beschützen und auch vor sich selbst und vor seinen Dummheiten.

„Du musst den Polizisten die Wahrheit sagen, hörst Du, Philipp", schärft sie ihm ein, bevor sie aus dem Zimmer geht.

Freiwillig. Auch damit hätte Fiorino nicht gerechnet. Der Junge lümmelt im Stuhl vor seinem Schreibtisch. Er fühlt sich unwohl und versucht es mit Überheblichkeit zu verdecken. Er nuschelt lustlos: „Was wollen Sie denn wissen? Ich habe nämlich nicht viel Zeit. Muss zum Training."
Fiorino geht nicht darauf ein. Er dreht sich zu Dettmers, der am Schreibtisch auf der rechten Seite sitzt, auffordernd, das Gespräch zu übernehmen.
„Was trainierst Du denn?", fragt Dettmers beiläufig.
„Das interessiert Sie doch gar nicht. Warum fragen Sie überhaupt?", antwortet der Junge prompt. Er sagt es lahm und herausfordernd zugleich. Dettmers lässt sich nicht provozieren.
„Wie auch immer", sagt er geschäftsmäßig, „das Training kann für heute sicher warten. Willst Du nicht wissen, was mit der Frau im Stadtpark ist?"
Der Junge verzieht genervt das Gesicht. „Sie ist tot", sagt er.
Dettmers sagt ungewohnt ernst: „Ja, sie ist tot. Und wir versuchen herauszufinden, ob sie sich das Leben genommen hat oder ob sie getötet wurde."
Der Junge setzt sich in seinem Stuhl aufrechter hin. Er streicht die Haare aus der Stirn und sieht deutlich interessierter aus als zuvor.
„Getötet? Sie meinen wie in den Krimis im Fernsehen?"

„So ähnlich. Aber das hier ist das wirkliche Leben, verstehst Du?“ *Real Life.* Bon Jovi hat das gesagt, hätte er beinahe hinzugefügt.
„Ja, ja. Ich bin nicht blöd.“
„Ich meine damit, dass nichts Romantisches daran ist, nichts Dramatisches und auch nichts Spannendes. Es gibt kein Kunstblut, keinen Abspann und niemand fährt am Ende in den Sonnenuntergang, während ein Rocksong gespielt wird. Eine junge Frau wurde tot im Stadtpark gefunden und Du kannst uns möglicherweise dabei helfen zu erfahren, was sie dort gemacht hat und was in jener Nacht passiert ist.“

Der Junge wirkt nachdenklich und sagt schließlich: „Ja, OK. Ich kann es mal versuchen.“
Dettmers blickt in Fiorinos Richtung, erhält ein beifälliges Nicken.
„Zunächst fürs Protokoll. Dein Name?“
„Den kennen Sie doch. Den habe ich schon Ihren Kollegen gegeben“, sagt er Junge genervt.
„Es ist fürs Protokoll.“
„Philipp Wassmer“, brummt er.
„Gut, Philipp. Du hast also in der Nacht zum 16. Juli auf einer Bank im Stadtgarten geschlafen.“
Philipp stiert ihn mürrisch an und ist nahe dran, wieder „Das wissen Sie doch“ zu sagen. Stattdessen nuschelt er ein „Ja.“

„Machst Du das öfter?“
„Ab und zu.“
„Warum?“
„Es gefällt mir. Ich bin gern nachts draußen.“
„Du gehst nicht in die Disko wie die anderen?“
„Doch, schon.“
„Und danach gehst Du in den Stadtgarten?“
„Manchmal.“
„Und sagen Deine Eltern nichts dazu? Wenn Du am Abend nicht nach Hause kommst?“
„Da ist nur mein Vater“, sagt der Junge.
Dettmers hakt nicht nach, was mit seiner Mutter ist. Ob sie gestorben ist oder ob die Eltern getrennt leben. Er wartet ab. Kurzzeitig zögert der Junge. Dann zuckt er gelangweilt und versucht gleichgültig auszusehen: „Mein Vater arbeitet oft nachts und merkt es ohnehin nicht, ob ich zu Hause bin.“
Er fixiert einen Punkt an der Wand dicht neben Fiorino, als ob es dort unheimlich Spannendes zu sehen gäbe.
„Welchen Beruf hat er?“
„Arzt“, sagt der Junge, „wenn der nach seinen Schichten heimkommt, kriegt er nichts mehr mit. Und ich bin am Morgen zu Hause und liege im Bett, wenn meine Oma mich zum Frühstück weckt.“
Er lächelt und dieses Mal ist es echt. Er lächelt auch deshalb, weil die drei Beamten nicht ahnen, dass sein Vater Pathologe bei der Rechtsmedizin und somit ein Kollege ist. Und dass sie

um ein Haar zusammengestoßen wären an jenem Morgen, als Philipp auf der Parkbank liegend entdeckt worden ist und sein Vater Dienst gehabt hat. Doktor Wassmer war so konzentriert auf seine Arbeit, dass er sein Umfeld nicht bemerkt hat. Was wiederum Philipp nicht weiß ist, dass Fiorino mit seinem Vater befreundet ist, seit sie in der Kantine miteinander ins Gespräch gekommen sind und dass Doktor Wassmer ihm das Herz ausgeschüttet hat wegen der Probleme mit seinem Sohn, dass er sehr wohl von dessen nächtlichen Ausflügen weiß, dass er sich Sorgen und Gedanken und Vorwürfe macht, von denen Philipp nichts ahnt. Wenn sie miteinander geredet, wenn sie Vertrauen zueinander gehabt hätten, wäre es nie soweit gekommen. Und hätte Fiorino geahnt, dass er Wassmers Sohn vor sich hat, hätte er anders reagiert und versucht, zu vermitteln. Er betrachtet den Jungen, wird unwillkürlich an die eigene Jugend erinnert und daran, wie er und sein älterer Bruder genau das gleiche gemacht und nächtelang draußen verbracht haben, kurz bevor Claude im Dienst getötet worden ist. Schmitz dagegen reagiert ungehalten. Er sagt knapp: „Spätestens jetzt hat Dein Vater es ohnehin mitgekommen."
Philipp lächelt: „Er und meine Oma wissen ja nicht, dass ich das öfters mache."
„Und Du bist immer allein dort gewesen?"
„Manchmal."
„Und manchmal mit Freunden?"

„Ja."
„Oder mit Mädchen?"
„Auch."
Fiorino steht auf und tritt ans Fenster. Man kann ihm ansehen, wie angespannt er ist. Auch Dettmers versucht, nicht ungeduldig zu werden.
„Und in der besagten Nacht? Warst Du allein im Stadtgarten oder war jemand bei Dir?", bohrt Dettmers.
Der Junge sieht verlegen aus: „Ich war mit Yvonne da."
„Das ist Deine Freundin?"
„Nicht wirklich."
„OK, sie ist also ein Mädchen, das Du kennst?"
„Sie ist in meiner Klasse."
„Gut. Und war Yvonne die ganze Zeit mit Dir zusammen?"
Philipp antwortet mit Achselzucken und murmelt: „Ich bin irgendwann eingeschlafen."
„Und was habt Ihr bis dahin gemacht?"
„Wir haben uns unterhalten."
An Dettmers gerunzelter Stirn ist abzulesen, was er urteilt. Dass er trotz seines eigenen jungen Alters anfängt, Sätze wie *Diese Jugend* zu formen.
„Ihr habt Euch unterhalten. Dann bist Du eingeschlafen. Und als Du aufgewacht bist, war Yvonne weg?"
„Mhmmh."
„Sie hat Dich also auf der Bank liegen lassen und ist gegangen."

„Naja, sie musste nach Hause. Ihre Eltern sind ziemlich streng."
„Ein bisschen Strenge kann nicht schaden", wirft Schmitz dazwischen.
Dettmers wirft einen Blick in die Akte: „An dem Morgen, als Du auf der Bank entdeckt worden bist, warst Du, ich sage es vorsichtig, angetrunken. Ihr müsst ordentlich was gekippt haben, als Ihr Euch so unterhalten habt."
Der Junge ist trotzig: „Wir haben Bier getrunken. Was ist dabei."
„Es ist schon was dabei und das weißt Du", sagt Dettmers ruhig, „Du bist erst 13 Jahre alt."
„Na und?"
Schmitz fährt auf. „Na und?", blafft er, „Du kannst von Glück reden, dass ich nicht Dein Vater bin. Wäre ich es, würdest Du sicher kein Bier mehr aus der Nähe sehen und Du würdest spät nachts nirgendwo anders sein als in Deinem Bett. Notfalls würde ich es Dir mit ein paar Wochen Hausarrest eintrichtern."
Er hat bis dahin an der Wand gelehnt, die Arme vor der Brust verschränkt. Jetzt macht er paar Schritte durchs Zimmer, als müsste er sich abreagieren. Sein Gesicht ist rot geworden und Fiorino ist sicher, dass es mit seinem Blutdruck nicht zum Besten steht.
Der Junge zieht die Brauen hoch und murmelt: „Wie sind Sie denn drauf."

Ehe Schmitz antworten kann, mischt Dettmers sich ein. Er hebt beschwichtigend die Hände: „Lassen wir das jetzt, es führt zu nichts. Der junge Mann meint, er sei unglaublich cool, verstehst Du, Schmitz. Und vielleicht ist Herr Wassmer cool genug, uns zu sagen, ob er in der Nacht etwas gesehen hat, das uns weiterhilft."
Schmitz verzichtet darauf, dem Kollegen zu sagen, dass cool bei Jugendlichen überhaupt nicht mehr cool ist. Er verschränkt abwartend die Arme. Der Junge ist ernst, seine Züge straffen sich und wirken beinahe erwachsen. Man kann sich vorstellen, wie er als Mann aussehen wird.

„Keine Ahnung, ob Ihnen das hilft. Ich habe nicht viel mitgekriegt", sagt er langsam, „aber ich habe die Frau gesehen, die tot aufgefunden worden ist."
Er macht eine kleine Pause. Im Zimmer ist es still, die Aufmerksamkeit der drei Männer ist unverwandt auf ihn gerichtet.
„Es war kurz nach Mitternacht. Ich weiß es, weil die Hafenuhr geschlagen hat und das Gebimmel war nicht zu überhören. Ich habe die Frau eigentlich überhaupt nicht bemerkt, Yvonne hat mich auf sie aufmerksam gemacht, sie hat gesagt, dass sie ein tolles Kleid trägt. War mir aber egal", sagt der Junge. „Mir hat die Frau gefallen. Die sah geil aus."

Dettmers und Fiorino fangen unwillkürlich an zu grinsen, reißen sich dann zusammen.
„Sie hatte ganz schön was am Laufen, glaube ich“, sagt Philipp, „ich meine, sie hat sich an dem Abend mit mehreren Männern getroffen. Ist aber nix passiert. Sie hat sich nur irgendwie unterhalten, mit einem hat sie Pizza gegessen und Wein getrunken. Wie ein Picknick. Der ist dann gegangen, später hat sie sich mit einem anderen gestritten.“
„Hast Du Teile von den Gesprächen gehört?“
Der Junge schüttelt den Kopf: „Wir waren zu weit weg, um was zu hören. Höchstens mal einen Gesprächsfetzen. Und wir haben nicht die ganze Zeit hingesehen, Yvonne und ich. Ich habe nur ab und zu geschaut. Aber einen der Männer kenne ich, es ist der Bademeister vom Rheinstrandbad.“
„Bist Du sicher?“, fragt Fiorino.
„Natürlich“, sagt der Junge, leicht gekränkt, „den würde man überall erkennen.“
Dettmers muss ihm Recht geben. Er geht selbst regelmäßig zum Schwimmen ins Rheinstrandbad und weiß, dass Gregor Kowalski eine auffällige Erscheinung ist, rund 2 Meter groß, hellblondes Stoppelhaar und breit wie ein Schrank. Von den meisten wird er *Weißer Riese* genannt.
„War er der Mann, mit dem sie gestritten hat?“, fragt er und kann es sich eigentlich nicht vorstellen. Kowalski ist gutmütig wie ein Kind und freundlich zu allen. Vielleicht zu freundlich. Er wird selbst dann nicht ungehalten, wenn mal wieder ein

Mädchen Ertrinken vortäuscht und sich von ihm retten lässt. Es ist seine erste Saison als Bademeister und seitdem ist der Anteil junger Mädchen unter den Besuchern im Rheinstrandbad deutlich gestiegen. Dettmers muss neidlos zugeben, dass Kowalski klasse aussieht in seinen weißen Shorts und dem Polohemd mit Bäderamts-Logo, unter dem das Spiel der Muskeln zu sehen ist, wenn er am Wasser entlang schlurft.

Philipp verneint: „Nö, mit ihm hat sie sehr nett gesprochen."
„Aha", sagt Fiorino, „und ist Dir sonst etwas aufgefallen?"
„Einer der Männer, der, mit dem sie sich gestritten hat, war ziemlich groß. Nicht so groß wie der Bademeister. Er hat irgendwie fies und aalglatt ausgesehen. Yvonne hat gesagt, er kommt daher wie die Typen in Gangsterstreifen, so mit schwarzem Anzug, schwarzem Hemd und schmaler Krawatte. Irgendwie voll das Klischee. Aber die Frau hat sich nicht einschüchtern lassen. Sie hat irgendwas von Daten gesagt, die sie sicher verwahrt hat und dass sie sich nicht drohen lässt."
Fiorino macht sich eine Notiz. Die schwarze Kleidung kommt ihm bekannt vor, dies hat auch Hannelore Reimer erwähnt.
„Das hast Du genau verstanden? Sie sagte drohen?", fragt Fiorino gespannt.
„Genau. An der Stelle haben Yvonne und ich nämlich genau aufgepasst. Es war voll spannend und wir wollten alles mit-

kriegen. Die haben sich ziemlich laut unterhalten und wir haben es gut hören können. Schließlich sind die beiden Männer gegangen. Der Große war ziemlich sauer."
„Und dann?"
„Sie hat sich auf eine der Parkbänke gesetzt, ganz in unserer Nähe, und hat auf den See gestarrt, irgendwie war sie traurig", sagt er Junge leise.
„Kannst Du darüber hinaus was sagen?"
Philipp schüttelt den Kopf: „Ich muss irgendwann eingeschlafen sein", sagt er verlegen.
Mittlerweile dämmert ihm, dass sie wichtige Beobachtungen hätten machen können, wenn Yvonne nicht gegangen wäre, wenn er nicht geschlafen hätte. Das ist auch den drei Männern klar, als sie den Jungen verabschieden. Sie sehen keinen Grund, ihm nicht zu glauben, selbst angesichts der Tatsache, dass er an dem Abend reichlich Alkohol getrunken hat. Und Dettmers weiß, dass Fiorino ihn zum anschließenden Gespräch mit dem Bademeister schicken wird und er weiß auch, dass er es nicht möchte, weil er Kowalski kennt und schätzt.

***

Vor dem Büro wartet Philipp Wassmers Großmutter auf ihn. Sie lächelt ihm zu und er lächelt zurück. Die beiden gehen gemeinsam den Flur der Polizeidirektion entlang und Philipp ist dankbar, dass sie ihn nicht fragt, wie es gelaufen ist, was er den Kriminalbeamten hat sagen können und was er gefragt worden ist. Er ist dankbar, dass sie einfach an seiner Seite ist. Und dass sie nicht wütend ist wegen seiner nächtlichen Ausflüge.
Mit seinem Vater kann er darüber nicht reden. Die Beziehung zu ihm ist schwierig. Seit der Scheidung seiner Eltern hat er wenig Kontakt zu ihm gehabt, er hat bei der Mutter gelebt. Bis zu dem Tag, an dem sich alles geändert hat, dem Tag, an dem er zu seinem Vater zurückgekommen ist. Er kann sich genau erinnern. Es ist kalt gewesen auf dem Bahnhof und er hat in der dünnen Jeansjacke gefroren. Der Mann vom Jugendamt hat mit einer Hand seinen Oberarm gepackt und ihn durch das Bahnsteiggewühle vor sich her geschoben, mit der anderen hat er eine schwere Reisetasche geschleppt. Er war dick und im Gegensatz zu dem Jungen hat er geschwitzt. Auf seiner breiten Stirn waren Legionen von Schweißperlen, die er ab und zu verstohlen mit einem Taschentuch abgewischt hat, seine Brille mit dicken Gläsern, die die Pupillen eulenhaft groß wirken lassen, war am oberen Rand beschlagen. Er war nett und verständnisvoll, die ganze Zeit über. Auf dem Friedhof, als sie den Sarg in die Erde gelassen haben, war er neben Philipp, auf der anderen Seite Frank und seine Fa-

milie, die ihn von Tante Irmgard abgeschirmt haben. Die hat sich aufgeplustert, hat darauf gewartet, dass er anfangen würde zu weinen und sie ihn trösten könnte. Sie hat ihn umarmt, ihm einen feuchten Tantenkuss auf die Wange gedrückt. Einen Kuss von der Sorte, die wie dunkle Wolken am Erinnerungshorizont der Kindheit hängen. Der Pfarrer hat mit gelangweilter Stimme die Grabrede gebrabbelt. Gut auswendig gelernt. Er hat mit einer Schaufel Erdkrumen in das offene Grab gebröselt. *Erde zu Erde.* Wie hat seine Mutter sterben können. Sterben ist für sehr alte Menschen oder für Todkranke. Nicht für sie. Er hört noch immer ihr perlendes Lachen, das sie trotz aller Sorgen nie verloren hat. Es ist in seinem Ohr und in seinem Kopf. *Staub zu Staub*, hat der Pfarrer gesagt. Tante Irmgard hat unterdrückt geschluchzt. Fast hat er erwartet, dass sie mit einem Spruch wie *Deine Mutter ist jetzt im Himmel* ankommen würde. In seinem Hals war ein Klumpen. Wenn er nur hätte weinen können.
Unmittelbar nach der Beerdigung hat der Mann vom Jugendamt ihn in den Zug gepackt. Die Karten hat er bereits gekauft, für sich Hin- und Rückfahrt, für den Jungen einfache Fahrt. Philipp hat keine Zeit gehabt, nachzudenken, das Beste für ihn. Er würde nicht so bald zurückkommen. Der Zug sollte ihn zu dem Mann bringen, der sein *Vater* ist und eigentlich ein Fremder.

Er würde nie den Morgen vergessen, an dem er verschwunden ist. Verschwinden ist das richtige Wort. Wie bei einem der Zauberkunststücke, bei denen jemand in eine Kiste gestopft wird und – *wusch* – einfach weg ist. Er ist morgens zur Schule gegangen wie an jedem anderen Tag und als er nach Hause gekommen ist, war der Vater weg und mit ihm die meisten seiner Sachen. Erst hatte er gedacht, seine Eltern hätten sich gestritten und der Vater sei gegangen, um die Mutter zu ängstigen und weich zu klopfen. Er hat nicht gewusst, dass es für immer ist. Sein Vater hat nicht einmal mit ihm geredet. Er hat erst viel später und wie zufällig von Tante Irmgard erfahren, die mit einer Nachbarin lauthals darüber geredet hat, dass der Vater wegen einer anderen Frau gegangen sei, wegen einer R*othaarigen.* Für Tante Irmgard sind rote Haare der Inbegriff übelster Moral und Verderbtheit.
Zum Abschied hat er einen iPod in sein Zimmer gelegt, damals das Beste auf dem Markt. Damit hat er sich freikaufen wollen. Aber er hat sich getäuscht. Der Junge hat ihn nie benutzt. Er hat ihn in den Schrank geworfen und versucht, nicht an ihn zu denken. Wie er versucht hat, seinen Vater zu vergessen. Und obwohl der in den vergangenen drei Jahren nicht viel von sich hat hören lassen, war er sicher, dass er mit ihm klarkommen würde. Er hat ihn sofort entdeckt in dem Menschenknäuel auf dem Bahnsteig. Doktor Wassmer hat gut ausgesehen, jugendlich, scheint niemals älter zu werden. Inzwischen ist er 35 Jahre alt, aus Sicht des Jungen ein Me-

thusalem, doch sein Gesicht ist noch fast so jung wie auf dem Hochzeitsfoto. Das Foto auf der Kommode im Wohnzimmer. Die Mutter hat es dort stehen lassen und der Junge hat sich nie daran satt sehen können. Das warmherzige und offene Lächeln des Mannes auf dem Foto hat sich in sein Herz eingebrannt. Und er hat nie verstanden, dass zwei Menschen, die so glücklich zusammen aussehen, sich trennen.
Die Zeit zwischen den Besuchstagen hat der damit verbracht, sich nach ihm zu sehnen. Er hat gegrübelt, was er gerade tut, wie es ihm geht, mit wem er zusammen ist. Er hat ihn so sehr vermisst. Und die ganze Zeit über hat ihn die Frage gequält, ob es auch *seine* Schuld war, dass er gegangen ist. Und er hat nicht gewusst, was der Vater getan hat, etwas Schlimmes, das die Mutter ihm niemals verzeihen wollte, seine sanfte gutmütige Mutter, von der Tante Irmgard behauptet, sie sei naiv.
Bei der Scheidung ist er gefragt worden, bei wem er leben will und er hat gesagt, bei seiner Mutter. Es war gelogen und er hat es nur gesagt, weil er dem Vater wehtun wollte. Er hat sich selbst am meisten verletzt, denn er wäre, obwohl er ihn verlassen hat, lieber bei ihm gewesen, dem Menschen, den er von allen am meisten liebt. Als der Vater ihm an dem kalten Abend auf dem Bahnsteig gegenübergestanden und seinen Namen gemurmelt hat, hat Philipp Ähnliches wie damals gefühlt. Er hat zu ihm laufen wollen und sich gewünscht, er würde ihn umarmen. Seit er zu ihm zurückgekehrt ist, hat er sich gewünscht, eine Gefühlsregung von ihm zu sehen. Dok-

tor Wassmer hat keine Zeit für ihn, eigentlich ist er so gut wie nie zuhause, er ist in seinem Labor oder wo immer. Und er redet kaum mit ihm. Nur das Nötigste, nicht über die Schule, nicht darüber, wie er sich eingewöhnt hat, nicht über neue Freunde, nicht über den Tod der Mutter. Er hat kein Wort gesagt, als er im Stadtgarten aufgefunden und von einer Streife heimgebracht worden ist. Seine Oma ist erschrocken, er hat nicht reagiert. Genaugenommen hat er mit Hilflosigkeit und Resignation reagiert, doch Philipp ist zu jung, um dies zu verstehen. Die Großmutter legt einen Arm um ihn und zieht ihn, während sie in Richtung der Bushaltestelle gehen, tröstend an sich, als könne sie seine düsteren Gedanken lesen.

***

Das Foyer des Stadttheaters ist hell erleuchtet. Stimmengewirr. Die großen Flügeltüren vorn zur Konzilstraße und die des Hintereingangs sind weit geöffnet, um einen Hauch von Abendfrische hereinzulassen. Das Publikum hält sich vorwiegend draußen auf, außer jenen, die noch immer an der kleinen Bar gedrängt für Pausengetränke anstehen. Die beiden studentischen Aushilfen sind hoffnungslos überfordert. Beide haben rot glühende Gesichter, ihre Bewegungen sind fahrig. Die Schwarzhaarige mit den lustigen Sommersprossen reißt einen Fingernagel ein, als sie hektisch das Papier vom Korken einer Sektflasche abzieht und schimpft leise vor sich hin. Eine der Garderobenfrauen auf der anderen Seite des Raumes runzelt missbilligend die Stirn.

„David“, tönt es laut von der Seite des Raumes. Die Stimme klingt erfreut.

Der Angesprochene dreht sich um. David Zelazny ist groß und schlaksig und ragt wie ein sturmzerzauster Baum aus der Menschenmenge heraus. Er antwortet fröhlich und kommt auf seinen alten Schulfreund zu:“ „Marco. Lange nicht gesehen. Was machst Du hier?“

„Ein wenig Kultur“, sagt Marco Dettmers lächelnd, „ab und zu muss es sein.“

Dettmers trägt einen dunklen, perfekt sitzenden Anzug und edle Schuhe, die er aus Italien mitgebracht hat, er wirkt unter den meist jungen Leuten in Jeans, Shirts und Pullovern und neben David Zelazny im blau karierten überhängenden Hemd seltsam overdressed. Er fühlt sich selbst nicht wohl, er ist es nicht gewohnt, Anzüge zu tragen, Fiorino und Schmitz kennen ihn ausschließlich in Jeans und Indie-Shirts mit schrillen Aufdrucken, beide hätten geschworen, dass Dettmers in seinem Leben noch keinen Krawattenknoten gebunden hat und vermutlich hätten sie darauf bestanden, dass

er wie sie fortan jeden Tag im dezent edlen Zwirn bei der Arbeit erscheint.
„Wenn es freiwillig ist“, sagt Zelazny, „ich bin dienstlich hier. Kritik für die Kulturseite.“
„Du arbeitest also noch immer für die Zeitung. Festanstellung in Sicht?“, sagt Dettmers.
„Wo denkst Du hin.“ Zelazny stößt ein freudloses Lachen aus. *Festanstellung. Pah.* Nachdem er sein Volontariat beendet hat und nicht übernommen worden ist, arbeitet er auf eigene Rechnung.
„Und Du? Ich habe gehört, Du arbeitest bei der Kriminalpolizei, Superbulle.“
Marco Dettmers strahlt und wirkt mehr denn je wie ein Junge: „Ja, ist ein toller Job.“
„Freut mich. Bei mir leider nicht. Wenn nur genug Geld rein käme“, sagt Zelazny und senkt die Stimme, „ich muss endlich meinen Roman zu Ende bringen. Langsam nimmt er Formen an. Und wenn er fertig ist, wer weiß, vielleicht wird es der große Wurf.“
„Der Roman, der mit dem Satz beginnt *Das dumpfe Dröhnen der Dieselaggregate hallte durch die mondhelle Nacht.*“
„Das hast Du Dir gemerkt?“, sagte Zelazny begeistert.
„Natürlich. Und Du bist sicher immer noch auf der Jagd nach der ultimativen Story“, sagt Dettmers.
„Immer“, sagt David Zelazny mit einem schiefen Lächeln.

„Ich habe gelesen, Du hast eine Auszeichnung für einen Deiner Artikel bekommen."
David winkt verlegen ab und murmelt: „Ach das. Das war ein kleiner Fisch. Ich warte noch immer auf den richtigen Durchbruch. Aber das müsste was Größeres und Tolleres sein, das so richtig Staub aufwirbelt."
Dettmers lehnt mit den Rücken gegen die Wand und versucht, eine bequeme Haltung einzunehmen. Er ist das Tragen eines Jackets nicht gewohnt, es scheint ihn einzuengen, seine neuen Schuhe drücken. Am liebsten hätte er sie ausgezogen. Er nimmt kleine Schlucke aus dem Sektglas und mustert seinen Freund mit einem Schmunzeln: „Wie die Schutzgeldsache in Restaurants, die seit Jahren laufen soll."

Seit David ihm vor einigen Monaten davon erzählt hat, macht Marco Dettmers sich darüber lustig. Zelazny ist nicht beleidigt. Er fährt sich durch die Haare und sie scheinen noch strubbeliger.
„So weit würde ich das nicht von der Hand weisen", sagt er leise und sein Blick wandert kurz über die plaudernden Menschen, die sich im Foyer verteilt haben. Er fragt sich, über wie viele von ihnen er eine gute Story schreiben könnte und wer eine Leiche im Keller hat,
„Die Zeiten sind nicht leicht", sagt Dettmers mit einem Seufzen, wirkt auf einmal müde und erschöpft, wie man es von

ihm nicht gewohnt ist. David Zelazny beäugt ihn prüfend. Auch er nimmt einen Schluck aus seinem Glas. Mineralwasser, wie immer, wenn er im Dienst ist.
„Aktuell recherchiere ich in der Sache der toten Frau, die am Wasser gefunden wurde", sagt er. „Es gibt erstaunliche Parallelen zu Fällen, die sich vor einigen Jahren in Bayern zugetragen haben."
Dettmers, der mit halb geschlossenen Lidern steht, ist schlagartig hellwach: „Was?", nuschelt er.
David sieht ihn erstaunt an: „Die Frau. Du weißt schon, die Tote vom See", sagt er und fuchtelt ungeduldig mit den Händen."
„Tote vom See", sagt Dettmers, „Mann, Ihr Pressemenschen. Das ist der Fall, den meine Abteilung zurzeit bearbeitet."
„Ist nicht wahr. Das ist ein unglaublicher Zufall."
„Eine Kleinstadt. Ich weiß", sagt Dettmers.
An dieser Stelle steuert eine junge Frau im tief dekolletierten hellblauen Kleid auf sie zu. Sie hakt sich bei Dettmers ein.
„Marco. Ich habe Dich gesucht", zwitschert sie und klappert mit extrem langen, schwarz getuschten Wimpern.
„Ich stand die ganze Zeit hier", sagt er brummig. „Darf ich Dir meinen alten Schulfreund, David Zelazny, vorstellen. David, das ist Susanne. Susanne Stephan."
Wie Bond, James Bond, findet Zelazny. Dettmers geht nicht weiter auf die Beziehung ein, die sie verbindet. Keine Ergänzung wie *meine Freundin, meine Partnerin* oder *eine Bekannte.*

Zelazny spürt die Spannung zwischen den beiden. Auch Susanne spürt sie. Sie stößt ein helles Lachen aus. Es ist nicht klar, ob es aus Verlegenheit geschieht oder aus Naivität.
„Susi", sagt Dettmers mit freundlicher, unterschwellig genervter Stimme, „würdest Du uns kurz entschuldigen. Ich habe mit David zu reden."

„Soll ich schon nach oben gehen?", sagt sie. Die Enttäuschung ist ihr anzusehen, dass er sie voraus schicken will und dass sie nun nicht glanzvoll an seinem Arm die Treppe hinauf und in den Saal schweben kann.
„Ja. Bitte tu das. Ich komme gleich nach, Herzchen", sagt Dettmers. Er zieht aus der Innentasche seiner Jacke eine Karte und gibt sie ihr. Er zwinkert David über ihren Kopf hinweg zu. Die beiden sehen ihr nach, als sie davon geht. Ihrem Rücken ist anzusehen, dass sie noch immer schmollt.
„Nettes Mädchen", sagt David pflichtschuldig.
„Ja, mehr aber auch nicht", brummt Dettmers und nimmt einen weiteren Schluck, „die Konversation ist begrenzt, wenn Du verstehst, was ich meine."
Zelazny fragt glucksend: „Und Du glaubst, dass das Stück das Richtige für sie ist?"
„Sicher nicht. Das Stück ist für mich. Sie ist nur das hübsche Drumherum", sagt Marco Dettmers. Es klingt bitter, als hätte er die endlose Reihe von Frauen satt, auf die diese Beschrei-

bung passt. Genau sie sind sein Problem. Er würde sie alle tauschen gegen die Eine, in deren Nähe er sich wohl und geborgen fühlt, die Eine, die sein Herz mit Freude erfüllt. Zumindest eine Zeitlang. Er findet Davids fragenden Blick auf sich gerichtet, den Blick des Freundes, den er seit Kindertagen kennt und dem er nichts vorzumachen braucht. David hat ihn immer verstanden. Er setzt ein schiefes Lächeln auf.
„Aber genug davon, lass uns von dem Fall reden, bevor sie wieder angerannt kommt und quengelt, dass sie ihren Platz nicht findet. Das heißt natürlich“, fügt er hinzu, „ich kann Dir in einer laufenden Ermittlung keine Infos geben, das ist Dir klar. Ich schlage vor, Du erzählst, was Du bisher recherchiert hast.“
David ist kurzzeitig misstrauisch, dann stimmt er zu: „Schön, Bulle. Aber wenn am Ende was dabei rauskommt, möchte ich die Exklusivrechte an der Story. Ich meine es ernst.“
„Schon gut“, sagt Dettmers.
„OK“, sagt Zelazny, „Ihr wisst ja, dass die Tote Kinderbuchautorin und sehr erfolgreich war. Dass sie sich vor kurzem eine große Wohnung gekauft hat, sie aber wohl aufgeben wollte, um ins Ausland zu ziehen. In die USA zusammen mit ihrem Freund. Der hat eine Firma in Oregon. Die Suchmaschinen geben einige Treffer her.“
Er hätte gern eine Ergänzung hinzugefügt wie „Ich habe es prüfen lassen“, um den Eindruck zu erwecken, er hätte eine Schar von Mitarbeitern im Hintergrund oder zumindest eine

Sekretärin, die dies für ihn erledigt. Tatsächlich war Frau Bunter-Weißmann, die Sekretärin der Kulturredaktion, so nett, für ihn im Netz zu recherchieren und ihm die Ausdrucke ins Fach zu legen.

„Der Freund hat eine Firma für Import und Export von Sportartikeln und Sportbekleidung. Muss recht gut laufen, inzwischen hat er mehrere Filialen. Ich habe auch raus bekommen, dass ihre Schwester Britta Fleming, das ist die Freundin, die mich engagiert hat, sehr eifersüchtig auf sie gewesen sein muss. Wegen des Erfolges und wohl auch, weil sie bei Beziehungen mehr Glück hatte als sie selbst." Er verdrängt in seinem Inneren das Gespräch mit Britta, oder besser den Versuch eines Gesprächs, ihre Weigerung, sich ihm anzuvertrauen: „Und Marit Fleming hatte, was man so hört, ein neues Buchprojekt vor und zwar keines für Kinder dieses Mal, sondern einen Roman über einen Mann, der ein Imperium aus dem Nichts geschaffen hat. Es heißt, die Figur basiere auf ihrem amerikanischen Freund, einem gewissen Thomas Sanderson. Das habe ich in einem Interview gelesen."

„Der mit den Filialen", sagt Dettmers.

„Richtig."

„Das ist nicht schlecht, David. Du bist gut", sagt Dettmers.

Zelazny sagt jungenhaft einschmeichelnd: „Und kannst Du mir wenigstens sagen, ob ich richtig liege?"

„Exakt."

„Einen Tipp für mich?"

„Ich fürchte nein“, sagt Dettmers mit einem Hauch von Bedauern.
„Die laufenden Ermittlungen“, sagt Zelazny, „ich weiß. Dann werde ich wohl die Kontakte meiner Schwester anzapfen müssen.“
„Oh. Die kleine Anna?“, sagt Dettmers und schätzt ihre Größe, indem er die Hand in Höhe seines Gürtels hält, „es ist lange her, dass ich sie gesehen habe.“
„Die kleine Anna ist beinahe so groß wie Du, Marco. Sie ist 22 und studiert Psychologie“, sagt David. Sein Stolz ist nicht zu überhören. „Sie will ihr Studium partout selbst finanzieren und nimmt keinen Cent von unseren Eltern.“
„Und wie kann sie Dir helfen?“
„Sie arbeitet als Schreibkraft bei der Seepolizei Thurgau.“
Dettmers horcht auf und fragt misstrauisch: „Was bitte haben die mit dem Fall Marit Fleming zu tun?“
Zelazny beruhigt ihn: „Primär nichts. Aber auch sie haben Ermittlungen aufgenommen, weil der Leichenfundort nahe der Grenze war.“

Dettmers runzelt die Stirn: „Selbst wenn. Deine Schwester wird doch nicht irgendwelche Ermittlungsergebnisse weitergeben.“ Er hat moralische Bedenken, von solchen Dingen zu wissen, auch nur davon zu hören.

„Sie gibt sie nicht weiter", sagt David, „ich stelle ihr Fragen. Und sie braucht nichts zu tun, als den Kopf zu schütteln."
„Wie in diesen Journalistenstreifen? Das fand ich ehrlich gesagt schon im Kino immer ziemlich seltsam."
„Aber es funktioniert", sagt David mit ehrlichem Strahlen und mildert zugleich ab: „Nun ja, nicht ganz. Das System ist nicht perfekt."
Dettmers muss lachen, er sagt kopfschüttelnd „Und das nennst Du Kontakte anzapfen. Ich glaube, Du lebst in Disneyland."
Er knufft ihn spielerisch gegen den Oberarm. Auch David Zelazny lacht. Der energische letzte Gong, der letztmalig das Ende der Pause ankündigt, treibt die beiden in Richtung der breiten Treppe. Während sie Seite an Seite, zwei Stufen auf einmal nehmend, nach oben eilen und sich dabei gegenseitig anrempeln, können sie nicht aufhören zu grinsen. Es ist wie früher, damals auf dem Schulhof, vor vielen Jahren, in einem anderen Leben.

***

Endlich hat er die Bestelllisten fertig. Eine Arbeit, die Luigi nie gemocht hat. Nicht kreativ genug. Er reckt die Arme nach hinten und dehnt den Rücken. Er ist völlig verspannt. Kein Wunder, er hat während einer halben Stunde über sein Notebook gebeugt gearbeitet, das er auf die Arbeitsplatte der Eisdiele gestellt hat. Er hätte bequem am ergonomisch eingerichteten Schreibtisch sitzen können, doch er steht lieber. Luigi geht die Bestellung noch einmal durch und drückt auf senden. Er linst auf die Uhr und überlegt, was er mit dem Sonntagabend noch anfangen kann. Eigentlich ist es bereits Nacht. Für das Open-Air-Kino in Kreuzlingen ist es zu spät, der Film hat bereits vor einer halben Stunde begonnen. Er hätte ihn sogar interessiert. Er könnte Schwimmen gehen, entweder im Stadtgarten, was eigentlich verboten ist, oder weiter unten im Seerhein. Nachts schwimmt er am liebsten, er mag das schillernd dunkle Wasser, in dem sich nur die Straßenlaternen spiegeln, und vor allem die Stille, höchstens unterbrochen vom Quaken einer Ente oder dem hupenden Ton eines Blesshuhns.

Oder, sein Blick fällt auf das Notebook, er könnte noch einmal versuchen, die Dateien auf dem Stick zu öffnen. Dass die ersten beiden Versuche kläglich gescheitert sind und er es nicht geschafft hat, das Kennwort zu hacken, nagt an seinem Ego. Er hat den Stick in eine Schublade gelegt oder besser, er hat ihn hineingefeuert und versucht, nicht mehr daran zu denken. Luigi zieht das Notebook näher heran und steckt den

Stick ein. Seine Hände gleiten über die Tastatur und kurz darauf flucht er leise. Es ist wie zuvor. Er kommt nicht am Zugangscode vorbei.
Luigi beschließt, doch hinunter zum See und zum Baden zu gehen. Ein wenig Plätschern. Es wird ihn Abkühlen, im wahrsten Sinne des Wortes. Er spürt, wie sein Shirt unangenehm am Rücken klebt. Vielleicht kann er danach bei den Hafenhallen vorbeigehen und sehen, ob er jemanden trifft. Er verabredet sich nicht gern, er überlässt es lieber dem Zufall, mit wem er den Abend verbringt. Er will eben das Notebook ausschalten, als er in den Augenwinkeln eine Bewegung erkennt und den scharfen Umriss eines Mannes im Gegenlicht, eine zweite Gestalt daneben. Er hört ein leises Surren, als ob ein Gegenstand durch die Luft gewirbelt wird, fühlt einen Schlag auf dem Kopf, das jähe Aufzucken von Schmerz, dann wird es dunkel um ihn und Luigi fällt in Ohnmacht, fällt in ein tiefes Loch, zum ersten Mal in seinem Leben. Er gleitet bewusstlos zu Boden, in einer seltsam eleganten Drehung, wie die Damen im alten Süden, deren Fischbeinkorsetts zu eng geschnürt sind.

***

Die Luft ist bleischwer, ein Gewitter liegt in der Luft. Grollender Donner zerpflügt die schwül wabernde Stille des Abends. Roger Fiorino sitzt auf dem kleinen Balkon, der wie ein Schwalbennest an die Wand des Mietshauses geklebt ist. Die Terrassentür hinter ihm, die ins Schlafzimmer führt, ist weit geöffnet, die Vorhänge bewegen sich sacht in der leichten Brise.

Er hat die Füße gegen die kleine Brüstung gelehnt und kippelt mit dem Stuhl vor und zurück. Er versucht sich in eine Zeitschrift zu vertiefen, stellt schließlich fest, dass seine Gedanken abschweifen. Dettmers hat ihm und Schmitz von seinem zufälligen Treffen mit seinem Freund, dem Journalisten Zelazny, erzählt. Alle drei haben sich wegen der Einmischung der Schweizer Seepolizei gewundert und darüber diskutiert und Fiorino hat schließlich einen ehemaligen Kollegen angerufen, mit dem er bis zu seinem Wechsel nach Konstanz bei der Kapo Thurgau zusammengearbeitet hat, doch außer freudigem Plaudern über die alten Zeiten und der Verabredung auf ein Bier in der kommenden Woche ist nichts herausgekommen. Die Schweizer Kollegen haben keine relevanten Informationen und Unterlagen, es gibt lediglich ein einzelnes Dateiblatt. Ebenso Fehlanzeige wie die Rückfragen von Schmitz bei den früheren Kollegen in Bayern, die er wegen

des ähnlich gelegenen Falls kontaktiert und sich die Kopie der Akten hat schicken lassen.
Der Himmel ballt sich immer mehr zusammen und nimmt eine gelbliche Färbung an, die Ankündigung von Hagel. Die sanfte Brise ist in heftigen Wind übergegangen. Eine versprengte Krähe, getrennt vom Rest der Schar, wird krächzend mit zerzausten dunklen Schwingen durch die Luft getrieben. Fiorino sieht erste Blitze zucken, klappt sein Plastikstühlchen zusammen und geht in die Wohnung zurück. Er verschließt sorgfältig die Terrassentür und sämtliche Fenster, keine Minute zu früh, denn kurz danach bricht draußen ein kleines Inferno los, ein plötzlicher Hagelsturm, der umso heftiger ist, als er aus dem Nichts zu kommen scheint. Fiorino steht am Fenster, sieht dem Toben der Elemente zu, hört das Brüllen des Sturmtieres und das Prasseln kirschgroßer Hagelkörner gegen die Scheiben. Er ist froh, nicht draußen zu sein und voll leiser Wehmut, seine kleine Palme, deren Zweige ebenso erbarmungslos geschüttelt werden wie die der Pappeln rund ums Haus, nicht in die Wohnung genommen zu haben. Er kauert sich auf das Sofa und realisiert, dass er friert und dass es nicht an der Temperatur im Zimmer liegt. Er angelt eine Sweatshirtjacke von der Lehne neben sich und schlüpft hinein. Er fröstelt noch immer.
*Biberowski.* Das Wort kommt ihm plötzlich in den Sinn. Es ist eines der Gebilde, die sein Bruder erfunden hat, als sie beide jung oder besser, als er jung und Fiorino selbst ein Kind war.

Sie haben es gemurmelt, wann immer ihnen kalt war, wie einen Bannspruch. *Igor Alexej Biberowski, Erfinder der Frostbeule.*
Fiorino ist angespannt wie eine Klaviersaite und dabei todmüde. Er wird sich erst hinlegen, wenn das Gewitter vorbei ist. An Schlaf ist nicht zu denken. Schon als Kind ist er bei jedem Unwetter aufgestanden, er hat es nicht geschafft, ruhig im Bett zu liegen, während um ihn Blitz und Donner toben und Hagelkörner wie Geschosse gegen die Scheiben trommeln. Sein älterer Bruder Claude hat ihm damals Gesellschaft geleistet, hat ihn nicht ausgelacht wie seine Schwester, die am liebsten nach draußen gelaufen und barfuss durch den Regen getanzt wäre. Claude hat Tee gekocht und versucht, ihn mit Geschichten abzulenken, vor allem mit gruseligen, wie die von dem Liebespaar, das im Wald von tollwütigen Fledermäusen angegriffen wird oder von den Ertrunkenen in Badeseen, die sich unter der Wasseroberfläche festhaken und nie wieder freigegeben werden, außer bei starken Stürmen, wenn sie *flup flup* wieder auftauchen. Claude, passionierter Nacktschläfer, hat ein Laken um die Hüften geschlungen, einen Zipfel um die Schulter gelegt und irgendwie befestigt. Er hat wie ein römischer Senator ausgesehen. Fiorino wünschte, Claude wäre hier, er wünschte, er wäre noch am Leben und nicht tot, nicht erschossen bei einem Einsatz, und würde wie früher in sein Betttuch gehüllt auf und ab gehen und endlos reden.

Das Gewitter ist genau über der Stadt, Fiorino hat das Gefühl, es hinge über dem Sofa. Wie in den Comics, in denen eine Wolke immer über dem Helden regnet und mit ihm zieht, wohin er auch geht. Beim nächsten Donner zuckt er zusammen, noch einmal, als er durch den Lärm des Sturms die Türglocke hört. Er erinnert sich an Szenen aus Horrorproduktionen, an einsame Häuser und nächtliches Klopfen und wenn die Tür geöffnet wird und die Zuschauer sich an den Sitzlehnen festkrallen, steht niemand davor und die Kamera zeigt eine verwaiste Straße.

*Welcher Idiot,* denkt er und steht lustlos vom Sofa auf, *ist bei dem Wetter unterwegs.* Seine Stimme in der Gegensprechanlage klingt ruppig und er hört durch das Sturmtosen ein zerrauschtes „Chef? Sind Sie das?"

„Dettmers", ruft er.

„Ja, ich bin es", hallt es zurück und Weiteres, das er nicht versteht. Fiorino hat bereits den Knopf gedrückt, den Hörer aufgelegt und die Wohnungstür geöffnet. Er hört schwungvolle Schritte auf der Treppe, jemand läuft, mehrere Stufen auf einmal nehmend, hinauf und gleich darauf taucht sein Kollege vor ihm auf, nass bis auf die Haut.

„Sorry Chef, dass ich Sie belästige", sagt er mit einem entwaffnenden Lächeln.

„Sie belästigen mich nicht", brummt Fiorino, „aber was um alles in der Welt machen Sie bei einem solchen Sturm draußen?"

„Ich war Joggen", sagt Dettmers schniefend, „und es hat mich voll erwischt. Keine Chance, rechtzeitig heimzukommen, nirgendwo was zum unterstehen. Und Sie sind der einzige, den ich hier in der Gegend kenne, da dachte ich, ich klingle mal."
Er geht beinahe jeden Abend Laufen, am Rhein entlang, durch den Stadtteil Paradies, vorbei an Fiorinos Wohnhaus, wo er ihm schon mehrmals begegnet ist, über die Rheinbrücke zurück nach Petershausen. Bevor er sich endlich getraut hat, auf die Klingel zu drücken, steht er unentschlossen in den Hauseingang gequetscht, bis die Kälte und der nasse Stoff auf der Haut zu unangenehm sind und er es nicht mehr ausgehalten hat. Er hofft, dass Fiorino allein ist, er will ihn auf keinen Fall bei einem romantischen Abend oder bei was auch immer stören.
Er sieht auf rührende Weise jung und verloren aus, wie ein frierendes Kind, das man umarmen und schützen möchte. Erst jetzt realisiert Fiorino, dass er ihn nicht hereingebeten hat und er noch immer im Treppenhaus steht. Neben Dettmers Füßen haben sich kleine Pfützen gebildet, aus seinen lockigen Haaren tropft es in den Kragen der Joggingjacke. Fiorino fasst seinen klammen Ärmel und zieht ihn in die Wohnung.
„Sorry Chef", sagt Dettmers noch einmal, „ich mache hier alles nass", und Fiorino sagt wie automatisch „Nennen Sie mich nicht Chef."

Er dirigiert ihn in Richtung des Badezimmers, reicht ihm trockene Kleidung, gießt in der Miniküche Tee auf und schiebt eine Pizza Hawaii in den Ofen, die exakt fertig ist, als Dettmers nach einer Viertelstunde unter der heißen Dusche abgetrocknet und umgekleidet ins Zimmer schlurft und dieses Mal „Danke Chef“ murmelt.

Fiorinos Hose ist ihm zu kurz, ebenso die Ärmel des Baumwollpullovers, die oberhalb der Handgelenke enden. Seine eigenen Kleider hat er in einem triefenden Bündel im Bad liegen lassen, er hofft, sie später nicht zu vergessen.

„Besser?“, fragt Fiorino.

Dettmers nickt. Er lässt sich auf das große cremefarbene Sofa fallen, zieht die Beine in den Schneidersitz, nimmt ein Stück Pizza in die Hand, beißt hungrig hinein, ohne zu merken, was er isst und kaut zufrieden. Er hüllt die Decke um sich, die Fiorino ihm gegeben hat, allmählich wird ihm warm und er fühlt sich, er wundert sich selbst, wohl und geborgen. Als sei er nicht bei einem Vorgesetzten hereingeschneit, sondern mit einem Freund zusammen.

„Mhm, lecker“, nuschelt er und sagt dann den Satz, der Fiorino gleichermaßen zum Grinsen wie zum Grübeln bringt und auf den er, völlig perplex, keine Antwort findet: „Sie werden sicher mal ein guter Vater, Chef.“

„Was?“, sagt Fiorino schließlich.

„Ich meine", sagt Dettmers mit einem so breiten Strahlen, dass es von einem Ohr zum anderen und bis in seine Augen reicht, „weil Sie so fürsorglich und geduldig sind."
Bei jedem anderen hätte Fiorino vermutet, veralbert zu werden, in Dettmers Gesicht sieht er, dass er es ernst meint. Fiorino hat genügend Erfahrungen gesammelt und zahlreiche Seminare besucht, um Lügen oder Ausflüchte zu erkennen. Er fragt sich, wie Dettmers auf einen solchen Gedanken kommt. Der hat sich unbekümmert einem weiteren Pizzastück zugewandt und während er kaut, flitzt sein Blick neugierig durch den Raum. Fiorino hat die Wohnung geschmackvoll in kühler Eleganz und trendigem Design eingerichtet. Selbst die Frauen, die er bisher mit nach oben genommen hat, hätten keine Verbesserungen anbringen können und sind begeistert. Eigentlich hat nicht er die Einrichtung ausgesucht, sondern seine Schwester. Er selbst hätte sich mit weniger zufrieden gegeben.
*Zeige mir Deine Wohnung und ich sage Dir, wer Du bist.*
Was hätte das Appartement über ihn ausgesagt? Auf jeden Fall, dass er einen guten Geschmack hat oder besser, dass er sich auf den Anderer verlassen kann. Und dass er das Zuhause, in dem er bleiben und alt werden möchte, noch nicht gefunden hat. Da er nicht oft hier ist und kaum Gelegenheit hat, Unordnung zu machen, wirkt die Wohnung brandneu und von der Homepage eines Möbeldesigners, seltsam neutral wie ein Ferienappartement. Einzig das Bücherregal, über

und über vollgestopft mit Paperbacks, vom Lesen geknickt, und die beachtliche CD- und DVD-Sammlung, hat eine persönliche Note.

„Coole Bude“, sagt Dettmers, sein Blick hängt auf dem gerahmten Druck eines 1997er-Stones-Tourenposters von *Bridges to Babylon* und einer Marilyn Monroe-Kollage von Andy Warhol. Er hat erst vor kurzem mit Schmitz über Fiorino gesprochen und beide haben wilde Vermutungen über sein Privatleben angestellt, über das er sich nie äußert. Warum sollte er. Schmitz hat ihm eine Lebensgefährtin angedichtet, die abends mit einem liebevoll zubereiteten Essen auf seine Heimkehr wartet, Dettmers hat ihn als einsamen Wolf gesehen, der zwischen abgewohnten Ikea-Möbeln und halb ausgepackten Umzugskartons haust und die Frauen am Fließband abfertigt. Und beide liegen daneben.

Fiorino nickt zufrieden, als Dettmers sich nach vorn beugt und ein weiteres Pizzastück schnappt und er hätte sich amüsiert, hätte er seine Gedanken lesen können. Er hat keine Partnerin, seit zwei Jahren nicht, keine feste Freundin, wie er seit der Jugendzeit sagt, er redet sich ein, für eine Beziehung keine Zeit zu haben, begnügt sich mit gelegentlichen kurzen Affären. Und er hat es seit dem Umzug nach Konstanz nicht geschafft, außer mit Luigi und dem Polizeiarzt Doktor Wassmer einen Freundeskreis aufzubauen. Vielleicht ist er tatsächlich ein einsamer Wolf.

Er hat sich auf die Anzeige eines Literaturkreises gemeldet, der neue Mitglieder sucht. *Wer hat Lust auf Lesen*, ist ihm bei den Fließtextanzeigen der hiesigen Presse unter *Dies und Das* ins Auge gestochen. *Treffen jeweils am ersten Mittwoch im Monat, es wird über ein gemeinsam ausgewähltes Buch diskutiert.* Die genannte Ansprechpartnerin hat ihm am Telefon die Einzelheiten erklärt. Treffen im Gasthaus SeeRhein im Nebenzimmer, er soll seine Lieblingsbücher mitbringen und sie dem Kreis vorstellen. Er hat das vereinbarte Buch – *Der Liebhaber* von Marguerite Duras – gelesen und sich dabei zu Tode gelangweilt und ist am 3. März um halb acht in das langgezogene Gebäude am Rheinufer gegangen, das früher ein Offizierskasino war. Es liegt nur einen Steinwurf von der Polizeidirektion entfernt, er kann gleich nach Dienstschluss hinübergehen. Der Kellner hat ihm den Weg in den Nebenraum gewiesen, eine hübsche blonde junge Frau, die vom Telefon, hat ihn an der Tür in Empfang genommen.
„Du musst der Roger sein“, hat sie mit rauer Stimme gesagt, die nicht zum ihrem Äußeren passt, und ihn flink von oben bis unten taxiert, „wir sprechen uns hier alle mit Vornamen an, das ist Dir doch recht?“
Fiorino hat genickt und über sie hinweg in den Raum gekuckt, zum Tisch, an dem sich der restliche Literaturkreis versammelt hat. Eigentlich sehen sie ganz nett aus. Und sie sind jünger, als er sich vorgestellt hat. Er hat in Gedanken mit allem abgeschlossen und sich auf eine Gruppe esoterisch an-

gehauchter Damen Ende 60 eingerichtet, die selbstgebackene Haferkekse mitbringen und Schonkaffee bestellen. Der Literaturkreis besteht aus sieben Personen, fünf Frauen und zwei Männern im Alter zwischen 30 und 45, einer von ihnen eine wandelnde Bibliothek, er hat so ziemlich alles gelesen, was jemals gedruckt worden ist, abgesehen von Fantasy. Außer Fiorino sind zwei weitere Neue zum Treffen gekommen, eine frustriert wirkende Frau im hellgelben Hosenanzug und mit harten Gesichtszügen, eine, die offenbar auf der Suche nach einem Freund ist und die versucht hat, ihn und die anderen Männer über private Dinge auszufragen, außerdem ein junger Mann mit einem nervösen Tick, der auf Science Fiction steht. Er hat einen spannenden Abend erlebt und beschlossen, zum nächsten Treffen wiederzukommen, selbst wenn die Neue im Hosenanzug anwesend ist. Der Lesekreis hat sich für ein Buch entschieden, das er selbst vorgeschlagen hat, *Clockwork Orange* von Anthony Burgess. Immerhin lernt er auf die Weise neue Leute kennen.

Innerhalb der Polizeidirektion hat er keinen Fuß fassen können, er hat nicht das Gefühl, respektiert und anerkannt, geschweige denn beliebt zu sein, er weiß von mindestens zwei Kollegen, die ihm die neue Position neiden, auf die sie sich selbst beworben haben und die nur darauf warten, dass er einen Fehler macht. Er, der den Job nur bekommen haben soll, weil er der Quotenschweizer ist. Ein paar der älteren Kollegen halten ihn für einen Aufschneider, auch dessen ist er sich bewusst, und er weiß zugleich, dass er sich zumindest auf die Loyalität seiner direkten Mitarbeiter, Schmitz und Dettmers, verlassen kann, und ist froh, einen von ihnen auf diese Weise näher kennenzulernen.

Dettmers redet wie ein Wasserfall und verscheucht Fiorinos trübe Laune, lenkt ihn vom Unwetter ab. Wie Claude es getan hat. Das Trommeln der Hagelkörner ist in einen von Böen gepeitschten Regen übergegangen, der gegen die Scheiben pladdert. Noch immer zucken Blitze über den Himmel, das Toben des Donners hat sich unmerklich entfernt. Dettmers gießt sich einen weiteren Tee ein und wärmt die Hände an der Rundung der Tasse. Er macht keine Anstalten zu gehen. Fiorino würde es niemals zugeben, doch er ist froh, bei dem Unwetter nicht allein zu sein.

***

Als David Zelazny aus dem klimatisierten Kinodunkel ins Freie tritt, trifft ihn die heiße Luft wie eine Keule. Es ist kurz vor Mitternacht und wenn man der Displayanzeige an der Kaufhausfassade, auf der abwechselnd Zeit, Datum und Temperatur abzulesen ist, glauben kann, hängen noch 29 Grad herum. Der Sommer hat die Stadt voll im Griff.

Im Frühling hat er sich noch Sorgen gemacht, die warme Jahreszeit könnte komplett ausfallen wie im vergangenen Jahr. Damals ist nach einem verregneten Frühjahr der Sommer auf einen Mittwoch gefallen. Auf einen Mittwochnachmittag. An dem Tag hat er gearbeitet. Er hat einen Artikel für die Lokalredaktion fertig geschrieben und sich über Spiegeln der Sonne auf dem Bildschirm geärgert. Die Jalousien haben sich nicht schließen lassen, obwohl es mehrfach der Hausverwaltung gemeldet worden ist. An jenem Mittwoch hat das Thermometer 39 Grad Außen- und 28 Innentemperatur gezeigt. Am nächsten Tag hat David einen freien Tag im Schwimmbad verbringen wollen. An dem Tag hat es angefangen zu regnen und durchgeregnet bis Ende August.

Der breite Menschenstrom, der sich aus dem Kino auf die Straße ergießt, versickert allmählich in alle Richtungen. Einige bleiben stehen, sie sehen sich die Plakate und Bilder in den Schaukästen nochmals an, diskutieren über die Filme, die sie gesehen haben oder sie stecken hektisch Zigaretten an und nehmen tiefe hastige Züge, wie Asthmatiker, die keine Luft bekommen. David wickelt einen Kaugummi aus. *Juicy Fruit*, seine Lieblingssorte. Er schiebt die Hände in die Jackentasche und schlendert die Fußgängerzone entlang. Er versucht, sich auf den Streifen zu konzentrieren, den er gesehen hat. Kritik für die lokale Kulturseite und er weiß nicht, was er schreiben soll, er wartet auf eine Eingebung, die nicht kommen will.

Er ist müde, zu müde für Gefühle im Kino, zu müde, um die Auslagen in den Schaufenstern anzusehen, sie flüstern den Passanten verlockend *kauf mich, kauf mich* zu. Zu müde, sich nach zwei Mädchen umzudrehen, beide mit langen Beinen und kurzen Röcken, eine ist rothaarig und ihr Parfum umweht ihn, als sie noch Meter entfernt ist. Er kennt den Duft. Die Sekretärin der Kulturredaktion hat immer einen Flakon davon im Schreibtisch und sie benutzt ihn so häufig, dass er nur wenige Tage ausreicht. Zelazny gähnt. Nicht einmal Angelina Jolie hat es geschafft, sein Herz schneller schlagen zu lassen. Irgendwie gibt ihm das zu denken. Es ist Sommer, er ist Mitte 20 und eigentlich hätte er verliebt sein sollen. Alle sind verliebt im Sommer. Oder behaupten es. Er selbst hat es auch ein paar Mal behauptet. Sich selbst und den Mädchen gegenüber. In Melanie war er verliebt. Immerhin zwei bis drei Wochen lang. Ihre Küsse haben ihn betäubt und er hat die Leere in ihrem Inneren übersehen. Er will nicht an Melanie denken. Er will überhaupt nicht denken. In seinen Knochen steckt eine nicht ausgeheilte Grippe und er hat einen langen Arbeitstag hinter sich. Er hat zu wenig Schlaf und zu wenig Freizeit oder besser, er hat zu viele Dinge in die wenige freie Zeit gepackt. Neben Abendterminen und Sonntagsdiensten in Vertretung der Redakteure, dreimal in der Woche Volleyballtraining und mittwochs Chorprobe bei der *Gesangvereinigung 1881 Liederkranz Petershausen e.V.* Merkwürdiger Name, aber einprägsam. Seine Freunde dürfen es nie erfahren, sie hätten sich totgelacht. Er ist erst seit kurzem beim Chor und auch nur für kurze Zeit, zur Verstärkung des Tenors für den Auftritt beim Chortreffen mit der britischen Partnerstadt. Frau Elders, Nachbarin und Altstimme, hat ihn so lange bearbeitet, bis er eingewilligt hat. Eigentlich hat er keine Lust, *Oh Happy Day* zu singen. Und dann ist da noch die Recherche, die er für Britta Fleming übernommen hat. Warum tut er, was andere von ihm erwarten?

Zelazny sieht auf seine Uhr. Sie baumelt an einem dicken Band aus giftgrünem Plastik lose von seinem Handgelenk. Er muss sie erst in die richtige Position schütteln, um sie ablesen zu können. Sie hat ein Zifferblatt aus Salatblättern und anstelle der Zeiger langsam kriechende Schnecken. Ein Werbeprodukt der Zeitung, einer der Redakteure hat es ihm geschenkt. Die Schneckenzeiger lassen ihn schneller gehen. Es ist kurz vor halb eins und er muss früh raus wegen eines Marktberichts für die Lokalredaktion. Der Wochenmarkt auf dem Stephansplatz öffnet um 6 Uhr und er soll einige der Händler interviewen. Zum Angebot von einheimischen Saisonfrüchten.

Er seufzt leise. Manchmal wünschte er sich ein anderes Leben. Als erfolgreicher Bestseller-Autor zum Beispiel. Er muss endlich seinen Roman zu Ende bringen. Er muss seine Zeit besser einteilen und jeden Tag ein geregeltes Pensum schreiben, sonst wird es nichts werden, doch er kommt seit Wochen nicht weiter. Schreibblockade. Und er wünschte sich mehr

Abwechslung. Warum kann er nicht etwas Spannendes, wirklich Cooles erleben. Eines seiner Schuhbänder hat sich gelöst, die Enden bewegen sich bei jedem Schritt wie kleine dunkle Schlangen. David bückt sich und schnürt den Schuh. Als er aufstehen will, fühlt er sich einen Moment lang so schwindlig, dass er sich mit beiden Händen am Boden aufstützen oder eigentlich daran festhalten muss. Er kauert auf dem Asphalt und atmet tief. Die Nachtluft ist feucht und schwer. Ein Gewitter liegt in der Luft.

Er realisiert erst jetzt, dass er direkt vor der Eisdiele seines alten Schulfreundes Luigi kniet und er wundert sich, dass um diese Zeit noch Licht brennt. Dann erspäht er, dass die Tür einen Spalt offen steht. Er runzelt die Stirn. Es passt so überhaupt nicht zu Luigi, der sehr auf Sicherheit achtet, seit die Eisdiele überfallen worden ist, an einem Sonntagabend vor etwa einem Jahr, als Luigi seine Abrechnung gemacht hat und die Fenster zum Lüften offen waren. Zwei Männer sind damals in die Eisdiele eingedrungen, haben Luigi mit einer Waffe bedroht und die Herausgabe der Tageseinnahmen gefordert. Hinter vorgehaltener Hand hat Luigi noch Wochen danach behauptet, es seien Schutzgeldeintreiber gewesen. Es hört sich besser an, als einfach so überfallen zu werden. Jedenfalls kann David sich nicht vorstellen, dass er nach diesem Erlebnis mitten in der Nacht seine Tür offen halten würde.

Als er seinen Kreislauf wieder unter Kontrolle hat und sich langsam aus der Hocke aufrichtet, klopft David Zelazny vor-

sichtig an die Scheibe und ruft leise Luigis Namen. Er erhält keine Antwort. Sacht drückt er die Tür weiter auf und schlüpft in den Raum. Alles ist makellos sauber und aufgeräumt, wie er es von Luigi nicht anders erwartet hätte, die kleinen Stühle sind auf die Tischchen gestellt, die Eistheke glänzend geputzt, die Cappuccino- und Espresso-Tassen und die Eisschalen und Becher aus buntem Murano-Glas sind ordentlich in Regale geräumt. Auf einer Arbeitsplatte steht ein großer Strauß aus verschieden farbigen Rosen. Sie sind frisch und verströmen einen kräftigen süßen Duft. Daneben steht Luigis Notebook, es ist aufgeklappt, der kleine Bildschirm leuchtet matt. Es scheint, als hätte eben noch jemand daran gearbeitet. David fragt sich immer wieder, warum Luigi nicht in seinem Büro arbeitet und stattdessen die Theke nutzt, die viel zu niedrig ist, um bequem auf einem Notebook schreiben zu können. Die Wandlampen mit zierlichen gläsernen Schirmen im vorderen Bereich der Eisdiele sind erleuchtet, der hintere Teil des Raums liegt in Finsternis.
„Luigi?“, wispert David nochmals.
Er fährt zusammen, als er neben sich eine Bewegung wahrnimmt. Es ist Luigis pechschwarzer Kater Anatol, der hoheitsvoll auf der Theke sitzt und dessen bernsteinfarbene Blinker im Halbdunkel mit dem Bildschirm um die Wette leuchten. David atmet auf, er beschließt wieder einmal, sich keine Horrorfilme mehr anzusehen. Keinen dieser Filme, in denen die Akteure in einsame Hütten eindringen, sich dort

umsehen und dann hinterrücks von irgendwelchen schrägen und mutierten Kreaturen angefallen und attackiert werden. Anatol gestattet ihm, über seinen Kopf zu streicheln, dann springt der Kater elegant und lautlos auf den Boden und verschwindet hinter der Eistheke. David geht ein paar Schritte weiter in den Raum, dann erkennt er die schmale Gestalt auf dem Boden, halb auf die Seite gedreht und verdeckt von einem großen Raumteiler, hinter dem die Tür zu den Toiletten liegt.

„Luigi." David erschrickt selbst über seinen lauten Ausruf in der Stille. Er kniet neben dem Freund nieder und beugt sich über ihn. Luigi rührt sich nicht. David dreht ihn vorsichtig auf den Rücken und entdeckt jetzt die Platzwunde seitlich an seinem Kopf. Er überlegt kurz, was zu tun ist, zieht sein Handy aus der Tasche, um den Rettungsdienst zu rufen, als Luigi sich bewegt und ein leises Stöhnen von sich gibt. Seine Lider flattern leicht, dann öffnet er sie langsam, schielt benommen um sich und krächzt Davids Namen, als er ihn endlich erkennt. David stützt ihn, als er versucht, sich aufzurichten.

„Was ist Dir denn passiert?", fragt er in halb besorgtem, halb belustigtem Ton. Luigi neigt seit jeher zur Tollpatschigkeit und hat manchmal kleine Haushaltsunfälle, die in Slapstickkomödien passen würden.

Luigi stöhnt erneut: „Frag nicht", sagt er, „ich bin eben überfallen worden."

„Hör auf", sagt David, „Du träumst doch."

Er pendelt zwischen Erstaunen, Entsetzen und Faszination. Und eigentlich glaubt er Luigi kein Wort. Der hat immerhin eine blutende Kopfwunde. Trotzdem spielt David mit dem Gedanken, die Sache in einem Artikel auszuschlachten, zu berichten, dass ausgerechnet eine kleine Eisdiele mit relativ geringen Einnahmen innerhalb eines Jahres zweimal Ziel von Einbrechern oder Räubern oder wem immer geworden sei. Womöglich hat es wirklich mit Schutzgelderpressung zu tun. Er beginnt im Kopf bereits die ersten Zeilen des Artikels zu schreiben, die kurz Luigis Lebensgeschichte umreißen, lässt den Gedanken dann fallen.
Luigi setzt sich aufrecht. David, der ihn noch immer gestützt hat, lässt ihn los. Er beugt sich wieder über die Wunde an Luigis Kopf, um sie genauer zu untersuchen. Sie blutet nicht mehr, doch sie sieht nicht gut aus.
„Du solltest damit zum Arzt gehen", sagt er bedächtig und Luigi nickt. David zieht wieder sein Handy vor, um ein Taxi zu rufen. Luigi will nicht, dass mitten in der Nacht ein Rettungswagen vor seinem Haus auftaucht. Viel zu auffällig. Das Gerede der Nachbarn kann er sich sparen. David hilft seinem Freund vorsichtig auf die Beine, hebt eines der pastellfarbenen Stühlchen von einem Tisch und stellt es auf den Boden. Luigi lässt sich schwerfällig darauf sinken, das Plastikmöbel ächzt bedenklich. Luigi tastet nach seinem Kopf und zuckt zusammen, als seine Finger die Wunde berühren.
„Was genau ist denn passiert?", fragt David dann.

Er hat eine Vision von zwei schwer bewaffneten Männern in dunkler Kleidung, die in die Eisdiele stürmen und Luigis hübsche Mitarbeiterin als Geisel nehmen, während er versucht, sich heldenhaft vor sie zu stellen und die bösen Jungs niederzumachen. Ausgerechnet Luigi, der keiner Fliege was zuleide tun könnte. David schüttelt den Kopf über sich selbst, ihm selbst ist klar, dass er zu oft Hollywoods Träumen erlegen ist, nicht nur in Horrorstreifen, und dass wieder einmal die Fantasie mit ihm durchgeht.
Er ist im Nachhinein nicht mehr sicher, welches der leisen Geräusche er zuerst bemerkt hat, das Quietschen von Gummisohlen auf Steinfliesen oder etwas, das wie halb unterdrücktes Atmen klingt.
„Hast Du das gehört?“, fragt er leise.
„Was gehört?“, murmelt Luigi und richtet seinen benebelten und schielenden Blick nun auf Zelazny. Es steht ein großes Fragezeichen darin.
David lauscht angestrengt, den Kopf halb zur Seite geneigt. Da ist es wieder. Atemgeräusche, irgendwo von seitlich oben. Stille. Dann ein leises Knarren auf der Treppe. Bestimmt wieder dieser Kater. Selbst der könnte nicht lautlos über die alten Holzbretter huschen. Doch neigen Katzen dazu, röchelnd zu atmen? David ist nicht sicher. Er schleicht vorsichtig zur Treppe, späht die steil nach oben führende schmale Stiege hinauf, die sich oben im Dunkeln verliert. Stille. Er spürt ein unangenehmes nervöses Kribbeln im Nacken, das Ganze ge-

fällt ihm nicht. Er verflucht die vielen Gruselgeschichten seiner Jugend, die nicht gut für seine ohnehin blühende Vorstellung waren. Wäre es Kino, würde die Kamera langsam durch den Raum gleiten, auf ein namenloses Unheil zu, und Klangfetzen würden die Spannung quälend langsam nach oben schaukeln, und David hätte sich kurzzeitig weggedreht, als wolle er seine Begleiterin beruhigen, und er würde erst wieder auf die Leinwand blicken, wenn das kollektive Kreischen der anderen Zuschauer auf irgendeinen Schockmoment deutet.

Er wendet sich von der Treppe ab und geht zu Luigi zurück, will ihm sagen, alles sei in Ordnung, als er im seitlichen Blickfeld den Mann wahrnimmt, der urplötzlich aus dem hinteren Teil der Eisdiele kommend an ihm vorbei eilt, schnell und leise wie ein Schatten, und durch die Tür verschwindet, die noch immer einen Spalt offen steht. Er ist zu verdutzt, um überhaupt reagieren zu können, er duckt sich instinktiv, um einem möglichen Schlag auszuweichen. Der Mann hält einen länglichen Gegenstand, eine Stange oder ein Brecheisen, er kann es nicht genau erkennen, etwas aus Metall, das vermutlich zuvor Luigi am Kopf getroffen hat.

Er braucht den Bruchteil einer Sekunde, um aus seiner Erstarrung aufzuwachen und den Entschluss zu fassen, nicht untätig am Boden kniend zu verharren und sich um Luigi zu kümmern, sondern dem Mann zu folgen. Sein Unbehagen ist Wut und Entschlossenheit gewichen. Was denkt sich der Kerl, einen seiner Freunde zu überfallen und niederzuschlagen. Er klopft Luigi kurz auf den Rücken, was beruhigend wirken soll und nicht einmal bemerkt wird, ruft ihm zu, er sei gleich zurück, auch dies wird nicht wirklich registriert, läuft hinaus auf die nächtliche einsame Straße. David Zelazny erspäht gerade noch die schemenhafte Gestalt des Täters, die sich in Richtung Fischmarkt entfernt, und sprintet ihm nach. Er merkt alsbald, dass er sportlich viel zu lange nicht aktiv war, beginnt bereits nach wenigen Metern schwerer zu atmen und spürt kurz darauf ein Stechen in der Seite. Trotzdem läuft er weiter, keuchend, plump, und kann den Abstand zwischen sich und dem Mann verringern, als er ihm die Marktstätte hinauf folgt. Er holt ihn ein auf Höhe des Bauzauns am Ende der Kanzleistraße, wo sie in die Hussen- und die Paradiesstraße mündet. Der Zaun umrahmt ein Eckgrundstück, auf dem bis Dezember des vergangenen Jahres ein historisches Gebäude steht, das zwei Tage vor Weihnachten durch ein Feuer zerstört worden und eingestürzt ist. Schutt und Trümmer liegen noch immer aufgetürmt an der Brandstelle, sie werden erst abgebaut, wenn Versicherungsexperten letztlich ihre Gutachten abgegeben haben. Zelazny selbst hat vor kurzem für den Lokalteil der Zeitung einen Zweispalter geschrieben und die Ereignisse seit dem verheerenden Feuer zusammengefasst.

Er läuft den Zaun entlang, vorbei am *Betreten Verboten – Eltern haften für ihr Kinder-Schild.* Die halb zerfallenen Fassaden der angrenzenden, ebenfalls einsturzgefährdeten Häuser,

gestützt von dicken Balken, ragen anklagend in die Dunkelheit wie Kulissen in einem Kriegsepos. Der Mann ist verschwunden. Zelazny bleibt stehen, beugt sich japsend vor, die Hände auf die Knie gestützt. Er spürt, wie Schweiß in breitem Rinnsal über den Rücken und aus den Haaren in die Stirn strömt. Er ist völlig aus der Übung und muss dringend an seiner Kondition arbeiten. *Schittischeiße*, denkt er. Er muss den Mann erwischen, ihn packen, zur Rede stellen, den Überfall auf Luigi rächen, wenngleich Rache in dem Zusammenhang ein zu großes Wort ist. Er muss es einfach schaffen und ist wütend auf sich selbst, dass er nun eine Niederlage hinnehmen muss. Er will sich eben auf den Rückweg machen, geschlagen, resigniert, noch immer nach Luft schnappend, als er hinter dem Zaun das Geräusch bröckelnden Gesteins hört. Zelazny späht durch eine Lücke im Zaun und sieht den Mann, der im fahlen Restlicht der Straßenbeleuchtung über den Schuttberg klettert und dabei die aufgeschichteten Steine lostritt, die polternd herabrollen. Er hört ihn fluchen, als er mit einem Fuß steckenbleibt und zur Seite strauchelt.
*Wo will der Typ hin*, denkt David, *was hat er nur vor.*
Ohne zu zögern, schwingt er sich ebenfalls über den Zaun, wundert sich, dass er es problemlos schafft, darüber zu flanken. Sein alter Sportlehrer wäre stolz auf ihn. Zelazny landet mit beiden Füßen zugleich auf dem Boden, erhebt sich federnd, umrundet die Grube, in der sich müffelndes Sickerwasser sammelt, eilt auf den Schuttberg zu. Der Mann dreht

sich um, als er ihn hinter sich das Geröll empor klettern und dabei eine Ministeinlawine lostreten hört.
„Bleib stehen, verdammt", brüllt Zelazny. Seine Stimme hallt durch die nächtliche Stille, bricht sich an den Steinmauern der engen Straße wie zuvor das laute Poltern der Steine. Er vermutet, dass die Bewohner der angrenzenden Häuser sich alsbald über den Lärm beschweren und, wenn er Glück hat, die Polizei alarmieren werden. Er selbst hat sein Handy in Luigis Eisdiele liegen lassen, er erinnert sich vage, es auf eines der Tischchen gelegt zu haben.
*Tolle Leistung*, denkt er, mit sich selbst schimpfend, *echt gut gemacht, David.*
Seine Schuhe rutschen im Geröll ab und er gleitet ein paar Meter zurück. Der andere Mann hat inzwischen den oberen Rand der Halde erreicht und hangelt sich von dort über einen der halb zerfallenen Fensterrahmen in das einsturzgefährdete Gebäude dahinter. Er dreht sich noch einmal zu Zelazny um, triumphierend, dann ist er verschwunden. David flucht. Es hat keinen Sinn, ihm weiter zu folgen. Bis er nach oben geklettert und in das Haus gestiegen wäre, würde der Mann längst über alle Berge sein. Er lässt sich langsam auf den Schuhsohlen den Schutthaufen hinab gleiten und schafft es, dabei nicht seitlich auszurutschen. Er trabt den Weg zurück, den er gekommen ist, schiebt sich schließlich durch die Tür der Eisdiele, die noch immer angelehnt ist. Luigi sitzt in der gleichen Haltung. wie er ihn verlassen hat.

„Wo kommt Du jetzt her?", fragt er und hat sichtlich Mühe, seine Gedanken zu ordnen.
„Ich habe den Kerl verfolgt, der Dich überfallen hat", keucht Zelazny und klingt ärgerlich. Er ist sich nicht sicher, ob er wütend darüber ist, den Mann nicht erwischt zu haben oder darüber, dass Luigi nicht versteht, worum es geht.
Der fragt prompt: „Hä? Welcher Mann?"
„Da ist eben ein Mann von hinten gekommen und an uns vorbei gehuscht", sagt David betont langsam und dabei ungeduldig.
Er findet selbst, dass es verrückt und weit hergeholt klingt. Wie aus einem schlechten Drehbuch. Wenn der Täter aus dem hinteren Teil des Raumes oder besser von oben gekommen ist, muss er die ganze Zeit über dort gestanden und gewartet haben. Warum hat er das Risiko auf sich genommen, an ihm vorbeizueilen? Er hat nicht damit rechnen können, mit einem Überraschungsmoment durchzukommen, ihn überrumpeln und einfach so verschwinden zu können. Warum und vor allem worauf oder auf wen hat er gewartet? Und warum ist er ausgerechnet über den abgesperrten Bauplatz und das abbruchreife Haus geflüchtet?
Luigi reagiert gleichgültig und nuschelt: „Vermutlich einer der Typen, die mich überfallen haben."
David ist sicher, dass er eine Gehirnerschütterung und vermutlich einen Schock hat. Normalerweise würde Luigi nicht so gelassen sein, sondern hysterisch reagieren und sich heftig

aufregen. Luigi neigt dazu, sich mit südlichem Temperament viel zu schnell und viel zu sehr aufzuregen.
„Hast Du eine Ahnung, was die hier gesucht haben? Haben die irgendwas zu Dir gesagt?"
Luigi überlegt kurz, sagt langsam: „Nein, eigentlich nicht. Ich habe die Bestelllisten vom Fruchthof durchgesehen und plötzlich standen sie vor mir. Die haben nicht geredet. Die haben gleich zugeschlagen. Und dann weiß ich nichts mehr."
„Und wie sind sie reingekommen?", fragt David. *Und warum,* überlegt er, *war der eine noch immer dort und wo ist sein Partner*?
Von Luigi kann er keine Antwort erwarten. Der schielt vor sich hin.
„Keine Ahnung", sagt er prompt.

***

Fiorino ist erstaunt, in einer der Kellnerinnen Mariska Lorenz zu erkennen, die Kollegin, die er als Begleitung für die Mainau eingeteilt hat. Oder eigentlich, es hört sich besser für ihn an, hat sie sich freiwillig zu dem Einsatz gemeldet. Frau Lorenz arbeitet als Sekretärin in der Polizeidirektion und sie ist ihm an seinem ersten Tag aufgefallen, als Schmitz ihn mit in die Kantine genommen hat. Sie war in der Schlange vor ihm und er weiß noch, dass sie einen Salat, ein kleines Schnitzel mit Zitronenscheibe und ein Glas Cola auf dem Tablett balanciert hat. Die Polizeikantine, die auch von Angestellten des Landratsamtes genutzt wird, ist berühmt für ihr Essen, das von einem Sternekoch zubereitet und von den Mitarbeitern sehr geschätzt wird. Im Gegensatz dazu steht die lieb- und fantasielose Inneneinrichtung des kargen langgezogenen Raumes, in dem resopalbeschichtete Vierertische in strengen Reihen stehen. Die Akustik ist furchtbar.

Frau Lorenz hat sich mit einer Kollegin an einen Tisch gegenüber dem von Schmitz und Fiorino gesetzt und sie hat ihn während des Essens wiederholt mit kurzen interessierten Blicken gestreift. Er hat sich immer gefreut, wenn er ihr in den nächsten Wochen zufällig auf einem Flur oder im Treppenhaus begegnet ist und sie hat ihm einmal geholfen, einen Papierstau im Kopierer zu entfernen.

„Die Dinger streiken immer, wenn man es eilig hat“, hat er geschimpft.“

Sie hat gelächelt. *Männer und Technik.* Sie ist nett und die einzige Sekretärin in der Polizeidirektion, die den *Spinnentest* bestanden hat, wie Dettmers ihm mit einem Zwinkern erzählt, jenem Bubenstreich, bei dem allen neuen Kolleginnen während ihrer ersten Arbeitswoche eine Gummispinne oder -kakerlake zwischen die Unterlagen geschmuggelt wird. Frau Lorenz, sagt Dettmers, habe nicht einmal gezuckt, geschweige denn gekreischt, wie die meisten es tun, sie sei nicht mit dem

Stuhl ruckartig nach hinten gerollt und vor allem nicht in Tränen ausgebrochen. Sie habe die fette Spinne ungerührt an einem langen Bein genommen und am Schwarzen Brett in der Eingangshalle befestigt mit einem *Verloren – Gefunden*-Post-it.
Und sie ist hübsch, schön eigentlich auf eine merkwürdig unauffällige Weise. Fiorino kann sich vorstellen, dass sie selbst ungekämmt und ohne Make-up toll aussieht. Sie hat die herrlichsten Zähne, die er je gesehen hat. Nicht ebenmäßig und nicht perfekt, aber weißer und glänzender als man selbst in der Zahnpastawerbung für möglich halten würde. Und sie hat schillernd grüne Pupillen. Das ist ihm aufgefallen, auf alles andere hat er nicht geachtet, er hätte nicht einmal sagen können, welche Farbe ihr Haar hat. Es wäre ohnehin nicht der Naturton gewesen. Fiorino vertritt die These, dass es keine Frauen mehr gibt, die ihre Haare nicht tönen, färben oder Strähnen ziehen lassen.
In dem Lokal arbeitet sie zweimal die Woche. Zusätzliches Geld für ein paar zusätzliche Dinge. Die Gehälter der Sekretärinnen sind nicht üppig. Sie hat ihn mittlerweile auf der Terrasse gesehen und lächelt ihm zu, während sie am Nebentisch einen Gast abrechnet. Als sie ihm das Wechselgeld in Münzen gibt, sagt er ruppig, er brauche kein Kleingeld für den Automaten. Ob er sich das Rauchen abgewöhnt habe, fragt sie freundlich und er taxiert sie finster. Fiorino kann den Mann verstehen. Er hat zum Jahreswechsel seinen Vorsatz umge-

setzt und keine Zigarette mehr angerührt. Oder höchstens eine einzige, wenn er nervös ist. Seitdem kaut er Kaugummi. Zuckerfrei immerhin. Er kaut, wenn er nicht Kaffee trinkt, fast pausenlos und ist irgendwann bei fünf Päckchen am Tag. Gut möglich, dass er kaugummisüchtig ist. Er muss versuchen, davon los zu kommen. Es ruiniert seine Zähne und den Kiefer.
Frau Lorenz schwebt an seinen Tisch und streift ihn mit einem Blick, den er nicht deuten kann. Erwartungsvoll irgendwie und schmachtend.
„Hallo Chef", sagt sie strahlend.
„Nennen Sie mich nicht Chef", sagt er leise.
Ihr Lächeln wird breiter: „Gut Chef. Was kann ich Ihnen bringen?"
Fiorino gibt seine Bestellung auf. Eigentlich ist ihm egal, was er wählt, er verbringt die nächste Stunde damit, zu essen und Frau Lorenz zu beobachten, wie sie grazil zwischen den Tischen hin und her gleitet und beladene Tabletts elegant mit einer Hand trägt, als hätten sie kein Gewicht. Ab und zu schaut sie in seine Richtung und jedes Mal verzieht sich ihr Gesicht zu einem Lächeln, das Grübchen in den Wangen zeigt. Nach einer Weile kommt sie zu ihm an den Tisch und fragt, ob es ihm schmecke und er nickt behaglich, während er sein Steak kaut.
Die friedliche gemächliche Ruhe des einbrechenden Abends wird gestört von einer Frau, die in seiner unmittelbaren Nähe

sitzt und lautstark nach ihren Töchtern mit den klangvollen Namen Cynthia, Cheyenne und Soraya ruft und sie bemitleidenswert falsch ausspricht. *Tschäjänne* tönt es in sein Ohr. *Tschäjähänne.* Dann *Tschünziahh* und *Söräjha.* Fiorino unterdrückt ein Grinsen und fragt sich, wie die Mädchen wohl mit Nachnamen heißen. Hoffentlich nicht bodenständig süddeutsch wie Hinterhofer oder Schächtle. Als er fertig gegessen hat, der Teller abgeräumt ist und er überlegt, ob er ein weiteres Bier bestellen soll, kommt Frau Lorenz erneut an seinen Tisch, dieses Mal nicht mit ihrem nettem Grübchenlächeln, sondern einem Gesichtsausdruck, der Aufregung und Besorgnis verrät. Sie beugt sich zu ihm und flüstert hastig in sein Ohr, ihr Haar streift seine Wange, ihr leichtes fruchtiges Parfum steigt angenehm in seine Nase und er wünschte, es wäre nichts Dienstliches.

„Chef, sehen Sie mal die Männer da hinten“, wispert sie, „als ich eben Getränke am Nebentisch serviert habe, habe ich mit mitbekommen, wie sie sich über Frau Fleming unterhalten haben.“

„Was genau haben Sie gehört?“, sagt er leise und dreht sich vorsichtig in Richtung der Männer.

Eigentlich ist es nichts Besonderes, dass Menschen sich über Marit Fleming unterhalten, derzeit spricht die halbe Stadt von ihr, doch er ist überzeugt, dass Frau Lorenz nicht wegen simplem Stammtischgeschwätz über die *Tote am See,* wie sie

mittlerweile auch von der Presse genannt wird, so besorgt wäre.
„Der Größere hat von Daten gesprochen, die sie sich angeeignet haben soll.“
Fiorino mustert sie wohlgefällig und murmelt: „Nicht schlecht. Ähnliches hat auch Philipp Wassmer uns erzählt. Er hat gesagt, Frau Fleming habe zu zwei Männern etwas von Daten gesagt, die sicher verwahrt seien. Aber wir haben auf dem Notebook nichts gefunden, das in irgendeiner Weise aufschlussreich war, auch nicht in den Mails. Und es gab keine weiteren Datenträger.“
„Und in den Kartons, die bei ihrer Schwester gelagert waren?“, flüstert Frau Lorenz.

„Fehlanzeige“, sagt Fiorino und runzelt die Stirn. „Allerdings wurde beim Wiederherstellen von gelöschten Mails in outlook eine Art von Drohbriefen gefunden, alle datiert Mitte Mai, also vor rund zwei Monaten.“
„Was? Ist nicht wahr“, ruft Frau Lorenz und Fiorino zischt ein mahnendes „Pscht. Nicht so laut.“
„Tschuldigung“, murmelt Frau Lorenz, wieder mit gedämpfter Stimme, „aber was hat es mit diesen Drohungen denn auf sich. Wer kommt auf die Idee, so was per Mail zu versenden?“

„Keine Ahnung. Da hatte jemand offenbar eine Riesenwut. Und es war nicht schlecht gemacht, unsere besten Jungs von der IT haben es nicht geschafft, sie zurückzuverfolgen und den Absenden zu ermitteln", sagt Fiorino grimmig, „wer immer es war, er oder sie scheint sich mit dem Kram gut auszukennen."

*Im Gegensatz zu mir*, denkt er.

„Und was stand in den Mails?", fragt Frau Lorenz neugierig.

„Deftige Beschimpfungen", antwortet er ausweichend und gibt ihr die geschönte Version. „Frau Fleming wurde als, nun ja, leichtes Mädchen bezeichnet, das den Erfolg als Autorin gewissen Gefälligkeiten gegenüber Verlegern verdankt."

Den genauen Wortlaut, in dem Marit Fleming als Schlampe und Hure bezeichnet wird, die mit alten Verlegersäcken herumfickt und alles tun würde, um ihre kümmerliche Karriere anzukurbeln, will er Frau Lorenz ersparen. Als ersten Impuls haben er und die Kollegen auf Rache eines abgewiesenen Verehrers getippt. Fiorino hat einen äußerst unwilligen Dettmers gebeten, die geschwätzige Nachbarin dazu zu befragen. Er selbst möchte sich mit Frau Reimer nicht noch einmal unterhalten. Tatsächlich ein Erfolg. Dettmers hat Glück bei Frauen, gleichgültig welchen Alters. Der alten Dame ist aufgefallen, dass Marit Fleming von einem neuen Mieter bedrängt, eigentlich belästigt worden ist: Rüdiger Stein, ein schwergewichtiger bulliger Endvierziger, Versicherungsvertreter und unfreiwilliger Dauersingle, der der schönen Frau unverblüm-

te Avancen gemacht hat, einmal derart penetrant, dass Marit Fleming sich hilfesuchend an einen weiteren Mieter gewandt und der dem Ganzen Einhalt geboten hat. Trotz Wut und Enttäuschung, die Stein gegenüber Marit Fleming empfinden muss, ist ihm nicht nachzuweisen, dass er etwas mit den Mails zu tun hat und die Ermittlungen in seine Richtung sind bereits eingestellt worden.
„Verstehe", flüstert Frau Lorenz, „Und was kann dann gemeint sein?"

Fiorino muss über ihre Beflissenheit unwillkürlich lächeln. Er ist versucht, auf ihren Instinkt, mit dem sie das Gespräch der beiden Gäste als relevant wertet, zu bauen. Warum nicht. Viele Männer sind, soweit er es beurteilen kann, gut gefahren, wenn sie sich auf weibliche Intuition verlassen haben.
„Tun Sie mir einen Gefallen, Frau Lorenz", sagt er, „gehen Sie nach hinten und rufen Sie Lehmann an, er soll sich bitte postieren und an die beiden hängen, wenn sie aus dem Lokal kommen. Vielleicht hilft es weiter."
Sie runzelt zweifelnd die Stirn, sagt aber leise „Mach ich" und eilt auf hohen Absätzen elegant davon. Lehmann gilt in der Dienststelle als Mann fürs Besondere, einer, der unauffällig Recherchen betreiben kann, ohne aufzufallen. Er hat ein so durchschnittliches und dabei harmloses Aussehen, dass er mühelos in einer Menschenmenge untertaucht, er ist ein

Mann, neben dem man stundenlang im Flugzeug sitzt und dessen Gesicht man bereits beim Aussteigen vergessen hat, der auf einer Party inmitten einer Gruppe steht und sich angeregt unterhält und an den sich später niemand wird erinnern können. Außerdem wirkt Lehmann zuverlässig und freundlich. Menschen neigen dazu, ihm alle möglichen Dinge anzuvertrauen und in seiner Anwesenheit unvorsichtig zu werden.

Etwa 10 Minuten später betritt er die Terrasse des Lokals, streift Fiorino im Vorbeigehen mit einem Blick und steuert auf einen der hinteren Tische zu, unmittelbar neben dem, an dem die Männer sitzen, die Frau Lorenz aufgefallen sind. Sie hat darauf geachtet, den Tisch freizuhalten. Lehmann ist ein Mann mittleren Alters, er trägt eine dunkle Hose und ein Sakko aus einem teuer wirkenden Stoff, alles an ihm ist betont dezent. Er kommt daher wie ein Geschäftsreisender, der zum Abendessen geht und den alles um ihn herum nicht interessiert und nichts angeht. Er lässt sich von Frau Lorenz, die ihn nervös anschaut, die Karte geben und bestellt ein *Schimmele* der einheimischen Brauerei.

Er scheint in die Speisekarte, ein kleines Hochglanzkunstwerk in Form des Bodensee, vertieft, doch seine Aufmerksamkeit ist auf die Männer am Nebentisch gerichtet, die seine Anwesenheit nicht einmal registriert haben und sich weiter unterhalten, leise zwar, doch gut hörbar für einen Mann, der es gewohnt ist, die Ohren zu spitzen. Lehmann filtert die Worte

der Männer aus dem Stimmengewirr um ihn herum, eine Familie mit drei kleinen Kindern, die mit piepsenden, sich überschlagenden Stimmen vom Besuch im Aquarium Sealife-Center schwärmen, zwei Frauen, die sich lästernd über ihre Exfreunde auslassen, eine plappernde Touristengruppe, müde und erschöpft nach einer Stadtführung. Lehmann kann dem leisen Gespräch der beiden deutlich folgen. Was vor seinem Eintreffen besprochen wurde, kann er nicht wissen, dies könnte auch Frau Lorenz nicht sagen, sie hat seitdem keine Gelegenheit gehabt, in die Nähe des Tisches zu treten. Aktuell geht es noch immer und ausschweifend ausführlich um dasselbe Thema, um Marit Fleming.
Einer der Männer ist mittleren Alters, klein, hat dünne rötlichblonde Haare, die kunstvoll quer über den Kopf gekämmt sind und kahle Stellen verdecken sollen, der andere ist jünger, groß und schlaksig, er trägt Motorradkleidung und hat die schwarze Lederjacke, den Kultfetisch der Omnipotenz, für den er ihn hält, an seine Stuhllehne gehängt und die schweren Bikerboots lang von sich gestreckt. Hinten auf der Jacke prangt das Emblem der *Alien Angels.* Beide haben halbvolle Weizengläser vor sich. Lehmann hört sie wieder von Daten reden, die die Fleming an sich gebracht, sie vom PC ihres Freundes kopiert hat, zwischendurch hört er ein gezischtes *Schlampe* und dass man sich auf Weiber einfach nicht verlassen kann. Der junge Schlaksige macht sich lustig, wie sie, eine kleine Kinderbuchautorin, die Informationen wohl in ein

Buch hätte einarbeiten können, ob sie einen Krimi über ein Häschen in krummen Geschäften schreiben wollte. Die beiden lachen, kaltblütig genug, über ihren Tod hinwegzugehen, als sei nichts gewesen. Der Mann in Bikerkleidung versichert dem anderen vollmundig, dass sämtliche Unterlagen, die Marit Fleming jemals hatte, gefunden worden seien, als die Wohnung von ihnen durchsucht wurde und er lacht hysterisch, als er erzählt, dass die Ausdrucke direkt neben dem Drucker lagen.

„Wie blöd kann man sein", sagt er und nun lacht auch der kleine Rothaarige.

Lehmann hört sie selbstzufrieden prahlen, wie easy alles gewesen sei, viel einfacher, als sie gedacht hätten, schwieriger sei gewesen, den Stick von dem *Italiener* zurückzuholen. Er runzelt die Stirn, kann sich aktuell keinen Reim darauf machen. Er sieht Fiorinos Blick auf sich gerichtet, fragend und angespannt, ebenso Frau Lorenz'. Lehmann lehnt sich zurück, gelöst und seltsam unberührt. Fiorino kennt ihn erst seit kurzem, doch er weiß, dass es nicht aufgesetzt ist. Lehmann hat gelernt, Informationen aufzunehmen, zu sammeln und zu speichern, präzise und emotionslos wie ein Computer. Es ist sein Job. Zu Zeiten des Kalten Krieges wäre er ein Topspion gewesen. Er hat gelernt, sich dabei immer und überall entspannen zu können, egal in welcher Situation. Seine Kollegen behaupten, er sei eine Mutation und habe überhaupt keine Nerven oder Gefühlsregungen, höchstens irgendwelche Glasfaserkabel oder unter die Haut gepflanzte Mikrochips. Er hat Muße, sein Bier zu trinken und die meisten der Salzstangen zu knabbern, die in einem hohen Glas auf dem Tisch stehen, bevor die Männer zahlen und aufbrechen. Er winkt Frau Lorenz, reicht ihr einen 5-Euro-Schein, steht ebenfalls auf, macht wie immer einen abwesenden Eindruck.

Er folgt ihnen vor das Lokal, wo beide, in einen dunklen Geländewagen steigen, die schwere Maschine des Motorradfahrers bleibt vor dem Lokal stehen, chromblitzend und eindeutig der Stimmungsaufheller für viele Männer, die am Arm ihrer Frauen lustlos über die Hafenmeile flanieren müssen und die lieber, sehr viel lieber, mit dem Bike eine Tour gemacht hätten.
Lehmanns alter Audi steht auf der anderen Straßenseite und er folgt dem Chevrolet in einigem Abstand, in Richtung der Autofähre in Staad und hält schließlich auf dem halbrunden, neu gestalteten Platz vor dem Laden der Fischereigenossenschaft, während der Chevy wenige Meter neben dem Landesteg des Yachthafens hält. Der Platz ist um diese Zeit menschenleer. Einer der Männer öffnet das kleine Gittertor mit dem üblichen „*Nur für Mitglieder*“-Schild und beide schlurfen den Steg entlang zu einem der großen Boote. Sie sehen nicht aus wie Segler und auch nicht, als hätten sie eine Berechtigung, dort zu sein, und wäre nicht Nacht und der Ha-

fen verlassen gewesen, wären sie mit Sicherheit misstrauisch beäugt oder angesprochen worden. Der Motor wird bereits angelassen, als sie an Bord gehen, Lehmann hört ein dunkles tiefes Dröhnen, dann tuckert eine schnittige Yacht langsam aus dem Staader Hafen hinaus in die Dunkelheit des Sees.
Er wählt unmittelbar hintereinander zwei Nummern. Er informiert zunächst Fiorino in wenigen Sätzen über die Vorkommnisse, bittet dann einen Kollegen der Wasserschutzpolizei, den Halter der Yacht zu ermitteln. Der Name prangt in verschnörkelten Buchstaben auf dem polierten dunklen Mahagoni-Holz.
*Teufelstisch.*

***

Der Mann fällt dem Dienst habenden Beamten am Empfang der Polizeidirektion sofort auf. Nicht weil er besonders auffällig wäre. Eher im Gegenteil. Auffällig zu sein war nie Martin Friedrichs Problem. Er ist ein mittelgroßer magerer Mann mit schlechter Haltung und schlechter Haut. Er macht den Eindruckt, als würde er immer frieren. Selbst im Hochsommer. Er trägt ein langärmeliges dunkles Shirt, darüber einen Baumwollpullover und eine an den Knien ausgebeulte Cordhose. Sein Blick ist unsicher und scheu. Alles an ihm scheint grau und stumpf wie eine falsch belichtete Schwarzweißauf-

nahme. Seine Lider sind schwer, halb geschlossen, was interessant hätte wirken können, als habe er schon alles gesehen, zuviel von allem gekostet und sei zu Tode gelangweilt. Stattdessen vermittelt Martin Friedrichs die Trostlosigkeit eines Lebens, das wie ein langer dunkler Weg ist.
„Kann ich Ihnen helfen?", fragt der Beamte pflichtschuldig. Es ist derselbe, der dieselbe Frage vor einigen Tagen an Britta Fleming gerichtet hat. Und er sagt es im selben gleichgültigen Ton.
„Ich weiß nicht", sagt Martin Friedrichs. Er ist wachsam. Er hält eine alte Aktentasche mit beiden Händen wie einen Schild vor seinen Körper.
„Ich bin gekommen, um eine Aussage zu machen", sagt er schließlich leise. Er fühlt sich sichtlich unwohl. Er schaut den Beamten nicht an, als er es sagt. Er fixiert einen Punkt an der Wand hinter dem Kopf des Polizisten. Er hat nie gelernt, Menschen direkt anzusehen.
„Welches Dezernat?"
„Ich weiß nicht", sagt Friedrichs nochmals. Er schluckt nervös. Seine Kehle ist trocken.
„Worum geht es denn?", fragt der Beamte.
„Um die Frau, die tot beim Hafen gefunden wurde."
Das Gesicht des Beamten wird freundlicher, er sagt: „Das ist der Bereich von Hauptkommissar Fiorino" und weist Martin Friedrichs den Weg.

Als der wenig später vor dem Büro steht, bleibt er wartend in der geöffneten Tür stehen, hält noch immer seine Tasche schützend vor den Körper. Dettmers wird auf ihn aufmerksam und bittet ihn ins Zimmer.
„Was kann ich für Sie tun?"
Dettmers ist allein im Büro, er hält ein Papier in den Händen, in das er vertieft war. Es ist das Protokoll einer Beamtin, die ihm eben mit hochrotem Kopf gestanden hat, in Bezug auf die Aussage eines jungen Mannes falsch reagiert zu haben. Sie wird dabei noch roter. Tief unter ihrer ruppigen Oberfläche ist Ellen Maurer ein scheuer Mensch. Er habe die Beobachtung zweier Männer im Stadtgarten gemeldet und darüber hinaus einen Überfalls auf sein Geschäft und sie habe dies nicht wirklich ernst genommen. Sie ist froh, es an Dettmers melden zu können und nicht an Fiorino oder gar Schmitz, die sicher ärgerlich reagiert hätten. Dettmers dagegen ist freundlich und versichert ihr, er werde sich darum kümmern. Er kümmert sich gern um all die Kleinigkeiten, die den anderen so sehr auf die Nerven gehen, er kümmert sich vor allem gern um die Belange von Menschen und es gibt keinen Tag, an dem er nicht gern zum Dienst geht oder an dem er bereut, überhaupt eine Ausbildung bei der Polizei gemacht zu haben. Eigentlich hätte er ins Geschäft seiner Eltern einsteigen sollen, sie haben einen kleinen Lebensmittelladen in Petershausen, ein herrlich altmodisches Relikt aus Wirtschaftswunderzeiten, wo auf etwa 25 Quadratmetern alles angeboten wird, was

man fürs tägliche Leben braucht, nach dem *Was wir nicht haben, brauchen Sie nicht*-Motto. Es ist der Traum seines Vaters, dass er den Laden übernehmen soll, nicht Dettmers Traum und mittlerweile hat sein Vater sich beruhigt, vor allem, seit Dettmers Schwester sich eingebracht hat und er geht mit vor Stolz geschwellter Brust über die Straße, um allen, die es wissen wollen, zu erzählen, sein Sohn sei bei der Polizei und seine Tochter ein wirkliches Verkaufstalent.

Dettmers sieht Friedrichs freundlich entgegen, der kommt vorsichtig ein paar Schritte näher und nimmt schließlich auf dem Stuhl Platz, der ihm mit einer Handbewegung angeboten wird. Er klammert sich noch fester an die Tasche und hält sie im Arm, als müsse er sie beschützen oder als suche er seinerseits dahinter Schutz. Er starrt irritiert auf Dettmers grasgrünes Shirt mit Aufdruck *Custer hat's verdient.*

„Nichts. Gar nichts. Im Gegenteil", stammelt Friedrichs, „ich meine, ich hoffe, ich kann etwas für Sie tun. Ich möchte eine Aussage machen. Wegen der Frau, die am Wasser gefunden wurde. Nennt man das eine Aussage?"

Dettmers bestätigt es. Er lehnt sich zurück und nickt aufmunternd seinem Gegenüber zu. Er bietet ihm zu Trinken an, was Friedrichs beinahe erschrocken ablehnt. Friedrichs rutscht auf seinem Stuhl unmerklich nach unten, wirkt verkrampft, fühlt sich sichtlich unwohl. Scheue Menschen wie er fühlen sich fast überall außerhalb der vertrauten Wohnung unwohl. Vor allem in Gegenwart anderer Menschen. In Ge-

genwart von Fremden. Noch dazu eines Kriminalbeamten, der ihn abschätzend beobachtet.
„Eigentlich ist es keine Aussage. Ich möchte einen Gegenstand abgeben, ein Fundstück“, sagt er stockend, „und ich muss wohl erklären, wie ich dazu gekommen bin.“
Dettmers wartet ab, weiterhin freundlich und geduldig und lässt sich von seiner linkischen Art nicht aus der Ruhe bringen. Der öffnet seine Tasche, holt etwas heraus, das in eine Plastiktüte gewickelt ist, die er auf den Schreibtisch legt, umständlich zunächst die Aktentasche schließt, neben sich auf den Boden stellt und noch ungeschickter die Tüte auseinanderwickelt. Seine Bewegungen sind bedächtig und langsam, ebenso seine Art zu reden.
„Ich war mit meinem Hund unterwegs am Uferweg auf der Schweizer Seite“, sagt er dann.
Dettmers Blick fällt auf das winzige Hündchen, das Friedrichs an einer dünnen Leine hält. Der kleine Chihuahua, der sich urplötzlich im allgemeinen Interesse sieht, wuselt um den Schreibtisch herum, stellt seine Vorderpfötchen gegen Dettmers Schienbein und wedelt begeistert. Der beugt sich nach vorn, streichelt vorsichtig über das glänzende Fell und murmelt zärtliche Albernheiten. Er mag kleine Hunde und hätte selbst gern einen gekauft, wenn er mehr Zeit für ihn hätte. Das Ganze hat eine unglaubliche Wirkung auf Martin Friedrichs, in dessen Gesicht nun etwas wie Lebensfreude zu sehen ist und der zunehmend auftaut. Er neigt sich vertrauensvoll

nach vorn und deutet mit dem Kinn auf den noch immer halb verhüllten Gegenstand.
„Da habe ich dies liegen sehen. Ich habe es erst nicht beachtet, aber Tage später lag die Tasche noch immer dort und erst da habe ich sie aufgehoben. Ich wäre sonst früher gekommen, das müssen Sie mir glauben, Herr Hauptkommissar", sagt Friedrichs und wirkt dabei, als fürchte er, verhaftet zu werden. Dettmers amüsiert sich, als Hauptkommissar bezeichnet zu werden. Friedrichs packt den schmutzigen und hässlichen Fund aus, der sich als stark lädierte Damenhandtasche entpuppt. Dettmers kennt sich, wie die meisten Männer, damit nicht aus, doch er registriert auf den ersten Blick, dass sie teuer war. Er sieht es an dem kleinen Emblem auf der Vorderseite. Ein Modell dieses Designers hat der Freund seiner Schwester ihr einmal zum Geburtstag gekauft und wünschte sich danach, er hätte es nicht getan, weil diese Tasche der Grund für das Ex in der Beziehung ist. Weil er das falsche Modell und die falsche Farbe ausgesucht hat, was sie als Beweis dafür gesehen hat, dass er ihr nicht zuhört, er sich nicht für ihre Belange interessiert und sie ihm nicht wirklich etwas bedeutet. An diesem Tag hat Dettmers begriffen, dass er von Frauen weniger versteht, als er bisher gedacht hat. Er verfolgt weiter Friedrichs umständliches Hantieren, als der nun die Tüte penibel faltet und in seine Aktentasche stopft. Schließlich reicht er ihm die Damentasche über den Tisch hinweg und eigentlich hat Dettmers keine Lust, sie anzufassen. Sie ist schmud-

delig und überzogen mit etwas, das wie getrockneter Schlamm aussieht. Er fragt vorsichtig: „Was ist denn das?" und kann eben noch ein „Was soll ich damit" unterdrücken.
„Die Handtasche der jungen Frau, die tot aufgefunden wurde. Ich habe nachgesehen, ihre Papiere sind drin", sagt Friedrichs. „Der Ausweis", sagt er krächzend vor Aufregung, „lautet auf den Namen Marit Fleming. Ich habe in der Zeitung gelesen, dass dies der Name der Frau ist. Das stimmt doch so?"

„Ja, das ist richtig", murmelt Dettmers. Er steht auf und kommt um seinen Schreibtisch herum. Er sagt: „Gut. Legen Sie sie bitte hierher. Ich werde einen der Kollegen von der Spurensicherung rufen, der die Tasche fürs Labor abholen soll."
Friedrichs ist sichtlich erleichtert. Mehr als das. Er wirkt, als sei eine zentnerschwere Last von ihm gefallen.

***

Dettmers wedelt mit den Blättern in seiner Hand, als er ins Zimmer zurückkommt: „Ich habe hier das Ergebnis der forensischen Untersuchung der Handtasche", sagt er.
Fiorino steht auf, kommt ihm entgegen und nimmt ihm den Bericht aus der Hand. Dies hat er noch nie getan. Nicht, so-

lang Dettmers ihn kennt. Für gewöhnlich wäre er hinter dem Schreibtisch sitzen geblieben und hätte gewartet, bis er ihm die Seiten gegeben hätte. Allein daran erkennt Dettmers seine Anspannung, obwohl Fiorinos Gesicht so kühl und beherrscht wie gewöhnlich ist. Der liest den Bericht, bis er zu dem Absatz kommt, der vom Inhalt der Puderdose handelt. Er schaut auf und sieht den Beweismittel-Beutel, den der Kollege hochhält.

„Das bringt uns wirklich weiter, Chef", sagt Dettmers mit einem Strahlen.

Fiorino ist wie so oft gerührt über den jungenhaften Eifer und die Begeisterung, mit der Dettmers an die Dinge herangeht und er hofft, dass er seinen Enthusiasmus nicht so bald verlieren wird. Er nimmt den Beutel entgegen, in dem ein eng bedrucktes DIN-A4-Blatt steckt, das offensichtlich sehr klein zusammengefaltet war. Ebenso klein ist die Schriftgröße des Dokuments. Fiorino müsste eine Lupe haben, um es lesen zu können. Außerdem muss das Blatt mit Wasser in Kontakt gekommen sein, es ist wellig und die Druckerfarbe teilweise verwischt.

„Es sind offenbar die Informationen, die Marit Fleming vom PC ihres Freundes geladen hat", sagt Dettmers, „Geschäftsdaten, um genau zu sein. Offenbar hat sie für ihren neuen Roman recherchiert, ich vermute mal ohne sein Wissen, und ist dabei auf einen ziemlichen Haufen Dreck gestoßen."

Er macht eine kurze Pause, ist sich nicht sicher, ob Fiorino den Bericht selbst weiter lesen oder von ihm die Zusammenfassung hören will. Fiorino signalisiert ihm fortzufahren.
„Dieser Sanderson, der Freund, mit dem sie angeblich das Land verlassen wollte, ist anscheinend in krumme Geschäfte verwickelt. Sorry Chef, dass ich es so ausdrücke“, sagt Dettmers, „er nutzt wohl seine Import-Export-Firma als Tarnung, um Schmuggelware, vor allem gefälschte Designerartikel, ins Land zu bringen.“
„Auch Drogen?“, fragt Fiorino.
„Vermutlich ja“, sagt Dettmers, „den Umfang der Deals müssen wir noch von den Jungs vom Rauschgift checken lassen.“
„Und Marit Fleming ist ihm auf die Spur gekommen“, sagt Fiorino.
„Genau“, sagt Dettmers. Er weiß selbst nicht, warum er dabei noch immer strahlt.
„Das ist ein starkes Motiv“, sagt Fiorino.
„Sie meinen für einen Suizid der Frau?“, fragt Dettmers zögernd, „oder dafür, dass Sanderson und seine Partner sie zum Schweigen gebracht haben?“
„Möglich wäre beides“, sagt Fiorino langsam, „ich glaube aber nicht, dass sie sich aus diesem Grund das Leben genommen hätte. Warum sollte sie. Sie muss, nach allem, was wir über sie erfahren haben, eine starke Persönlichkeit gewesen sein. Vermutlich wäre sie gegen diese Geschäftspraktiken vorgegangen oder hätte sie ans Licht gebracht. Als erstes müs-

sen wir ihren Freund unter die Lupe nehmen. Mal sehen, ob er noch mehr auf dem Kerbholz hat als Verstoß gegen das Zoll- und Rauschgiftgesetz. Gut gemacht, Dettmers.“

***

Jeder seiner Gäste kann Luigi Di Centa ansehen, dass er wirklich schlechte Laune hat. Sein sonst fröhliches und gutmütiges Gesicht ist düster, seine Brauen sind zusammen gezogen, seine Pupillen funkeln. Sie funkeln, wenn er Bestellungen entgegen nimmt, wenn er an der Espresso-Maschine steht, wenn er kassiert, vor allem, wenn er die Tische abräumt. Er klappert das Geschirr so laut in die Spülmaschine, dass eine ältere Dame streng von ihrem Eisbecher aufschaut und den Kopf schüttelt. Es macht Luigi noch ärgerlicher. Er tritt hinter die Theke und schaltet die Musik aus, die leise und fast unbemerkt aus zwei Lautsprechern dudelt. Er kramt kurz herum, legt dann eine neue CD ein.
Nicht nur die Dame zuckt zusammen, als ein Drummer-Solo aus den Ecken donnert. Luigi lächelt zufrieden, schaltet dann zurück, doch die Musik pocht weiter hart aus den kleinen Boxen. Drei Mädchen stecken die Köpfe zusammen, zwitschern sich lächelnd Worte zu, die nicht zu verstehen sind und fangen an, die Köpfe mit fliegenden Haaren zu bangen.

Die ältere Dame winkt Luigi heran, sie will zahlen, ebenso eine Familie. Luigi nimmt Scheine und Münzen entgegen und dankt ruppig für das Trinkgeld. Er wünscht niemandem einen schönen Tag, wie er es sonst tut.
Roger Fiorino betritt den Raum und steuert auf seinen Lieblingstisch zu. Er grüßt Luigi, nimmt eine der Zeitungen aus dem Gestell an der Wand und faltet sie auseinander. Wenig später stellt Luigi einen Espresso vor ihn auf den Tisch. Er setzt das Tässchen so hart auf, dass es auf dem kleinen Teller scheppert. Fiorino hebt den Blick von seiner Zeitung.
„Ist alles in Ordnung?“, fragt er, als er Luigis Ausdruck wahrnimmt.
„Nein“, sagt Luigi knapp.
„Was ist los? Ist jemand gegangen ohne zu zahlen?“
Fiorino schaut ihn amüsiert an und nimmt, als Luigis düsterer Blick ihn streift, wieder einen ernsteren Ausdruck an. Er legt die Zeitung mit leisem Seufzen zur Seite. An Lesen ist ohnehin nicht zu denken.
„Nun sag schon, was ist mit Dir? Und kannst Du die Musik bitte leiser stellen? Was ist das überhaupt? Passt irgendwie nicht in eine Eisdiele.“
„Das ist Metal. Wenn Du nicht immer Klassik hören würdest, wüsstet Du das“, sagt Luigi böse.
Fiorino hebt beschwichtigend die Hände und sagt so ruhig wie möglich: „OK, aber kannst Du es trotzdem leiser stellen?“

Luigi dreht sich ruppig um, geht zu seiner Theke zurück und stellt die Musik ab. Die plötzliche Ruhe hat eine seltsame Nuance. Die ältere Dame, die eben von der Toilette kommt, nimmt es erleichtert zur Kenntnis. Sie nickt Luigi zu und der verabschiedet sie einigermaßen freundlich. Roger hat einen beruhigenden Einfluss auf ihn. Luigi kann sich nicht erklären warum, aber es ist so. Er setzt sich zu ihm an den Tisch und sieht nun schmollend wie ein kleiner Junge aus.
„Es ist wegen dieser blöden Tussie", sagt er schließlich.
Fiorino kann ein Grinsen mühsam verbergen und murmelt: „Wenn ich so was sage, nennst Du mich einen Macho."
„Manche Frauen verdienen nichts anderes. Und die hat mich angemacht. Dabei habe ich es nur gut gemeint."
„Welche Frau?"
„Die Polizeibeamtin, bei der ich meine Aussage gemacht habe."
„Aussage?"
Luigi wedelt ungeduldig mit der Hand: „Weil ich doch überfallen worden bin."
„Was?", sagt Roger Fiorino und fügt wie automatisch hinzu „schon wieder?"
Luigi funkelt ihn an: „Schon gut, Du sagst es also auch."
„Was meinst Du denn damit? Und vor allem, was ist das mit dem Überfall? Wann und wo ist das passiert? Warum hast Du mich nicht gerufen?", sagt Fiorino genervt, „vielleicht hätte ich Dir helfen können."

Luigi ist versöhnt, dies vor allem, weil Fiorino ihm zu glauben scheint und das Ganze nicht als Hirngespinst abtut wie der Arzt in der Notaufnahme, der ihn unverhohlen schmunzelnd gemustert, und die junge Polizistin, bei der er die Aussage gemacht hat.

„Ja ja, schon gut. Das ist nett von Dir", sagt er, „aber Du hättest auch nichts tun können. Die beiden Männer standen wie aus dem Nichts vor mir, ehe ich reagieren konnte, hat mir einer irgendwas auf den Kopf geschlagen und dann weiß ich nichts mehr. Keine Ahnung, wie lange ich weggetreten war. Als ich aufgewacht bin, war David da, er ist durch die geöffnete Tür reingekommen und hat mich da liegen sehen."

„David? Ist das dieser Journalist, mit dem Du befreundet bist?", schnaubt Fiorino, „na toll. Und Du hast es nicht für nötig gehalten, mir was zu sagen. Ich arbeite bei der Polizeidirektion, Mensch."

„Du hättest nichts tun können", sagt Luigi nochmals, „David hat mir ein Taxi gerufen fürs Krankenhaus, da haben sie mich verarztet." Er deutet mit der Hand auf ein Pflaster an seinem Kopf. „Und als feststand, dass ich keine Gehirnerschütterung habe, bin ich wieder heimgegangen und später dann zur Polizeidirektion."

Luigi atmet tief durch und schüttelt dann den Kopf: „Die Beamtin dort war richtig fies zu mir."

„Aha“, sagt Fiorino. Er kann sich vorstellen, um welche Beamtin es sich handelt. Ellen Maurer. Sie ist als übellaunige, frustrierte Kratzbürste bekannt, eine zutiefst enttäuschte alleinstehende Frau, die alle Anderen für ihr unerfülltes Leben verantwortlich macht. Selbst Dettmers Charme prallt an ihr ab wie Wasser an einer Regenhaut. Fiorino weiß, dass sie den traurigen Rekord der meisten Dienstaufsichtsbeschwerden hält. Er nimmt sich vor, den Bericht anzufordern und Luigis Sache zu prüfen.

„Die hat so getan, als ob es eine Bagatelle wäre“, sagt Luigi, „weil ja nichts weiter passiert ist und auch nichts gestohlen wurde. Kein Bargeld zumindest. Eigentlich ist nur der Speicherstick weg.“

„Welcher Stick?“, fragt Fiorino.

Luigi fängt wortreich an zu erzählen von den beiden Männern im Stadtgarten und dem Gegenstand, den sie im Gras gesucht hätten und dass er später danach gesehen und einen USB-Stick gefunden habe. Das einzige, was später bei ihm gestohlen worden ist. Dessen ist er sicher. *Als ob sie genau deswegen gekommen sind*, denkt er. Und welch seltsamer, unglaublicher Zufall, dass er ihn ausgerechnet zu dieser Zeit an das Notebook angeschlossen hat und sie nicht einmal danach haben suchen müssen. Je länger er darüber nachdenkt, umso unwirklicher kommt es ihm vor. Und er kann sich vorstellen, was Fiorino dazu sagen würde, also behält er es lieber für sich.

„Wie auch immer“, sagt Luigi schließlich, „ich habe der Beamtin alles erzählt und sie hat schnippisch gemeint, ich würde wohl gern am Fenster stehen und hinter den Leuten herspionieren. Ausgerechnet ich.“ Er bebt vor unterdrückter Wut und schimpft weiter: „Das muss ich mir nicht gefallen lassen. Ich ein Spanner. Oder neugierig. Die spinnt doch. Frustrierte Ziege. Bestimmt hat ihr Freund sie sitzen lassen. Würde mich nicht wundern.“
„Und was war denn drauf auf dem Stick?“, fragt Fiorino, er versucht professionellen Abstand zu wahren und kann sich doch vor Spannung kaum zurückhalten. Am liebsten hätte er Luigi gepackt und ihn geschüttelt, um die Antwort schneller zu erhalten.
„Das ist das Problem, ich habe es nicht geschafft, an dem Kennwort vorbeizukommen. Und ich habe mich seitdem gefragt, ob zwischen dem Finden dieses Stick im Stadtgarten, dem Überfall auf mich und dem Tod der jungen Frau irgendein Zusammenhang besteht. Hältst Du das für möglich?“
„Allerdings, das wäre möglich“, sagt Fiorino, „das ist sogar wahrscheinlich. Du hast vielleicht etwas gesehen, was Du nicht hättest sehen sollen. Und wann wolltest Du mir davon erzählen?“

Luigi winkt ab: „Hätte ich schon noch. Aber ich wollte es erst bei der Polizeidirektion melden.“

Fiorino verdreht leicht die Augen und nuschelt ungeduldig: „Du hast ja Recht. Und hast Du der Kollegin alles so erzählt, wie Du es mir gesagt hast?“
„Nicht ganz“, sagt Luigi und wirkt nun gleichgültig, als ginge das Ganze ihn nichts mehr an. „Ich bin nicht dazu gekommen. Die hat mich gar nicht zu Ende kommen lassen.“
„Dann werden wir beide jetzt gemeinsam hingehen“, sagt Fiorino energisch.“
„Du meinst wirklich, das hat mit dem Fall zu tun?“, fragt Luigi.
Fiorino nickt.
„Wenn es so ist“, sagt Luigi langsam, „habt Ihr was zu tun in nächster Zeit. Mit den Typen ist nicht zu spaßen, Roger, meiner Meinung nach ist das Ganze ziemlich heiß.“
Fiorino zieht die Lippen von den Zähnen wie Humphrey Bogart, wenn er einen ausgebrannten Detektiv wie Marlowe oder Spade spielt. Er hat die Grimasse vor dem Spiegel geübt, so lange, bis sie perfekt und jederzeit abrufbar gespeichert ist. Es ist überspannt und ein gefundenes Fressen für jeden Psychologen, das ist ihm klar, aber manchmal ist es das einzige, das ihn aufrecht hält.
„Nicht zu heiß für mich, Luigi“, sagt er dunkel.

***

Der Weiße Riese schlurft den mit Steinplatten belegten Weg im Rheinstrandbad entlang und steigt die Treppen zum Nichtschwimmerbereich hinunter, um wie jeden Morgen die Wassertemperatur zu messen. *23 Grad* steht auf dem Schild am Eingang und seiner Schätzung nach müsste dies auch die aktuelle Temperatur sein. Ein idealer Badetag. Kowalski schaut zufrieden um sich. Die Rasenflächen leuchten in sattem Grün, sie sind über Nacht gesprengt worden, die anhaltend heißen Temperaturen können dem Gras nichts anhaben. Auch nicht die vielen Handtücher, die in ein paar Stunden Naht an Naht darauf liegen werden.

Kowalski kneift die Augen zusammen und setzt seine Sonnenbrille auf, die bisher am Bügel in sein Polohemd gehakt war. Die Morgensonne glitzert friedlich auf dem Wasser, eine Schwanenfamilie mit fünf flaumigen grauen Küken zieht vorbei. Alle sieben Tiere drehen den Kopf in seine Richtung. Sie beanspruchen einen Teil des Schwimmbereichs als ihr Revier und sind die Lieblinge der Badegäste. Er blickt irritiert auf, als er mit Namen gerufen wird. Für gewöhnlich ist er um diese Uhrzeit, kurz vor Öffnung, allein im Freibad, abgesehen von der Kassiererin vorn am Eingang.
„Ja?“, fragt er knapp.
Er taxiert den Mann, der ihn angesprochen hat und oben am Fuß der Treppe steht, über den Rand seiner Sonnenbrille.

Schmitz ist für ein Freibad denkbar ungeeignet gekleidet, er trägt einen dunklen Anzug, seine übliche korrekte Dienstkleidung, von der er sich auch von sommerlichen Temperaturen nicht abbringen lässt. Sein einziges Zugeständnis an die warme Jahreszeit ist es, auf die Krawatte zu verzichten und den obersten Knopf seines Hemdes zu öffnen.
„Gregor Kowalski?“, fragt Schmitz nochmals.
„Wer will das wissen?“, brummt sein Gegenüber.
Schmitz runzelt die Stirn und tut, was er immer tut, wenn er sich angepisst fühlt. Ein Wort, das er eigentlich nicht in seinem Wortschatz führt und das er von Dettmers übernommen hat. Er zieht seinen Ausweis und zeigt ihn Kowalski. Der ist wenig beeindruckt. Er schüttelt Wassertropfen vom Thermometer und kommt mit energiegeladenen Schritten die Treppe hoch. Seine Badelatschen geben knatschende Geräusche von sich.
„Das ging ja schnell. Ich bringe sie gleich zu den Spinden, dann können Sie sich selbst ein Bild machen.“
„Wie bitte?“, fragt Schmitz irritiert.
„Sie kommen nicht wegen der aufgebrochenen Spinde?“, fragt Kowalski langsam.
Schmitz räuspert sich: „Ich wollte Sie sprechen wegen der jungen Frau, die tot im Stadtgarten gefunden wurde.“
„Aha“, sagt Kowalski. Er nimmt die Sonnenbrille ab. „Ich will nicht unhöflich erscheinen, aber was habe ich damit zu tun?

Ich meine, nicht dass Sie denken, es sei mir gleichgültig, was mit ihr passiert ist."

„Uns liegt eine Zeugenaussage vor, dass Sie sich in der Nacht, in der Frau Fleming gestorben ist, im Stadtgarten mit ihr getroffen haben."

Kowalski lächelt und zeigt dabei zwei Reihen blendend weißer Zähne: „Ist das so?", sagt er. Er legt das Thermometer vorsichtig auf das kleine Tischchen, das für den Bademeister unter einem Sonnenschirm mit guter Sicht auf die beiden Schwimmbereiche aufgestellt ist. Er trägt die Zahl in eine Liste ein. Dann wendet er sich wieder an Schmitz: „Ich habe mich mit Marit nicht verabredet, ich habe sie auf dem Heimweg zufällig im Stadtgarten getroffen und mich mit ihr unterhalten." Er macht eine kleine Pause und sagt dann in provozierendem Ton: „Macht mich das in irgendeiner Weise verdächtig?"

Schmitz beeilt sich, ihm zu versichern, dass die Kriminalpolizei lediglich am möglichst nahtlosen Ablauf der Ereignisse in jener Nacht interessiert sei. Kowalski taxiert ihn misstrauisch.

„Gut, was kann ich also für Sie tun?"

„Woher kannten Sie Frau Fleming?"

„Hier aus dem Schwimmbad. Ihre kleine Nichte hat im vergangenen Frühjahr in der Halle oben einen Schwimmkurs besucht, die Mutter hat das Kind jeweils hingebracht und Marit hat sie später abgeholt. Sie hing sehr an der Kleinen."

Er erinnert sich, wie das kleine Mädchen zu Marit Fleming gerannt, in ihre geöffneten Arme geflogen ist und strahlend zu ihr aufgesehen hat. Wie Marit sie an der Hand genommen und sie zum Auto geführt, wie sie die Hintertür des Wagens schwungvoll geöffnet und lächelnd *Ihre Kutsche ist bereit, Prinzessin,* gesagt hat.

„Waren Sie mit ihr gut bekannt?", fragt Schmitz.

„Ja, irgendwie schon. Wir haben uns ganz gut unterhalten und haben uns nach Abschluss des Schwimmkurses einige Male getroffen. Sie war immer nett und fröhlich."

Schmitz zögert, dann sagt er: „Und hatten Sie eine weiter gehende Beziehung zu ihr?"

„Weiter gehende Beziehung", wiederholt Kowalski und schüttelt genervt den Kopf, „warum fragen Sie nicht einfach, ob ich was mit ihr hatte. Und nein, hatte ich nicht."

„Sie war eine schöne junge Frau."

Kowalski zeigt ein gleichgültiges Achselzucken: „Ich war nicht interessiert. Sie war einfach ein nettes Mädchen."

Schmitz räuspert sich wieder, fährt fort: „Gut. Können Sie mir denn sagen, worüber Sie mit Frau Fleming in jener Nacht gesprochen haben? Welchen Eindruck hatten Sie von ihr? War sie bedrückt, schien sie Ihnen anders zu sein als sonst?"

„Ja, sie war bedrückt. Sie hat mir erzählt, dass sie einen Streit mit ihrem Freund hatte. Zuvor hat sie mit ihm zusammen eine Art Picknick im Stadtgarten gehalten, sie haben sich Pizza und Rotwein geholt und sich auf eine der Bänke gesetzt und dort zusammen gegessen."

„Wissen Sie, worum es bei dem Streit ging?"

„Sie hat gesagt, dass sie einen neuen Roman schreiben wollte, kein Kinderbuch diesmal, und dass sie ihren Freund als Vorlage für die Hauptfigur nehmen wollte. Sie werden lachen, ich habe darüber sogar gelesen, sie hat in der Zeitung ein Interview gegeben und von diesen Plänen für ihr Buch erzählt."

„Und der Freund hatte was dagegen?"

„Eigentlich nicht. Aber Marit wollte das Ganze authentisch rüberbringen, es ging um die Geschichte eines Mannes aus einfachen Verhältnissen, der beruflich nach oben gekommen ist. Soweit ich es verstanden habe, ist sie an seinem PC gewesen und hat sich irgendwelche Geschäftsunterlagen angesehen. Aus Recherchegründen, hat sie gesagt."

Schmitz macht sich Notizen. Kowalski ist kurzzeitig damit beschäftigt, ein paar ältere Damen zu begrüßen, offenbar Stammgäste. Sie kommen mit riesigen Badetaschen unter dem Arm und großem Hallo und Winken über die Wiese. Sie sehen neugierig auf Schmitz und vor allem auf dessen Anzug, der mehr in einen Businesspark gepasst hätte und scherzen leise, ob er wohl ein Vertreter für Sonnencreme sei.

„Wenn Sie mich fragen", sagt Kowalski und senkt dabei die Stimme, als könnten die Frauen ihn hören, die sich in einiger Entfernung Liegestühle genommen haben und dabei sind, ih-

re Handtücher darüber zu breiten, „sollten Sie sich diesen Sanderson mal vornehmen."
Schmitz geht nicht weiter darauf ein.
„Haben Sie sich sonst noch mit Frau Fleming unterhalten?", sagt er stattdessen, „Sie scheint Ihnen offenbar vertraut zu haben."
„Wir haben über Marits Schwester gesprochen", sagt Kowalski.
„Sie sind also auch mit Frau Britta Fleming bekannt", hakt Schmitz ein.
„Wie sich das schon wieder anhört. Ja, ich kenne auch Britta Fleming. Ich habe sie ebenso wie Marit während des Schwimmkurses ihrer Tochter kennen gelernt." Kowalski überlegt, wie er sich erklären soll: „Sie war anders als Marit. Man hätte nicht denken können, dass sie Schwestern sind, obwohl sie sich äußerlich ähnlich waren. Marit war stark und immer charmant, Britta Fleming hat auf mich den Eindruck gemacht, als sei sie innerlich erloschen."

Schmitz kann dem nur zustimmen.
„Sie ist keine glückliche Frau und sie hat mir leid getan", sagt Kowalski. „Marit hat mir dann erzählt, dass sie sich seit der Scheidung von ihrem Mann sozusagen aus dem Leben zurückgezogen hat und nur noch für ihr Kind gelebt hat. Die Kleine ist wirklich niedlich."

Auch hier nickt Schmitz.
„Britta Fleming", fährt Kowalski gedankenverloren fort, „war oder besser ist sehr misstrauisch allen Menschen gegenüber und sie war auch ein bisschen eifersüchtig auf Marit, weil sie das Leben leicht genommen hat und weil sie erfolgreich war. Ich habe erst mit der Zeit mitbekommen, dass sie auch eifersüchtig war, weil Marit und ich uns gut verstanden haben."
„Sie war also dagegen, dass ihre Schwester mit Ihnen zu tun hatte?"
Schmitz überlegt, ob dies nicht auch für Thomas Sanderson gelte. Und er hat keine Ahnung, dass er mit der Eifersuchts-These bezüglich Gregor Kowalski den Nagel auf den Kopf getroffen hat. Dass Kowalski der Mann ist, wegen dem sich Britta in Luigis Eisdiele mit ihrer Schwester gestritten hat. Auch Kowalski selbst ahnt nichts davon.
„Nein", sagt er folgerichtig, mit nachdenklicher Stimme, „ich glaube, sie war nur erstaunt, wie leicht es Marit fiel, mit einem fremden Menschen in Kontakt zu kommen. Mit der Zeit hatte ich das Gefühl, sie würde allmählich auftauen und selbst offener werden."
„Und darüber haben sie mit Marit Fleming gesprochen?"
Kowalski errötet und nuschelt verlegen: „Nein. Ich habe sie um Rat gebeten, wie ich ihre Schwester näher kennen lernen könnte."
Schmitz braucht nicht näher zu fragen warum. Er erkennt die Antwort in seinem Gesicht. Und er hat keine Erklärung da-

für, was ein Mann wie Gregor Kowalski, der der Schwarm aller Mädchen sein muss, an einer verhuschten und verbitterten Frau wie Britta Fleming finden kann, doch welche Erklärung braucht die Liebe. Auch das kann er ihm ansehen. Dass er sich verliebt hat, nicht in die hübsche Marit, sondern in ihre ältere Schwester. Und damit ist offensichtlich, dass Kowalski nichts mit dem Fall zu tun hat oder mit dem Mann, von dem Philipp Wassmer erzählt hat, jenem Mann mit schmaler schwarzer Krawatte, der wie ein Gangster aussehen soll.

*Außer*, denkt Schmitz, *Britta Fleming hätte Kowalski gebeten, ihre Schwester aus dem Weg zu räumen.*

***

Kowakski blinzelt Schmitz nachdenklich hinterher. Das Gespräch hat ihn mehr aufgewühlt, als er sich selbst eingestehen möchte. Er muss wieder an Marit denken und daran, wie er sie kennengelernt hat. An den Tag, an dem sie zum ersten Mal ihre Nichte vom Schwimmkurs abgeholt hat, an ihr strahlendes Lächeln und an die lustigen Sommersprossen auf ihrer Nase, die selbst während des langen kalten Winters nur leicht verblasst sind.

Es war einer der ersten warmen Tage des Jahres, einer der Tage, an denen die Straßencafés zum ersten Mal ihre Tische und Stühle aufstellen, an dem beinahe jeder eine Eistüte in der Hand hält. Einer der Tage, an denen es Spaß macht, ein Cabrio zu besitzen und offen zu fahren, einer der Tage, an denen die Motorradfahrer wie Heuschrecken über das Land hereinfallen. Nach dem Schwimmkurs haben die Kinder die lehmigen Schwalbenester entdeckt, die unter dem Dach der Schwimmhalle kleben. Marit hat sie auf die Vögel aufmerksam gemacht, die in wilder Akrobatik herumfliegen. Die ersten Schwalben des Jahres. Und Kowalski hat eine Geschichte aus dem Ärmel geschüttelt, die ihm vor vielen Jahren sein Patenonkel erzählt hat. Es ist die Antwort auf die Frage, warum die Schwalben die Mücken im Flug fangen und sie nicht einfach vom Boden aufpicken und wieso sie manchmal so hoch fliegen und dann wieder tief über das Gras hinwegfegen. Genau das haben auch die Kinder gefragt. Kowalski hat Marit zugezwinkert und angefangen wie in den Geschichten von *Piggeldy und Frederick.* „Nichts leichter als das", hat er gesagt, „kommt mit." Und die Kinder sind ihm zur Rückseite des Gebäudes gefolgt, in den kleinen Garten, wo noch mehr Schwalben zu sehen waren. Er hat ihnen mit geheimnisvoller Stimme erklärt, dass die Schwalben und die Mücken seit Jahrhunderten einen Kampf ausföchten, eine Fehde, die schon so lange andauerte, dass sich niemand erinnern könne, worum es eigentlich ging. Die Mücken seien kleiner, doch zahlenmäßig überlegen, mindestens 150:1, eine große Streitmacht und sie glaubten sich sicher, sie flögen gern hoch hinauf zur Sonne und bräunten sich sorglos oben in der Luft und die Schwalben folgten ihnen und jagten sie, wenn sie nicht aufpassten. Wenn das Wetter schlecht würde, nähmen die Mücken ihre Sonnenbrillen ab und flögen tiefer und mit ihnen die Schwalben und wenn es anfinge zu regnen, öffneten die Mücken winzige Regenschirme, die so schwer seien, dass sie damit fast auf den Boden gedrückt würden. Zwei Mädchen haben angefangen zu kichern, auch Marit kann sich ein Lachen nicht verkneifen. Die Schirme, hat er geendet, seien *Made in Taiwan* und sie schmeckten nicht besonders gut und wenn die Schwalben sich die Mücken vornähmen und einen der kleinen Schirme in den Schnabel bekämen, spuckten sie ihn angewidert aus.

Die Kinder waren begeistert, sie haben nach jedem Schwimmkurs eine neue Geschichte erwartet und Kowalski damit in die Klemme gebracht. An dieser Stelle ist Marit ins Spiel gekommen. Sie hat kleine witzige Episoden erfunden, die Kowalski am Ende jedes Kurses den Kindern vortragen und Applaus ernten kann. Sie waren ein gutes Team.
Einmal hat er sich mit Marit auf einen Kaffee getroffen, zufällig, als sie einen Platz auf der Terrasse gesucht und sich zu ihm an den Tisch gesetzt hat. Er hätte sich ewig mit ihr un-

terhalten können. Ausgerechnet an jenem Nachmittag ist ein Gewitter aufgezogen, der Himmel war auf einmal voll dunkler, wie übermütige Maihasen herumtollender Wolken. Alle waren zum frühzeitigen Aufbruch gezwungen. Marit hat sich verabschiedet, sie war zu Fuß unterwegs und Kowalski hat ihr angeboten, sie nach Haus zu bringen. Mit dem Fahrrad. Sie hat gegrinst, als er es vorgeschlagen hat. Es war ihm peinlich. Sie hat sich elegant auf die Fahrradstange gesetzt und gesagt, sie fühle sich, als sei sie wieder 16 Jahre alt. Und sie hat beinahe so ausgesehen. Vor ihrem Wohnhaus ist sie mit einem eleganten kleinen Hopser auf den Boden gesprungen, hat sich zu ihm umgedreht und ihm einen freundschaftlichen Kuss auf die Wange gehaucht. Kurzeitig waren seine Knie weich wie Butter. Sie war ein tolles Mädchen. Auf dem Nachhauseweg ist ihm eingefallen, dass er sie mehrere Wochen nicht sehen wird, weil er Urlaub hat und die Schwimmkurse von einem Kollegen abgehalten werden.

***

Nach einer kurzen Dienstbesprechung mit Schmitz machen sich Fiorino und Dettmers auf den Weg zu Thomas Sanderson, bei dem momentan alle Fäden zusammen zu laufen scheinen. Fiorino findet es von Beginn an irritierend, dass er nicht von sich aus zur Polizeidirektion gekommen ist, um Näheres über die Umstände des Todes seiner Lebensgefährtin zu erfahren oder sich in irgendeiner Weise zu äußern. Es ist, als würden sie Kowalskis Rat folgen, ihn sich einmal vorzunehmen. Vor allem, seit die Wasserschutzpolizei ihn als Halter der Yacht *Teufelstisch* benannt hat, jenes Boot, mit dem die Männer, denen Lehmann gefolgt ist, vom Staader Hafen auf den See hinaus gefahren sind.

Sie hätten ihn vorladen können, in die Polizeidirektion zu kommen, doch es scheint Fiorino nicht der rechte Weg. Er möchte Thomas Sanderson ohne Vorwarnung gegenübertreten. Und außerdem, gesteht er sich insgeheim, hat er einfach Lust, an die frische Luft zu kommen.

Es ist ein herrlicher Sommertag und sie versuchen, die Fahrt in Fiorinos Cabrio nicht zu sehr zu genießen. Dettmers hat eine *Ray Ban*-Brille aufgesetzt und den rechten Fuß seitlich auf das Fenster gelegt, so dass sein Hosenbein im Fahrtwind flattert. Er trägt ein Spongebob-Shirt mit Aufdruck *Wir sind nicht hässlich, wir stinken nur.* Fiorino hat die Stereoanlage aufgedreht. Die beiden wirken, als würden sie in Urlaub fahren oder als seien sie auf Aufreißer-Tour und beide sind enttäuscht, als sie bereits nach kurzer Fahrt bei Sandersons Wohnhaus oder besser seiner kleinen Villa ankommen. Sie liegt in einer exklusiven Siedlung, dem so genannten Musi-

kerviertel, in dem fast alle Straßen nach Komponisten benannt sind. Es gibt einen Mozartweg, Haydn- und Beethovenstraße und andere Gedenksträßchen. Fiorino hat sich zu Beginn seiner Zeit in Konstanz zwei Wohnungen in dem Viertel angesehen, die ihm letztlich zu teuer gewesen sind und er findet es schon damals merkwürdig, dass nur Komponisten-Klassiker bedacht worden und nicht auch moderne Künstler.
Die Sanderson-Villa liegt inmitten eines parkähnlichen Gartens mit einem herrlichen alten Baumbestand. Die Rotbuche hat nach Fiorinos Schätzung rund 150 Jahre hinter sich, eine der Eichen könnte zu Regierungszeiten Friedrichs des Großen gepflanzt worden sein. Es ist nicht im mindestens mit Fiorinos Wohngegend zu vergleichen, seine Wohnung gefällt ihm zwar, doch sie ist in einem großen Gebäudekomplex, der nicht viel Grün um sich lässt. Die wenigen Bäume, die dort wachsen dürfen, sind staubig und krank, sie verlieren bereits im August ihre Blätter und wenn es regnet und die Stämme schwarz sind vor Nässe, sehen sie aus wie Gespenster. Dass er im Stadtteil Paradies wohnt, ist ihm bisher nicht aufgegangen. Es ist nichts paradiesisch, vielleicht früher einmal, zu Klosterzeiten, im 13. Jahrhundert.
Fiorino sucht nach einer neuen Bleibe und bis es soweit ist, muss er ausharren in dem Haus in unattraktiver Lage direkt neben einer vierspurigen Ausbaustraße, einem Haus, in dem fast immer von irgendwo Lärm zu hören ist. Im diesem Vier-

tel dagegen herrscht eine fast unheimliche menschenleere Ruhe, man hätte denken können, niemand wohnte dort, außer einer Schar Singvögel, die sogar in der Mittagshitze munter zwitschern, als würden sie es genießen, hier zu leben. Es ist eine gediegen noble und gepflegte Gegend mit schönen Vorgärten, bunten Rabatten und exakten Rasenflächen.

Dettmers ist davon nicht beeindruckt, er selbst ist in dem Viertel aufgewachsen, sein Elternhaus liegt in der Parallelstraße. Er hat seine Mutter natürlich über den Amerikaner befragt, hat von ihr aber keine Neuigkeiten über den Fall erfahren, es hätte ihn auch gewundert, dafür eine Menge empörte Details über den Lebensstil des neuen Nachbarn, der mit diversen lauten, bis in die Morgenstunden dauernden Gartenpartys von sich reden gemacht und das ruhige Viertel in Aufruhr versetzt hat. Seine Mutter nennt ihn einen *Spinnsiech* und einen *Saukerle,* und dies sind so ziemlich die schlimmsten Worte, die sie überhaupt kennt.

Fiorino parkt den Wagen neben dem massiv schmiedeeisernen Tor und klingelt, geht gemeinsam mit Dettmers den mit hellen Platten ausgelegten Weg zum Haus. Sie sehen mit Grausen die Gartenzwerge, die in einer Gruppe auf der Rasenfläche aufgestellt sind und Fiorino fragt sich, ob Sanderson als Amerikaner der Meinung ist, sich damit den deutschen Sitten in besonderer Weise anzupassen. Er hat Gartenzwerge nie gemocht, kleine bunte Wichte, die immer grinsen und kleine Schaufeln tragen, Schubkarren halten oder kleine

Angelruten in kleine Teiche tauchen. Er findet sie fast so schlimm wie Türkränze.
Thomas Sanderson steht im Hauseingang mit den Händen in den Hosentaschen und blickt den beiden abwartend entgegen. Fiorino stellt sich und den Kollegen vor und beide ertappen sich dabei, dass sie ihr Gegenüber anstarren. Sanderson ist einer der bestaussehenden Männer, den sie jemals gesehen haben. Er zeigt eine ungewöhnliche makellose Schönheit, die ihn für ein leichtes, beneidenswertes Leben zu begünstigen scheint. Doch hinter der perfekten Marmorfassade trägt Sanderson eine Traurigkeit in sich, von der niemand ahnt und von der er selbst nicht sagen kann, woher sie kommt. Wie bei jemandem, der wegen eines unscheinbaren Äußeren früh verletzt wird, ist sein Leben von Anfang an durch das Aussehen bestimmt. In seinem Fall ist er nicht gekränkt, sondern umschmeichelt worden. Sie haben ihm gesagt, dass er wie ein Engel aussieht oder zumindest wie Warren Beatty, wie der junge Brando, eigentlich noch besser und er ahnt, dass die meisten Menschen nur wegen seines schönen Gesichts seine Nähe suchen und der Ruhm, den er dadurch bekommt, ein einsames Paradies ist. Er hat es schon als Kind gespürt. Sein Vater war stolz auf seinen gut aussehenden Sohn und er hat sich gefragt, ob er ihn auch akzeptiert hätte, wäre er hässlich oder unvollkommen gewesen. Er hat von Anfang an gewusst, dass er den Respekt des Vaters nur gewinnen kann, wenn er beruflich Erfolg hat. Wegen seines Vaters hat er seine Firma

gegründet. Er will ihm zeigen, dass er mehr ist als das schöne Gesicht, das allen so sehr gefällt. Und er ist froh, dass sein Vater nicht mehr mitbekommt, was aus den Geschäften tatsächlich geworden ist. Seine Mutter und Erin, seine Ex-Frau, das Mädchen, das er noch aus Schulzeiten gekannt und irgendwann geheiratet hat, haben ihn angebetet. Er kann sich erinnern, wie Erin gestrahlt hat, wann immer sie ihn angesehen hat, aber auch über ihre Gefühle für ihn kann er nie sicher sein. Für eine Ehe ist es nicht genug.

Selbst bei Marit war er nicht sicher. Sie hat ihn geliebt, er ist sich dessen im Klaren, und doch hat sie ihn verraten.

Marit.

Ihretwegen kann er seit Tagen nicht schlafen.

Seine Marit.

Das Mädchen, in dessen Gesicht immer ein Lächeln war. Ihretwegen stehen die beiden Kriminalbeamten vor seiner Tür, das ist ihm klar. Trotzdem fragt er fast automatisch „Was kann ich für Sie tun?“

Fiorino erwidert es mit einem Stirnrunzeln. Der Mann scheint vom Tod seiner Freundin nicht sonderlich aus der Bahn geworfen. Nach allem, was inzwischen an Information über ihn gesammelt worden ist, wundert es ihn nicht. Und er beschließt aus dem Bauch heraus, Sanderson nicht zu kondolieren.

Sie werden in ein großräumiges Wohnzimmer geführt, erhalten Espresso in Designertässchen, die eine ältere Hausdame ihnen serviert, und die folgende Unterredung verläuft im Wesentlichen so wie die, die Schmitz mit Kowalski geführt hat. Und wie der Bademeister reagiert auch Sanderson amüsiert, dass eine Zeugenaussage darüber vorläge, er habe sich in der Nacht von Marit Flemings Tod mit ihr getroffen. Wie Kowalski fragt er, ob ihn dies zu einem Verdächtigen mache. Er spricht mit leichtem Akzent. Auf die Frage, worum es bei dem Streit zwischen ihnen ginge, reagiert er mit einem müden Abwinken der Hand. Er sagt: „Streit würde ich das nicht nennen."

„Sie sollen wütend darüber gewesen sein, dass Frau Fleming Sie in ihrem neuen Buchprojekt als Vorlage der, nennen wir es Hauptfigur, verwenden wollte", sagt Fiorino. Er hat sich in einem bequemen Sessel zurückgelehnt und scheinbar entspannt die Beine übereinandergeschlagen. Er nippt an seinem Tässchen.

Sanderson lacht freudlos und murmelt: „Wer erzählt denn so was."

„Frau Fleming soll ihre Recherchen um Authentizität wohl übertrieben haben, vor allem in Bezug auf Ihre Geschäftskontakte."

In Sandersons Gesicht ist keine Regung zu sehen, außer leichtem Missmut, von Fiorino mit Fragen gelöchert zu werden. Es ist ihm nicht anzusehen, wie beunruhigt er tatsächlich ist. Sanderson ist ein guter Schauspieler. Auch das verbindet ihn mit Marlon Brando.

„Ich nehme an, Sie sagen mir endlich, worauf Sie hinauswollen. Was genau wollen Sie von mir?“, sagt er.

Fiorino hätte ihm gerne eine ganze Menge an Dingen gesagt, er zieht stattdessen den Beweismittel-Beutel mit dem Computerausdruck hervor und reicht ihn Sanderson. Der reagiert mit einem lässigen Stirnrunzeln: „Was ist das?“, sagt er und gibt ihm den Beutel zurück, als fürchte er, er sei kontaminiert.

„Dieses Blatt wurde in Marit Flemings Handtasche gefunden, gefaltet und versteckt in ihrer Puderdose um genau zu sein. Haben Sie dafür eine Erklärung?“

Fiorino hört sich lauernd an und natürlich fällt Sanderson darauf nicht herein.

„Ich fürchte nein“, sagt er betont höflich, „und ich fürchte, ich kann Ihnen nicht helfen. Sie müssen entschuldigen, es fällt mir schwer, über Marit zu sprechen. Für mich ist ihr Tod völlig unbegreiflich. Ich sehe mir ihre Fotos an und kann es nicht glauben.“

Er deutet auf ein paar gerahmte Fotos auf dem Sims eines elektrischen Kamins, die allesamt Marit Fleming zeigen. Marit, die lächelnd auf einer Parkbank sitzt und ein Eis in der

Hand hält. Marit mit einem kleinen Hündchen im Arm und mit breitem Strahlen im Gesicht. Marit, die auf einer Steinmauer balanciert, im lustigen Ringelshirt und kurzen Shorts, die ihre langen schlanken Beine zur Geltung bringen. Fiorino kennt bisher nur die Fotos vom Klappentext ihrer Bücher. Er hat sie bisher nicht mit gelöstem Lächeln und in Freizeitposen gesehen und er stellt wieder fest, dass sie eine sehr hübsche junge Frau war. Eine Frau, die viel zu früh sterben musste. Vielleicht, weil sie an die falschen Leute geraten ist. Vielleicht, weil sie die falschen Fragen gestellt hat. Vielleicht, weil sie den falschen Mann geliebt hat.
Fiorino wendet sich wieder an Sanderson: „Wir versuchen herauszufinden, was mit Frau Fleming passiert ist“, sagt er.
„So, tun sie das“, sagt Sanderson und sein Ton ist höflich mit unterschwelliger Aggression, „ich habe offen gestanden nicht den Eindruck. Wenn Sie daran interessiert sind, die Umstände ihres Todes zu klären, warum bitte tun Sie es nicht. Warum stehen Sie hier und stellen mir diese Fragen?“
Fiorino lächelt: „Ich stelle Ihnen diese Fragen, weil der Verdacht besteht, dass Sie in die Umstände ihres Todes verwickelt sind.“

Nun lächelt auch Sanderson, eine alles verbergende Maske. Hätte er nicht explodieren und sich heftig gegen die Anschuldigung wehren müssen? Stattdessen fixiert er Fiorino ab-

schätzend und zischt zwischen den Zähnen: „Und ich nehme an, Sie haben dafür Beweise."
Fiorino lässt sich nicht aus der Ruhe bringen. Er wechselt einen Blick mit Dettmers, der ihm fast unmerklich bestärkend zunickt.
„Ich habe den Ausdruck, den Marit Fleming angefertigt hat", sagt Fiorino, „und es besteht der dringende Verdacht, dass die Daten vom Ihrem Computer kopiert wurden." Er liebt es, mit der Phrase vom *dringenden Verdacht* anzukommen.
„Das ist nicht das Papier wert, auf dem es gedruckt ist", sagt Sanderson, „Marit hat genug Phantasie gehabt, sich solche Daten für ihr Buch auszudenken."
„Und sie dann in ihrer Puderdose zu verstecken", sagt Fiorino spöttisch.
„Sie haben keinen Beweis, dass die Daten von meinem Rechner stammen", sagt Sanderson, „sie können sonst wo ausgedruckt worden sein."
Er macht einen Schritt in Richtung der Zimmertür und macht klar, dass das Gespräch für ihn beendet ist. Er sagt: „Sie entschuldigen mich, ich habe im Anschluss einen geschäftlichen Termin. Wenn dies alles ist, was Sie mir zu sagen haben, muss ich Sie bitten, mein Haus zu verlassen. Ansonsten besorgen Sie sich einen…wie sagt man hier?"
Fiorinos Lächeln vertieft sich, er schaut wieder zu Dettmers, dieses Mal mit einem triumphierenden Ausdruck. Dettmers

steht auf, als würde er einer Choreografie folgen, greift in seine Tasche, entfaltet ein Papier.
„Einen Durchsuchungsbeschluss“, sagt er und hält das Formular hoch, „den habe ich hier.“

***

Keiner von ihnen hat Thomas Sanderson jemals zuvor so gesehen. Nicht sein Bruder, der mit ihm aufgewachsen ist, nicht Maria, seine Haushälterin und Hausdame, die ihn seit seiner Kindheit kennt und erst recht nicht seine Geschäftspartner. Seine Pupillen sind hellgrün vor Wut und glitzern, als lodere tief in ihnen ein Feuer. Nachdem Fiorino und Dettmers und die Kollegen, die für die Durchsuchung angefordert worden sind, das Haus verlassen haben, hat er seinen Bruder Joseph angerufen. Little Joe, wie sie ihn nennen. Und seine Partner. Er erzählt ihnen von der Polizeiaktion, er sucht ihren Rat und ihre Nähe. Sie bleiben ungerührt und leichtfertig, *die Bullen können uns nichts*, fläzen in seinen teuren Sesseln, halten Drinks in den Händen und amüsieren sich insgeheim über den theatertauglichen Ausbruch, während er im Zimmer auf und ab geht und vor sich hin flucht. Allmählich entspannt er sich, bevor seine Nerven erneut mit ihm durchgehen. Und das nur, weil Maria versucht hat, ihn zu trösten. Die kleine ältere Frau, die schon seinen Eltern den Haushalt geführt hat

und die später in seinen Dienst getreten ist, hat eine Hand auf seinen Rücken gelegt.
„Sei ruhig, Thomas“, sagt sie mit gütiger Stimme, „niemand kann Dir irgendwas nachweisen.“
Was immer sie damit meint. Es soll ihn beruhigen und erreicht genau das Gegenteil. Er dreht sich mit einem Ruck zu ihr um, er begreift, dass sie weiß, womit er sein Geld verdient, dass sie weiß, was er vor seinem Vater erfolgreich verborgen hat, dass sie weiß, was auch Marit herausgefunden hat. Er begreift, dass sie dennoch auf mütterliche Weise stolz auf ihn ist und hinter seinen Entscheidungen steht und er kann es nicht ertragen. Die Wut, die er auf sich selbst, auf Fiorino, Dettmers und auf die anderen Beamten hat, richtet sich gegen die sanfte kleine Maria. Er fährt sie ungehalten an, dies alles gehe sie nichts an, sie solle sich raushalten und sich nie wieder in sein Leben und seine Angelegenheiten mischen. Vor allem nicht in seine Geschäfte.
Sie starrt erschrocken zu ihm auf und als er ihre Tränen bemerkt, wird er nicht besänftigt, sondern noch zorniger. Er achtet nicht auf seinen Bruder, der aufsteht, ihn zurückdrängt, versucht, ihn zu beruhigen, er schreit sie über Little Joe hinweg an, sie sei entlassen, sie solle verschwinden und ihm nicht wieder unter die Augen kommen, es gäbe nichts Schlimmeres als Hausangestellte, die nicht funktionieren. Maria dreht sich um und läuft hinaus. Eigentlich läuft sie nicht, sie bewegt sich fluchtartig wie ein kleines verwundetes

Tier. Seine Partner blicken ihn erstaunt und mit hochgezogenen Brauen an, sein Bruder sieht aus, als wolle er ihn schlagen.
„Du bist ein solches Arschloch“, sagt Little Joe heftig. Er lässt ihn wie angewidert los und folgt Maria. Sanderson hört, wie er draußen in der Eingangshalle nach ihr ruft. Auch seine Partner stehen auf,

entschuldigen sich, verlassen nacheinander den Raum und das Haus. Er ist auf einmal allein in dem sonnendurchfluteten Zimmer und fühlt sich, als erwache er aus einem bösen Traum. Sein Zorn fällt von ihm ab wie eine Decke, die man abstreift. Er atmet schwer. Sein Mund ist trocken, er schluckt. Den Metallgeschmack wird er nicht los. Ohne nachzudenken eilt er die Treppe hinauf und klopft an Marias Tür. Als Junge hat er immer gewusst, dass er zu ihr kommen kann, dass sie sich Zeit nimmt, mit ihm zu spielen und ihm Geschichten zu erzählen, die sie sich ausgedacht hat und dass sie ihm Süßigkeiten zusteckt, die sein Vater für ungesund gehalten hat.
„Maria.“
„Lass mich in Ruhe.“
Es klingt nicht wie ihre Stimme. Es klingt weit entfernt und seltsam fremd. Er drückt vorsichtig die Türklinke, rechnet damit, dass abgeschlossen ist. Er schiebt sich in den Raum. Maria hat einen Koffer aufs Bett gelegt und angefangen, Kleidung, die ordentlich und akkurat im Schrank liegt, wahllos

hinein zu werfen. Little Joe sitzt auf der Bettkante und versucht wortreich, sie zu trösten. Er funkelt ihm giftig entgegen. Sanderson ist froh, dass Jan Folkerts, Neffe und einer der wenigen Verwandten Marias, nicht hier ist. Mit ihm hätte er sich nicht auseinandersetzen wollen.

Sie wirft ein schwarzes Kostüm in den Koffer, das einzige dunkle Kleidungsstück, das sie besitzt. Sie hat es für die Beerdigung seines Vaters gekauft, daran erinnert er sich, sonst trägt sie immer helle und pastellfarbene Sachen. Sie hat einmal gesagt, das Leben sei schwer genug, man müsse nicht auch noch in dunklen Sachen herum laufen wie ein Trauerkloß.

„Lass mich in Ruhe", sagt sie noch einmal. Unaufhörlich rinnen Tränen über ihre Wange. Sie hat aufgegeben, sie wegzuwischen.

Es schnürt ihm das Herz zu, sie so zu sehen, doch sein Gesicht spiegelt nichts davon wieder, es ist ohne Emotionen, schön und glatt wie Marmor. Er murmelt: „Maria, bitte."

„Lass es einfach, Thomas. Du hast schon genug angerichtet", mischt Little Joe sich ein.

Sanderson beachtet ihn nicht. Er sieht unverwandt die Frau an, die wie eine zweite Mutter für ihn ist. Die Frau, die immer ein Teil der Familie war, die er liebt und achtet und die er so tief verletzt hat, dass sie nun glauben muss, für ihn nicht mehr zu gelten als eine Angestellte.

„Maria." Sein Ton ist sanft und flehend. Er bittet seinen Bruder, sie allein zu lassen. Der zögert, als fürchte er einen neuerlichen Ausbruch, als erwarte er, er würde Maria schlagen oder die Einrichtung zerlegen wie ein Rockstar.

Maria nickt ihm zu und Little Joe steht langsam auf. Sanderson lehnt sich ans Fensterbrett, verschränkt die Arme vor der Brust. Er hört das Rauschen seines Blutes in den Ohren. Alles kommt ihm unwirklich vor. Er fühlt sich wie in einem Vakuum, weit entfernt von allem, weit entfernt von den anderen Menschen. Er kann selbst kaum glauben, dass er vor nicht einmal zwei Minuten einen solchen Ausbruch von Zorn gehabt hat, der ihm sich selbst als Fremden gezeigt und Dinge unwiederbringlich kaputt gemacht hat. Er spürt, dass es so ist. Maria geht zum Schrank und nimmt einen Stapel bunter Tücher in die Hand.

„Es tut mir leid. Ich weiß nicht, was mit mir los war."

Sie legt die Tücher obenauf, die weichen leichten Stoffe rutschen übereinander und verschieben sich. *Wofür braucht sie all diese Tücher*, denkt er. Er versucht ein Lächeln und fährt fort mit jener sanften liebevollen Tonlage, die man gewöhnlich bei Kindern und kleinen Hündchen einsetzt: „Du willst nicht wirklich gehen, oder? Was ich eben gesagt habe, war nicht so gemeint, das weißt du."

Sie streift ihn mit einem sehnsuchtsvollen Blick und sagt knapp: „Du ... Sie haben mich entlassen, Mister Sanderson."
Er stößt ein freudloses Lachen aus: „Komm schon, Maria. Du wirst nicht angefangen, mich zu siezen."
„Du bist hart geworden, Thomas."
Er nickt grimmig. Sie hat Recht. Er ist hart geworden. Vor allem, seit Marit tot ist. Und er spürt, dass Maria und sein Bruder die einzigen Rettungsanker sind, die er noch hat, das einzig Gute, was es in seinem Leben noch gibt.
*Geh nicht fort, Maria*, denkt er. Maria wendet sich wieder ihrem Gepäck zu. Sie ist bekümmert und wirkt zugleich stark und entschlossen, stolz, wie er sie selten gesehen hat. Sonst ist sie still und unauffällig, duldsam und aufopfernd. Sie hat ihr Leben für die anderen gelebt und sich selbst hinten angestellt. Nun hat sie eine Entscheidung getroffen und wird sie durchsetzen. Für sich selbst. Ein einziges Mal für sich selbst. Wenngleich ihr bewusst ist, dass es ihr Leben unwiederbringlich ändern und dass sie es bedauern wird.
„Ich glaube, es ist besser, nicht in Deiner Nähe zu sein", sagt sie, „ich werde fortgehen."
Seine bestürzte Miene hätte sie beinahe umfallen lassen: „Wie meinst Du das?", sagt er, „wohin willst Du denn gehen?"
Da ist es wieder. Überheblichkeit. Die gewohnte Sicherheit und Gewissheit, dass sie da ist. Dass sie immer da sein wird. Wie ein Teil der Einrichtung. Alt und verstaubt. Unbeachtet.

„Glaubst Du, es gäbe keinen anderen Ort, an den ich gehen kann?", sagt sie beißend.

„Nein, natürlich nicht. So habe ich es nicht gemeint."

„Es ist besser so", sagt sie, „glaub mir."

„Nein, ist es nicht. Tu nichts Unüberlegtes, Maria. Ich bitte Dich."

Sie dreht sich zu ihm um, hin und her gerissen von ihren Gefühlen. Er tritt zwei Schritte auf sie zu und legt, als sie nicht vor ihm zurückweicht, vorsichtig seine Arme um sie. Ihr Scheitel reicht ihm bis knapp zur Brust, so klein und zierlich ist sie. Wie ein Kind. Er muss sich nach unten beugen, um sie halten zu können. Er tauscht einen Blick mit Little Joe, der wieder ins Zimmer gekommen ist, um nach dem Rechten zu sehen. Josephs Züge haben sich entspannt, er fixiert seinen älteren Bruder nichtsdestotrotz missbilligend und kopfschüttelnd.

„Geh nicht, Maria", sagt Sanderson wieder, „wir brauchen Dich." Und nach einer kurzen Pause. „Ich brauche Dich."

Maria gibt ein leises Schnauben von sich und spuckt bittere Worte aus: „Die Hausangestellte, die nicht richtig funktioniert?"

„Du weißt, dass ich es nicht so gemeint habe."

„Schon gut", sagt sie leise.

„Wenn Du Abstand brauchst, nimm Dir ein paar Wochen Urlaub. Nimm Dir soviel Zeit, wie Du brauchst. Und dann komm zurück. In Ordnung?"

Maria zögert. Sie hadert. Sie überlegt. Dann murmelt sie: „In Ordnung."

***

Auch Fiorino ist wütend.

Nicht nur, weil die Durchsuchung des Hauses und der Geschäftsräume von Thomas Sanderson gänzlich ohne Erfolg geblieben sind, nicht nur wegen seines Vorgesetzten, der ihn deswegen in sein Büro hat rufen lassen.

Im Vorzimmer des Leitenden Kriminaldirektors, wie er immer und unter allen Umständen genannt werden will, sitzt eine Sekretärin, die wie wild auf ihre Tastatur hackt und kurz aufblickt, als Fiorino eintritt. Sie ist eine Frau Mitte 40, die einmal hübsch war, doch inzwischen verhärmt und verbittert wirkt. Sie trägt ein altmodisches Kostüm und Fiorino vermutet, der Direktor wünsche, sie solle sich so anziehen. Es würde zu seiner eigenen gediegen-biederen Kleidung passen.

Der Leitende Kriminaldirektor kommt heraus und schafft es beinahe, den Türrahmen komplett auszufüllen, in Höhe wie Breite. Er bittet Fiorino einzutreten. Der hat, als er ihm ins Büro folgt, die Vision eines kleinen Schleppers, der einen Ozeandampfer eskortiert. Die Sekretärin zieht unwillkürlich das Genick ein.

„Ich will keine Störungen jetzt, Frau Hase", poltert er gewichtig ins Vorzimmer hinaus, „wir haben eine wichtige Unterredung." In seiner Stimme schwingt eine Art von Begeisterung mit, als hätte er sich schon lange gewünscht, an einem seiner Mitarbeiter die in zahlreichen Schulungen gecoachte Führungskompetenz anzuwenden. Wie ein Taxifahrer, der sich darauf freut, dass ein Fahrgast endlich sagt *Folgen Sie dem Wagen da vorn.* Er weist mit der Hand auf einen der Stühle und nimmt selbst hinter dem Schreibtisch Platz, einem großen Ding aus Eiche oder einem anderen rustikalen Holz, wie Fiorino vermutet, der ebenso bullig wirkt wie er selbst. Er legt die Spitzen seiner gespreizten Finger aneinander und macht eine kurze gewichtige Pause.

Fiorino fühlt sich genervt. Er schielt an seinem Vorgesetzten vorbei zum Fenster hinaus und beobachtet zwei Mütter, die mit ihren Kinderwagen zum Tratschen stehen geblieben sind. Und Thomas Freising, den jungen Mann, der seine Diplomarbeit bei der Polizeidirektion schreibt und über den sich die Sekretärinnen wegen seiner pummeligen Figur und Tollpatschigkeit lustig machen. Sie nennen ihn den Diplofanten. Freising geht eben mit tapsigen Schritten in Richtung des Eingangs, als der Trageriemen seiner Tasche reißt und diverse Unterlagen auf den Boden rutschen. Er geht in die Knie und sammelt sie ein. Sein Gesicht und vor allem die Ohren sind puterrot.

Dann wird von Fiorino eine Erklärung verlangt, warum ein angesehener amerikanischer Geschäftsmann in solcher Weise behandelt worden sei. Sanderson habe sich wegen der Durchsuchung beschwert. Wegen des Herumwühlens in seinen privaten und geschäftlichen Angelegenheiten, wie er es genannt hat. Wegen der Büffel, die durch sein Haus gestampft seien. Und wann er, Fiorino, endlich Ergebnisse zum Tod von Marit Fleming beibringen werde. Die Presse würde bereits mutmaßen, die Polizei tappe völlig im Dunkeln. In der Lokalzeitung des Vortages war die Geschichte Aufmacher auf Seite 1, ein dreispaltiges Bild der Autorin und ein fünfspaltiger Artikel, in dem Marit Flemings Leben umrissen wird und Spekulationen über ihren Tod aufgestellt werden, dies vor allem, weil die Pressestelle der Polizei bisher keine offizielle Verlautbarung nach außen gegeben hat.
„Wisset se, Fiorino", sagt sein Vorgesetzter zum Schluss in breitem Konstanzer Dialekt und dafür milder, „des isch halt ä Kleinstadt und die ganz Sach wird am End als Ufähigkeit vu de Polizeidirektion usglegt."
*Ufähigkeit*, toll.
Damit ist er entlassen, sein Vorgesetzter greift nach einem Kugelschreiber und wendet sich wieder seinen Papieren zu. Fiorino fühlt sich, als sei er von einem Bus überrollt worden. Die Sekretärin ist mitfühlend. Eigentlich hätte eher *sie* Mitleid verdient.

Fiorino ist vor allem wütend, dass Sanderson seine Schmuggelgeschäfte nicht nachzuweisen sind. Der hat eindeutig Dreck am Stecken, das ist allen klar, doch ist ihm nichts nachzuweisen, er ist nicht zu greifen, und Dettmers hat es, als sie gemeinsam die Villa verlassen haben, in eines seiner geliebten Shakespeare-Zitate gepackt, dieses Mal aus Hamlet.
*O Schurke, lächelnder, verdammter Schurke! Schreibtafel her, ich muss mir's niederschreiben, Dass einer lächeln kann und immer lächeln und doch ein Schurke sein.*
Er ist wütend, weil noch immer das letzte Puzzleteil fehlt, das zum Tod von Marit Fleming führt. Am meisten ist er wütend über sich selbst und den Schnellschuss, durch den Sanderson nun gewarnt ist. Zeitgleich zu Sandersons Privatwohnung ist auch im Quartier des Motorcycle Clubs *Alien Angels* eine Durchsuchung erfolgt. Es ist reinem Zufall zu verdanken, dass der junge Motorradfahrer, der sich so auffällig über Marit Fleming unterhalten hat und in die Umstände ihres Todes verstrickt scheint, mit zwei anderen Mitgliedern der *Angels* wegen Raubüberfalls auf eine Spielothek am selben Tag in die Fahndung gestellt wird. Grund und Handhabe genug für die Polizeidirektion, *das Nest auszuheben.* Der Treffpunkt der Gruppe ist eine umgebaute Scheune am Stadtrand von Singen, auf einem weiten Feld in einer Senke gelegen, mit direktem Blick auf den Hausberg Hohentwiel. Die Zufahrt ist breit und frisch asphaltiert, wie geschaffen für die schweren Maschinen, die in Doppelreihe vor der Scheune stehen.

„Schau, schau, schau“, sagt ein bulliger Hüne, der mit einem Schraubenschlüssel in der Hand neben einer Harley Davidson kniet, und der die Beamten, die sich durch die Tür schieben, spöttisch von oben bis unten taxiert, „was die Katze angeschleppt hat.“

Das Lachen der anderen wird begleitet vom leisen Klacken zweier aneinander prallender Billardkugeln. 15 Personen befinden sich in dem Raum, und 30 misstrauische Augenpaare heften sich auf Schmitz, der den Durchsuchungsbeschluss in Händen hält, und seine Kollegen. Die Luft ist schwer von Zigarettenqualm und etwas, das, Schmitz kann es nicht mit Sicherheit bestimmen, wie Waffenöl riecht. Es liegt knisternde Aggressivität im Raum. Und wie zu erwarten, sind weder *Poison*, mit bürgerlichem Namen Michael Gerber, noch *Damien* oder *Raiser* greifbar und keinerlei Beweismittel für den Überfall zu erbringen. Die anwesenden Mitglieder der *Angels* beobachten unberührt die Durchsuchung des Clubraums, geben ihre Personalien an, verabschieden die Beamten, die schließlich unverrichteter Dinge wieder abziehen. Der Einsatz ist ebenso unspektakulär wie die Aufstellung von Dienstplänen.

Fiorino findet die Protokollierung des Einsatzes auf dem Schreibtisch, als er von einer Besprechung zurückkommt. Einem jener Jour Fixe-Termine, die er selbst für vergeudete Zeit hält und bei denen nichts herauskommt als Lobhudeleien, Selbstbeweihräucherungen, Gejammer über verwaltungsin-

terne Nichtigkeiten und die beliebten, in Broschürenformat gehefteten Powerpoint-Handouts, in denen irgendwelche Projekte präsentiert werden, über die ohnehin alle Anwesenden informiert sind. Und als Sahnehäubchen das Seminarfeedback des Kollegen Meiers, der sich einen Spaß macht, in jedem zweiten Satz ein dynamisches *Tschacka* einzufügen und beim Sprechen Kaskaden von Speicheltropfen auf die Umsitzenden schleudert.
Fiorino schlurft erschöpft um den Tisch herum und lässt sich auf den Stuhl fallen. Er ruft ein gereiztes „Herein", als kurz darauf an die Tür geklopft wird und fixiert den älteren Mann, der sich scheu ins Zimmer schiebt. Er kommt ihm bekannt vor und Fiorino kramt in seinem Gedächtnis, um Bernd Berger wiederzuerkennen, jenen Berufsfischer, der Marit Fleming gefunden hat. Seine Stimmung hellt sich auf und er bemüht sich um einen freundlichen Ton: „Herr Berger, ich hätte nicht gedacht, Sie so schnell wiederzusehen."
Er bietet Berger mit einer einladenden Handbewegung an, Platz zu nehmen. Berger lächelt ihm zu. Er ist ein einfacher Mann und freut sich, dass Fiorino sich überhaupt an ihn erinnert.
„Guten Tag, Herr Hauptkommissar", sagt er und Fiorino unterdrückt ein Grinsen.

*Herr Hauptkommissar.* Er wünschte, die Damen in dem kleinen Lebensmittelladen an der Ecke würden ihn so ehrerbietig ansprechen und ihn nicht stundenlang warten lassen, weil sie der Meinung sind, ein junger Mann wie er könne dies verkraften und habe genug Zeit, die plappernden Unterhaltungen, die sie mit vorwiegende älteren Kundinnen führen, mit anzuhören.
„Kann ich Ihnen helfen?“, fragt er.
„Ich bin bei Ihnen sicher nicht richtig, aber ich bin zu Ihnen gekommen, weil Sie der Einzige sind, den ich hier kenne“, sagt Berger und macht eine weite Armbewegung, die die gesamte Polizeidirektion einschließt. „Ich möchte meinen Kollegen Anton Keller als vermisst melden.“
Fiorino stutzt und Berger beeilt sich fortzufahren: „Anton hat keine Familie, also wollen wir, seine Kollegen, die Vermisstenmeldung aufgeben“, sagt er.
„Wie lange gilt er denn als vermisst oder besser, wie lange haben Sie und Ihre Kollegen ihn nicht gesehen? Verstehen Sie mich richtig, er ist ein erwachsener Mann“, sagt Fiorino vorsichtig.
Berger antwortet lächelnd: „Wenn Sie Anton kennen würden, würden Sie das nicht sagen.“
„Ist er denn leichtsinnig? Oder unzuverlässig?“, fragt Fiorino.
„Nein, eigentlich nicht. Ich kenne Anton, seit er ein Kind ist, seit er mit seinem Vater zum Fischen gefahren ist. Wir sehen uns jeden Morgen, in der Konstanzer Bucht, Anton, ich und

die anderen Fischer. Es gibt nicht mehr viele von uns. Anton war immer der Erste draußen. Hat es nicht abwarten können. Und seit zwei Tagen haben wir ihn nicht mehr gesehen."
„Könnte er nicht kurzzeitig weggefahren sein? Einfach so ins Blaue?", fragt Fiorino.
„Anton?" Berger schnaubt und Fiorino meint, er würde wieder anfangen mit seinem *„Das würden Sie nicht sagen, wenn Sie Anton kennen würden."* Stattdessen antwortet er: „Das hätte er uns gesagt."
Fiorino rückt seine Tastatur zurecht und nimmt die Angaben, die Berger ihm gegeben hat, zu Protokoll. Er hat keinen Grund, an seinen Worten zu zweifeln. Berger sitzt ihm gegenüber und ist auf rührende Art erleichtert, als er Fiorino beim Schreiben im Zweifingersystem zusieht. Als hätte er geglaubt, dass Fiorino, der Herr Kriminalhauptkommissar, ihn, den Berufsfischer, nicht ernst nehmen würde. Die beiden verabschieden sich mit einem festen Händedruck und Fiorino schickt den Bericht, ohne ihn nochmals gegenzulesen, per Mail an die Kollegen.
Er schaut auf die Uhr, fährt mit Schwung mit seinem Stuhl zurück, wie er es jeden Tag bei Dettmers zu sehen bekommt. Der ist nicht im Büro, er hat einen Zahnarzttermin. Es ist kurz vor halb eins. Fiorino spürt, wie hungrig er ist. Er sperrt den PC, nimmt seine Jacke und geht beschwingt aus dem Zimmer.

Das Gespräch mit Berger hat ihm gut getan. Er kann nicht erklären warum. Und als er nach einer halben Stunde ins Büro zurückkommt, fühlt er sich noch besser. Nicht einmal die Tatsache, dass er seine beste Krawatte unrettbar mit Salatdressing ruiniert hat, kann seiner guten Laune was anhaben. Er hat sich in der Kantine mit Mariska Lorenz unterhalten und bemerkt auf einmal, dass in seinem Gesicht ein breites Grinsen steht. Er ruft sich selbst zur Ordnung. Schmitz sitzt am Schreibtisch und schaut ihm entgegen.
„Gruber hat angerufen“, sagt er und vertieft sich wieder in die Akte.
Fiorino zieht die Brauen hoch. Er weiß, dass Schmitz nicht von selbst mit der Sprache herausrücken wird. Gruber ist ein Kollege von der Wasserschutzpolizei.
„Und was hat er gewollt?“, fragt er pflichtschuldig.
„Es geht um die Mail, die Sie verschickt haben“, sagt Schmitz lahm, „wegen diesem Berufsfischer, Anton Keller. Gruber sagt, dass er gefunden wurde.“
Fiorino stutzt und bellt: „Von der WaPo?“
Schmitz blättert irritiert in den Notizen, murmelt wie zu sich selbst: „Gruber sagt, Keller sei in seinem Fischerboot treibend entdeckt worden. Vor dem Teufelstisch.“
„Teufelstisch. Die Yacht von Sanderson?“
Schmitz lächelt ein überhebliches Oberlehrerlächeln. Obwohl er selbst kein Einheimischer ist wie Dettmers und erst seit

zwei Jahren in Konstanz lebt, fühlt er sich einem Neuling wie Fiorino in Sachen Heimatkunde haushoch überlegen.
„Naaa“, sagt er langgezogen und in einem nachsichtigen Ton, mit dem man zu Kindern spricht. Ab und zu kann er das Bayerische nicht unterdrücken. „Der Teufelstisch im Bodensee, eine Felsnadel etwa vor der Marienschlucht. War früher bei Tauchern sehr beliebt, wurde dann aber gesperrt, als es zu mehreren Unfällen kam.“
„Die Marienschlucht ist nicht gerade in Nähe des Hafens, in dem die Fischerboote liegen, oder?“, sagt Fiorino, mehr zu sich selbst.
„Stimmt“, sagt Schmitz und fährt zweideutig fort, „dieser Fischer ist offenbar vom Weg abgekommen.“
„Und in welchem Zustand war Keller?“, fragt Fiorino ungeduldig, „war er verletzt? Hatte er womöglich einen Schwächeanfall und ist mit dem Boot in eine Strömung geraten?“
Eigentlich hätte Schmitz dies alles von sich aus sagen müssen, ohne erst gefragt zu werden, denkt er sich ärgerlich. Manchmal ist er kurz davor, den Kollegen zu packen, auf den Kopf zu stellen und alle Informationen einfach aus ihm herauszuschütteln, wenn er wieder zu mundfaul und wortkarg ist. Schmitz lehnt sich im Stuhl zurück, er ist selbst für seine zurückhaltende Art ungewöhnlich ernst, als er sich zu einer Antwort aufrafft. Seine Stirn ist gerunzelt.

„Keller lag bewusstlos in seinem Boot“, sagt er düster, „er hatte eine Schussverletzung an der Schläfe, einen Streifschuss, und ist jetzt im Krankenhaus.“

***

Es macht Fiorino nervös, wenn gleich zwei Frauen in seiner Wohnung herumwerkeln. Seine Familie ist auf Kurzbesuch zu ihm nach Konstanz gekommen und Mutter und Schwester lassen es sich nicht nehmen, bei ihm mal so richtig gründlich sauber zu machen, wie sie es nennen. Obwohl, selbst seine Mutter muss es zugeben, es eigentlich ganz gut aussieht. Das höchste Lob, das er erwarten kann.

Fiorino hat sich mit seinem Vater an den Rhein zurückgezogen, wo sie aus dem Weg sind und sein Vater ist gespannt, alles Neue von ihm zu hören und Fiorino erzählt ihm im Groben vom Fall Marit Fleming, dessen Details ohnehin durch die Presse gegangen sind. Er möchte nicht zu sehr in die Tiefe gehen oder womöglich bei seinem ersten eigenen Fall die Hilfe seines Vaters in Anspruch nehmen, eines pensionierten Mitarbeiters der Regionalpolizei Graubünden, ein älterer Mann mit wachem Blick, der voll Stolz auf seinen Sohn gerichtet ist und der selbst spürt, dass es besser ist, sich nicht einzumischen. Die beiden sitzen Seite an Seite auf der breiten Treppe am Rheinufer, reden über die Familie, alte Zeiten, gemeinsame Urlaube, den neuen Familienhund mit Namen Charlie, einen zierlichen zehn Wochen alten Rauhaardackelwelpen, der sich quer über Fiorinos Knie gelegt hat und eifrig auf einem Zeigefinger kaut.

Sie reden nicht weiter über die Umstände von Marit Flemings Tod. Darüber hat Fiorino mit den Kollegen diskutiert, über die jüngste Entwicklung, Kellers Schussverletzung, ob und wie das Ganze zusammenhängt, vielleicht hat Keller etwas beobachtet, und sie haben vereinbart, dass Schmitz am nächsten Morgen ins Krankenhaus gehen und Keller besuchen wird. Die Klinik hat mitgeteilt, dass er auf Station verlegt worden sei und Besuch empfangen könne, dass er vernehmungsfähig sei.

Nachdem seine Familie mit Umarmungen und gut gemeinten Ratschlägen gegangen ist und Fiorino seinen wohl aufgefüllten Kühlschrank und das Eisfach begutachtet hat („Du isst nicht genug, Bub") beschließt er, seine Kollegen anzurufen und zum Spontangrillen einzuladen. Teambildung. Dettmers und Schmitz sagen begeistert zu.

„Aber ohne Frauen", sagt Dettmers. Und fast gleichzeitig hört Fiorino, der sein Telefon auf Konferenz geschaltet hat, Schmitz „Genau" rufen. Zuhause bei Fiorino, auf seinem Miniaturbalkon oder im kleinen Hinterhof des Mietshauses, sind Grillpartys nicht gern gesehen. Erst neulich haben sich Bewohner massiv beschwert, sie würden eingeräuchert und zugequalmt, als ein junges Paar einen Holzkohlegrill aufge-

stellt und sich angeschickt hat, Würstchen aufzulegen. Sie haben zusammenpacken müssen, noch bevor sie überhaupt begonnen haben. Fiorino hat ihre enttäuschten Gesichter noch vor sich. Sie haben ihm leidgetan. So treffen sie sich in Dettmers Lieblingsbadebucht, die einer seiner Freunde in der Jugend zufällig entdeckt und in der seine Clique viele Stunden verbracht hat. Fiorino hat Schwierigkeiten, sie zu finden, glaubt schon, er habe sich verfahren, als er mit knirschenden Reifen langsam einen engen Kiesweg entlang rollt, der ins grüne Nichts zu führen scheint.
Die Bucht liegt verborgen am Rand des Schilfgürtels, eingerahmt von Sandsteinfelsen. Man kann etwa zehn Meter durch helles seichtes Wasser waten, dann kommt eine Kante und der Boden fällt ab in unergründliche Tiefen. An dieser Stelle schillert der See grünlich-schwarz und geheimnisvoll. Die Strömungen gelten als tückisch. Das Ufer ist dicht bewachsen mit Weiden und knorrigen Pappeln, der Sand ungewöhnlich hell und glatt, wie am Meer. Es ist idyllisch und friedlich dort, erinnert an ein Bild aus einem alten Märchenbuch. Dettmers Großvater hat ihm erzählt, die verborgene kleine Stelle am See habe offiziell keinen Namen, er selbst nennt sie *Wo der kalte Wind wohnt.* Dettmers hätte nicht gedacht, dass sein Opa eine romantische Ader hat, aber tatsächlich liegt er mit der mystischen Bezeichnung genau richtig. Es scheint, als habe der Wind, der in den Blättern der Bäume raschelt, das Schilf kämmt und das glatte Wasser zu kleinen Dauerwellen

kräuselt, seinen Ursprung in dieser Bucht. Fiorino kann sich vorstellen, dass es im Winter dort klirrend kalt sein muss, doch daran mag er nicht denken. Nicht an dicke Jacken, Frost und eisigen Wind. Nicht an diesem herrlichen Abend.
Fiorino, Dettmers und Schmitz sind nicht die einzigen Besucher, zwei Mädchen liegen ausgestreckt am Boden, sie haben Ordner und Unterlagen ausgebreitet und scheinen zu lernen, sie fragen sich gegenseitig ab. Eine Familie hat eine große karierte Decke ausgebreitet und die Mutter ist dabei, den Picknickkorb auszupacken, während die Kinder und der Vater im Wasser platschen, eine Gruppe Jugendlicher haben ein Loch in den Sand gegraben und ein Feuer entfacht. Sie halten Marshmallows an Stöcken in die Flammen und winken damit, als Fiorino herankommt. Dettmers hat einen kleinen Grill aufgebaut.
„Lassen Sie mal, Chef", hat er am Telefon gesagt, „bringen Sie das Grillgut mit, wir erledigen den Rest."
Fiorino zieht die Schuhe aus und stapft barfuss durch den Sand, der sich angenehm warm anfühlt. Er wird von Dettmers und Schmitz begrüßt, sie grinsen ihm zu, schüchtern und herzlich. Dettmers trägt Shorts und ein schlabberiges verbleichtes *Voltron – Defender of the Universe*-Shirt, Schmitz karierte Hosen und ein Polohemd, ein Outfit, das er auch zum Golfen hätte tragen können. Fiorino hat die Hosenbeine hochgekrempelt, auch er hat ein viel zu weites Shirt angezogen. Die meisten seiner Kleider hat seine Schwester gewa-

schen, sie hängen auf diversen Wäscheständern im Bad und auf dem Balkon. Er wird in den nächsten Tagen eine Bügelsession einlegen müssen, eigentlich hat er zurzeit kaum etwas anzuziehen.

„Tolle Idee, Chef", sagt Dettmers und nimmt ihm die Tüte mit Fleisch, Würsten und vorbereitetem Gemüse ab.

„Das mit dem Chef lassen wir jetzt mal", sagt Fiorino gutmütig. Er lässt sich im Schneidersitz auf dem Boden nieder, nimmt ein Bier entgegen.

Sie stoßen die Dosen mit kräftigem *klonk* gegeneinander und Fiorino lehnt sich behaglich zurück. Er hat Insektenspray mitgebracht und wirft es Schmitz zu, er selbst hat sich bereits vorher kräftig eingesprüht. Damit dürfte der Abend gerettet sein.

„Wir werden nicht über die Fleming, in Ordnung?", sagt er und die beiden stimmen zu. Als Dettmers die ersten Grillstücke auf die Teller legt, sind sie soweit, sich mit Vornamen anzureden. *Endlich,* denkt Fiorino. Die nüchterne Atmosphäre im Büro ist ihm seit langem unbehaglich. Sie schaffen gemeinsam mit den Jugendlichen, die immer wieder hungrig zu ihnen rüber sehen und die sie schließlich einladen, den gesamten Inhalt von Fiorinos Tüte. Er ist zufrieden. Seine Mutter würde auch zufrieden sein. Soviel hat er seit langem nicht in einer Mahlzeit vertilgt und seit langem hat es ihm nicht so gut geschmeckt. Er hat drei Steaks und zwei Würste geschafft, von diversen Salaten, die Schmitz Frau zubereitet hat, nicht zu reden. Sie sitzen im warmen Sand und beobachten den ewigen Kampf der Sonne gegen die Schattenarme der Dunkelheit, ihr dramatisches Verbluten hinter dem Horizont.

Schließlich ist der Abend in eine laue schnakenlose Nacht übergegangen und der malerische Flecken am Wasser wird im Zwielicht zu einem verzauberten Ort, der einem Traum entsprungen sein könnte. Zu einem Ort aus einer anderen Welt, am Rande der Ewigkeit. Einem Ort für Fabeln und Fantasiegeschichten.
Es ist schön, dort zu sitzen, zu reden, zu lachen, Bier zu trinken und zu sehen, wie die Fläche des Sees erst zu flüssigem Gold wird und sich dann in eine starre Fläche verwandelt, in der der Mond sich kokett spiegelt. Fiorino fühlt sich wohl und er spürt, dass es seinen Kollegen ebenso geht.

***

Schmitz hält den Blumenstrauß verkrampft und ungeschickt. Es sieht aus, als hätte er ein Schwert in der Hand, mit dem er nichts anzufangen weiß. Ihm wird bewusst, dass er öfter Blumen kaufen sollte. Blumen für seine Frau. Der Strauß, den er fest umklammert, ist für Anton Keller bestimmt. Schmitz kommt sich komisch vor, einem anderen Mann Blumen zu schenken. Dettmers hat gelacht, als er ihn damit gesehen hat. Rosenkavalier, hat er ihn genannt. Zum Glück hat er nichts von wegen schwul gesagt. Manchmal fehlt Dettmers die Reife. Schmitz wünschte dennoch, er hätte ihn mitgenommen. In einem Krankenhaus hätte die unbeschwerte Art des Kollegen aufmunternd gewirkt. Schmitz betritt den Aufzug und fährt bis in den obersten Stock. Von dort oben, überlegt er, müsste man beim Seenachtsfest eine tolle Rundumsicht auf das Feuerwerk haben. Die Konstanzer Bucht und dahinter das Schweizer Ufer liegen ausgebreitet vor ihm, als er den Flur entlanggeht. Seine Gummisohlen quietschen leise über den glatten Boden.

Keller liegt allein in einem Zweierzimmer. Das zweite Bett ist unbenutzt. Er ist ein schmächtiger Mann, der nicht mehr ganz jung ist. Es ist schwer, sein Alter zu schätzen wie bei vielen Menschen, die überwiegend an der frischen Luft zu tun haben und deren Haut von der Witterung angegriffen ist. Keller wendet den Kopf, als Schmitz das Zimmer betritt. Schmitz kommt linkisch näher und stellt sich vor. Er überlegt, seine Dienstmarke zu zeigen, lässt es dann, vor allem, weil er beide Hände voll hat.

Er stellt die Blumen, die eine Schwester ihm in eine mit Wasser gefüllte Plastikvase gegeben hat, auf das Betttischchen.

„Hätte nicht gedacht, von der Polizei einmal Blumen zu bekommen“, sagt Anton trocken.

Schmitz grinst. Wenigstens hat der Mann einen Hauch von Humor behalten.

„Was verschafft mir die Ehre“, sagt Keller. Es hört sich seltsam gestelzt an, als hätte er den Satz irgendwo gelesen und könnte ihn endlich benutzen.

„Wir sind einer Vermisstenmeldung Ihrer Kollegen nachgegangen und sind froh, dass wir Sie so schnell auffinden konnten. Wie geht es Ihnen, Herr Keller?“, sagt Schmitz.

Keller verzieht das Gesicht: „Ist mir schon besser gegangen. Ich frage Sie, wohin soll das noch führen mit der Welt, wenn man schon mitten auf einem See nicht mehr sicher ist.“

Schmitz hätte nicht gedacht, dass es so leicht sein würde. Keller will offenbar erzählen, was ihm passiert ist, die ganze Geschichte, dramatisch, ausgeschmückt, und einmal im Mittelpunkt stehen, wenngleich er offenbar Scheu hat, mit einem Kripobeamten zu reden. Und vielleicht hat er an dem Morgen von Marit Flemings Tod Beobachtungen gemacht, über deren Bedeutung er sich nicht im Klaren ist.

„Es muss ein schrecklicher Unfall gewesen sein“, sagt Schmitz harmlos.

„Unfall. Ha. Von wegen“, ereifert sich Keller, hat sich aufgerichtet und macht den Eindruck, als wolle er gleich aus dem Bett springen.

„Sie haben einen Streifschuss am Kopf“, sagt Schmitz, „offenbar von einem Sportgewehr. Und Sie waren auf dem Wasser.

Wenn es kein Unfall war, dann muss entweder vom Ufer aus oder von ..."
Weiter kommt er nicht. Kellers bis eben offenes Gesicht hat sich verschlossen wie eine Auster, er blinzelt misstrauisch und fällt ihm ins Wort: „Ich habe niemanden gesehen", sagt er rau.
„Niemanden gesehen? Was meinen Sie damit?"
„Ich habe niemanden gesehen, der auf mich geschossen hat", murmelt Keller.
„Waren denn Personen in der Nähe, als es passiert ist, die damit zu tun haben könnten? Oder die etwas gesehen haben könnten?"
Keller schüttelt langsam den Kopf, sagt gepresst: „Nein, niemand. Außerdem war es noch zu dunkel."
Schmitz tritt ans Fenster, schaut hinaus auf die malerische Landschaft. Das Wasser des Sees ist von einem tiefen Grünblau, dahinter reckt sich die Schweizer Bergkette in den wolkenlosen Himmel. Es ist Postkartenwetter, Pollenflugwetter, Segelwetter, Fönwetter, je nach Empfinden. Er verspürt Lust, einfach frei zu nehmen, den Tag für einen Ausflug zu nutzen, mit seiner Frau auf die Reichenau zu fahren, irgendwo zu picknicken. Dann dreht er sich mit väterlich mildem Gesichtsausdruck zu Keller um.
„Herr Keller, wenn Sie mir etwas zu sagen haben, dann bitte ich Sie, es zu tun. Es besteht Grund zur Annahme, dass es einen Zusammenhang gibt zwischen dem Tod der jungen Frau,

die im Stadtgarten gefunden wurde, und dem Anschlag auf Sie."
Bei dem Wort *Anschlag* wird Keller merklich blass. Seine kräftigen Hände nesteln am Bettzeug herum. Er schaut an Schmitz vorbei aus dem Fenster. Er sagt leise: „Sie verstehen nicht."
Schmitz lehnt sich ans Fensterbrett und wartet. Steht einfach da und wartet. Wenn er ihm Zeit lässt, wenn er ihm das Gefühl gibt, selbst entscheiden zu können, wird er reden. Er wirft dennoch ein „In Ihrem eigenen Interesse sollten Sie mit uns kooperieren" in den Raum.
„In meinem eigenen Interesse." Keller stößt ein zynisches Lachen aus, „Sie haben doch keine Ahnung."
Schmitz schweigt. Er ist sich nicht mehr sicher, ob seine Taktik in diesem Fall funktionieren wird. Er überlegt, was er als nächstes tun und sagen soll. Da bricht es aus Keller heraus. Er fängt an zu weinen, still, lautlos. Unaufhörlich laufen Tränen in einem dicken Rinnsal über sein gebräuntes Gesicht, anfangs wischt er sie mit dem Handrücken weg, doch es sind zu viele. Schmitz bleibt am Fenster. Er ist verlegen wie immer, wenn jemand in seiner Gegenwart weint. Wie viele Menschen kann er damit nicht umgehen. Er steht peinlich berührt, während Keller den Tränenozean herausheult, der sich über viele Jahre in seinem Inneren angesammelt hat.
Schließlich schnäuzt er sich geräuschvoll. Es ist wie das Trompeten des kleinen blauen Elefanten aus der *Sendung mit*

*der Maus.* Keller lehnt sich in sein Kissen zurück, er wirkt erschöpft und befreit, wie jemand, der ein wütendes Gift aus dem Körper entfernt hat. Und er weiß, dass er sich vor Schmitz eine Blöße gegeben hat. Und dass der keine Ruhe geben wird, bis er den Grund dafür erfährt. Keller beißt sich auf die Lippen. Und ebenso plötzlich, wie er zu weinen begonnen hat, fängt er an zu reden. Anfangs stockend und mehr zu sich selbst, als ob er den Reinigungsprozess, der mit dem Weinen begonnen hat, fortsetzen und abschließen will. Er wird sicherer und redet einfach weiter, von all den Dingen, die er so lange mit sich herumgetragen hat. Er spricht von den beiden Männer, die eines Tages zu ihm gekommen sind, als er sein Fischerboot an der kleinen Anlegestelle festgemacht hat und die ihm ein Angebot gemacht haben, eines, das er nicht ablehnen kann. In Mafia-Geschichten geht es immer um ein Angebot, dass man nicht ablehnen kann. So ist es auch bei Anton. Nur war er nicht gezwungen, weil er vor den Männern Angst gehabt hätte. Er war gezwungen anzunehmen, weil die Sache zu verlockend ist. Und so einfach. Die Lösung all seiner finanziellen Probleme. Er braucht nichts zu tun, als hin und wieder ein Paket zu transportieren. Auf seinem Boot. Es von der Schweizer Seite mitnehmen, wenn er zu der Anlegestelle zurückfährt. Es liegenlassen und einfach weggehen. So hat er es monatelang gemacht. Er will nicht wissen, was in den Paketen ist. Bis er eines Tages in einen Sturm geraten ist und das Boot um ein Haar gekentert wäre. Dabei ist eines der

Pakete durchnässt worden, das Packpapier hat sich gelöst und der Inhalt auf dem Boden des Bootes verteilt. Anton kann nicht glauben, was er da transportiert hat, er rafft die Beutel mit weißem Pulver zusammen und stopft sie so gut er kann zurück in das feuchte Papier. Er hat Lust, sie aufzureißen und einfach in den See zu kippen. Er tut es nicht.

Aber an jenem Tag hat er beschlossen, nicht weiter mitzumachen, einfach auszusteigen. Er hat es ihnen gesagt. Er hat die Nummer angerufen, die sie ihm gegeben haben, und nur zwei Worte gesagt. Codewort *Teufelstisch.* Sie haben zurückgerufen und er hat es ihnen gesagt. Er hat gesagt, dass sie sich einen anderen suchen sollen. Einer der Männer hat gelacht. Der Große von ihnen. Der mit den harten Augen und den schwarzen Anzügen. Anton hat ihn an der Stimme erkannt. Er kennt nicht seinen Namen. Er kennt keinen von ihnen mit Namen. In Gedanken hat er ihn Stompanato genannt, wie den Gigolo, Gangster und Geliebten von Lana Turner, der damals von ihrer minderjährigen Tochter getötet worden ist. Stompanato hat gelacht und gesagt, Keller würde erst dann aufhören, wenn sie ihn nicht mehr brauchten. Er würde erst dann aufhören, wenn *sie* es ihm erlaubten.

Am nächsten Morgen ist Keller wie immer als erster der Fischer auf dem See gewesen. Er hat niemanden gesehen, niemanden gehört. Er glaubt sich allein, wie so oft um diese Zeit. Dann trifft ein kleiner harter Gegenstand seine Schläfe, und das nächste, woran er sich erinnert ist, in seinem Fischerboot auf dem Wasser zu treiben. In der Nähe des Teufelstisch. Weit weg von der Konstanzer Bucht. Wie seine Gondel, wie er selbst dorthin gekommen ist, weiß er nicht. Doch er weiß, er begreift, dass es eine Warnung ist. Was sonst. Codewort *Teufelstisch.* Er hört noch immer das Lachen von Stompanato.

Die Aussage von Anton Keller ist präzise und aufschlussreich. Er weiß, wann die nächste Lieferung erwartet wird, wo und wie die Übergabe stattfindet. Er weiß, dass anstelle seines kleinen Fischerbootes eine Privatyacht verwendet werden soll. Er kann sich nicht erklären, warum die Bande, wie er sie nennt, auf einmal so offensiv vorgeht, aber er hat Kenntnis davon und er erzählt es, hoffend, dass die Pläne nicht inzwischen aus Vorsicht geändert worden sind, hält andererseits Stompanato für hochnäsig genug, sich über derlei Risiken hinwegzusetzen.

Keller ist klar, dass er niemals der einzige Kurier gewesen ist, dass es außer ihm noch weitere geben muss, die Drogen und andere Dinge schmuggeln und dass sie weitermachen werden. Irgendjemand wird immer weiter machen. Doch nicht er. Nicht er. Das hat er geschworen, als er die durchnässte, zerstörte Hülle von dem Paket gelöst und nach dem Inhalt gesehen hat. Erst als er geendet hat, ist er in der Lage, Schmitz anzusehen. Er wirkt erleichtert und voll böser Ahnungen. Sein Teint ist ungewöhnlich fahl, als habe das reinigende Geständnis zugleich alle Farbe von ihm gewaschen. Er greift nach ei-

nem Glas auf dem Betttischchen und Schmitz beeilt sich, ihm Mineralwasser einzugießen. Kellers Hand zittert, als er das Glas an die Lippen hält.
„Was passiert nun mit mir?“, fragt er und eigentlich sagt er es zu sich selbst.
Schmitz zögert. „Sie werden mit einer Anklage rechnen müssen“, sagt er.
„Ich weiß“, sagt Keller leise, „aber das meine ich nicht. Was passiert, wenn die herausfinden, dass ich Ihnen alles erzählt habe? Sie haben keine Ahnung, wozu die fähig sind.“
*Vor allem Stompanato.*
Keller hat jahrelang genörgelt und gejammert über seine Arbeit als Berufsfischer, er hat laut getönt, ein anderes Leben führen und fortgehen zu wollen, fort aus der Kleinstadt, die ihm zu eng und bieder erscheint, er ist allen damit auf die Nerven gefallen. Nun hätte er die Gelegenheit, einen Schlussstrich zu ziehen, irgendwo neu anzufangen und ihm wird auf einmal klar, dass er gern in der Provinz lebt, fern von den großen Metropolen und vom Duft der großen weiten Welt. Und dass er in Wahrheit seine Arbeit gerne macht, dass er es liebt, jeden Morgen hinauszufahren, auf dem See die Netze einzuholen. Auch wenn es ein harter Beruf und nicht einträglich ist. Und er hat Angst, seine kleine heile Welt, die ihm wie nie zuvor kostbar und einmalig erscheint, zu verlieren an etwas Unbekanntes, Dunkles.

Schmitz weiß keine Antwort. Er versucht, Keller zu beruhigen mit Floskeln von Zeugenschutz, doch beiden ist klar, dass es keinen endgültigen Schutz gibt. Nicht für immer.
*Teufelstisch.*

***

Der Polizeieinsatz kann aufgrund von Kellers Angaben minuziös vorbereitet werden und es ist genau eine Woche, nachdem Marit Fleming tot im Stadtgarten gefunden wurde, fast auf die Minute dieselbe Uhrzeit, als sich wieder ein Polizeiaufgebot im Stadtgarten einfindet. Dieses Mal ohne kreisendes Blaulicht, ohne Absperrband, ohne Pathologen und ohne die Mitarbeit der Spurensicherung. Ohne eine Leiche, die am Boden liegt. Dieses Mal in geheimer Mission, wie eine junge Polizeibeamtin sagt. Fiorinos Nerven sind angespannt wegen seines ersten Polizeieinsatzes dieser Art, zumindest des ersten, den er zu leiten hat. Er hat seine Beamten verteilt, er selbst, Schmitz und Dettmers haben sich in der Nähe der Zeppelinsäule postiert, bei der Bootsrutsche, wo laut Keller die Übergabe stattfinden soll.
Es ist eine perfekte Sommernacht, der Himmel ist von jenem dunklen samtig tiefen Blau, das man nur im Juli zu sehen bekommt, die runde Scheibe des Vollmondes hat die Farbe von Mais. Eine schwüle Nacht wie im tiefen Süden, eine Nacht, in

der man sich aufschwingen und in den Horizont reiten möchte, um dort die große Liebe oder das Abenteuer des Lebens zu finden.

Die Zeit tröpfelt zäh dahin und den Wartenden steht nicht der Sinn für die Schönheit des Morgens, der allmählich pastellfarben heraufdämmert. Sie haben mit Bodenseeschnaken zu kämpfen, besonders Schmitz ist ihr bevorzugtes Opfer. Immer wieder ist ein leises Klatschen zu hören, wenn er einen der sirrenden Plagegeister zerquetscht. Er hat sich so stark mit Mückenschutz eingesprüht, dass Fiorino das Mittel riechen kann, obwohl Schmitz mehrere Meter von ihm entfernt steht, und es hat offenbar nicht die geringste Wirkung.

Endlich werden sie erlöst, endlich ist aus der Ferne das dunkle Grollen eines Bootsmotors zu hören und sie sehen eine schnittige Motoryacht sich nähern, eines der Schnellboote, die auf einem Binnensee eigentlich nichts zu suchen haben. Nicht nur aus Gründen des Umweltschutzes, sondern vor allem, weil sie nicht wirklich ausgefahren werden können. Als würde man einen Ferrari nur auf Landstraßen bewegen oder ein Rennpferd am Halfter und im Schritt holprige Waldwege entlang führen. Warum nach dem unauffälligen Transport per Fischerboot ausgerechnet auf diese Yacht umgestiegen wird, ist unklar. Fiorino erklärt sich, dass es die vorerst letzte geplante Lieferung ist und alles auf eine Karte gesetzt wird.

Er spannt die Muskeln an. Er fühlt, wie Schweiß aus den Haaren auf die Stirn tropft. Er hasst es, zu schwitzen. Er starrt an-

gestrengt hinaus auf den See, den Blick auf die Yacht gerichtet, die sich schnell und ohne Positionslichter nähert, ein dunkler Schatten auf der glitzernden Wasserfläche. Dann ist sie bei der Bootsrutsche angelangt und dümpelt, weil sie kaum Tiefgang hat, in Ufernähe. Ein Mann springt heraus, seine Füße landen mit leisem Platschen auf dem steinernen Grund. Es ist Thomas Sanderson. Ein zweiter Mann folgt ihm, er ist groß, trägt dunkle Kleidung, entspricht exakt den Zeugenaussagen von Philipp Wassmer und Frau Reimer, die ihn als Klischee aus einem Gangsterepos beschrieben haben.
Sie sehen sich um und schon nähern sich ihre Partner aus der anderen Richtung. Es sind ein junger Mann und ein Mädchen auf einer Vespa, wendig und schnell, mit der sie problemlos durch die Fußgängerunterführung verschwinden können, wenn es nötig ist. Fiorino macht sich bereit. Er nickt Dettmers und Schmitz zu, die sich in seiner Nähe halten. Schmitz hält Kontakt zu den Kollegen in den Streifenwagen. Die haben sich so postiert, dass sie auch von den Vespafahrern nicht bemerkt werden. Sie warten auf den Zugriff.
Dann sehen sie die drei Jungen, die aus Richtung der Hafenhallen heranschlendern. Einer von ihnen ist Philipp Wassmer. Fiorino flucht innerlich. Was machen die Kerle mitten in der Nacht. Sie müssten um diese Zeit im Bett liegen und schlafen. Nicht einmal die Sommerferien wären eine Entschuldigung dafür, so spät oder besser so früh unterwegs zu sein. Und es sind keine Ferien, in rund drei Stunden beginnt

die Schule. Noch ein paar Schritte, noch ein paar Meter und sie sind am Konzilgebäude angekommen. Wenn sie sich weiter unterhalten, wenn sie nicht auf ihre Umgebung achten und einfach weitergehen, sind sie außer Gefahr. Fiorino zählt die Schritte und auch die Aufmerksamkeit der Anderen ist wie gebannt auf die Jugendlichen gerichtet.

*Noch ein paar Meter. Kommt schon, Jungs. Kommt schon.* Es wäre zu schön gewesen. Es wäre zu einfach gewesen. Einer der Jungen entdeckt die Männer, die noch immer neben der dümpelnden Yacht stehen und auf ihre Partner warten. Die zwei auf der Vespa haben angehalten, sie sehen misstrauisch in Richtung der Jugendlichen. Die Stimme eines Jungen hallt durch die Nacht. Es ist die Stimme von Philipp Wassmer. *Dieser Bengel.*

„Hey, seht mal die geile Yacht. Lass uns fragen, ob wir eine Runde mit denen drehen können."

„Meinst Du?"

„Warum denn nicht. Kommt schon, wir fragen einfach."

Fiorino hört, wie der Motor der Vespa erneut gestartet wird, sie rollt langsam näher, hält oben an der Bootsrutsche, das Mädchen steigt ab. Sie schlendert auf die Yacht zu, nimmt im Gehen den Helm ab und schwenkt ihre Haare nach hinten, tut dabei, als würde sie die Jugendlichen erst jetzt bemerken. Sie fragt unfreundlich, was sie zu suchen hätten um diese Uhrzeit. Das fragt sich Fiorino auch.

Die Jungen lachen: „Wir hängen nur rum. Ist doch nicht verboten.“
„Verschwindet“, sagt sie, „macht, dass Ihr nach Hause kommt.“
Philipp achtet nicht auf sie. Er wendet sich an Sanderson: „Ein tolles Boot haben Sie. So eines möchte ich mir später auch kaufen.“
Sanderson lächelt und antwortet lässig: „Kann ich mir vorstellen, Junge.“
Auch Philipp lächelt. Er tritt einen Schritt näher auf Sanderson zu. „Was sagen Sie, können wir eine Runde drehen? Würde mich echt interessieren, wie das Ding auf den Wasser abzieht.“
Es sieht aus, als wolle Sanderson ihm den Wunsch erfüllen. Fiorino spannt die Muskeln, er starrt wie hypnotisiert auf die Szene, Schmitz und Dettmers geht es nicht anders. Dann antwortet Sanderson mit Bedauern: „Das geht nicht. Wir haben zu tun. Tut mir leid.“
„Mitten in der Nacht? In welcher Branche arbeiten Sie denn?“, fragt Philipp leichthin.
Es ist als Scherz gemeint und wäre auch so angekommen, wenn die Männer einfach gelacht und die Jungen weggeschickt hätten. Doch Sandersons Partner, der große Mann, den Anton Keller Stompanato nennt, verliert an dieser Stelle die Geduld.

„Du willst wissen, in welcher Branche wir arbeiten?“, sagt er gereizt, „das kann ich Dir sagen. Wir sind Reisende in Blei.“
Er hebt den Aufschlag seiner Anzugjacke an und gibt Philipp einen kurzen Blick auf die Waffe im Schulterholster. Es ist als Warnung gedacht und kommt auch so an. Der Junge ist beeindruckt, ebenso seine Freunde.
„Ist ja gut, Mann“, sagt er, „Sie brauchen nicht gleich auf Dirty Harry zu machen.“
Sanderson und das Mädchen lachen leise, selbst Stompanato muss grinsen. Der Junge gefällt ihm. Er hat Courage. Und auf einmal geht alles sehr schnell. Das glitzernde Metall der Waffe im Schein der altmodischen Straßenlaterne am Ufer hat eine junge Polizistin irritiert, sie hat ihre Dienstwaffe gezogen und eröffnet, ohne nachzudenken und bevor einer der Kollegen sie daran hindern kann, das Feuer. Fiorino flucht. Er sieht, wie Sanderson in Deckung geht, sich hinter einen der Bäume duckt. Er scheint nicht bewaffnet. Stompanato und der Junge mit der Vespa hingegen ziehen fast gleichzeitig Pistolen und beginnen zu schießen, planlos, in die Richtung, aus der der Schuss gekommen ist. Die Jugendlichen bleiben wie erstarrt stehen, während Kugeln um sie herum pfeifen, als seien sie inmitten eines Videospiels. Die Polizeibeamten erhalten von Fiorino Anweisung, nicht zu schießen. Sie bleiben abwartend in Deckung. Der Vespafahrer trägt noch immer seinen Helm und wirkt grotesk, als er sich seitlich abrollt und im Liegen, halb verdeckt von einer niedrigen Mauer, weiter schießt. Das

Mädchen geht in die Knie, rutscht etwa zwei Meter vorwärts und duckt sich neben ihn, die beiden sind wie ein Liebespaar am Rande eines Kugelhagel-Infernos. Wie Bonnie und Clyde. Neben ihnen steht Stompanato, er hält die Waffe in beiden Händen und ballert weiter auf die Polizisten. Er tauscht das Magazin und jagt eine Salve von neun Schüssen durch die Nacht. *Tata Tata Tatatatata.* Allmählich findet er Gefallen daran.

Es ist ein Wunder, dass bis zu diesem Zeitpunkt niemand, wirklich niemand getroffen wird. Nicht einmal durch einen Querschläger. Fußgänger, die in der Konzilstraße unterwegs sind, denken bei dem Geballere an ein privates Feuerwerk, irgendwo weit entfernt am Schweizer Ufer. Von der Seite schnellt Dettmers herbei, er packt zwei der Jungen und stößt sie beiseite, dann greift er nach Philipps Arm. Fast im selben Moment spürt er, wie eine Kugel schmerzhaft in seine Schulter prallt.

Fiorino zielt auf Stompanato, der noch immer breitbeinig gut sichtbar im Lichtkegel der Straßenlaterne steht, offenbar in der arroganten Überzeugung, unverwundbar zu sein, was auch stimmt, solange das Feuer nicht erwidert wird. Er setzt ihn mit einem präzisen Schuss in den Oberarm außer Gefecht. Die Stunden auf dem Übungsstand machen sich bezahlt, doch es ist das erste Mal, dass er auf einen Menschen schießt. Fiorino lächelt bitter. Auch Schmitz hat die Waffe gezogen, er legt auf den Vespafahrer an, brüllt Worte, die nicht zu verstehen sind, und der ergibt sich resigniert, indem er auf dem Boden liegenbliebt, die Waffe zur Seite wirft und die Hände vor den Kopf hält. Sie kauert noch immer neben ihm, weinend und nicht in der Lage, sich zu rühren. Sie selbst, Stompanato, ebenso die Anderen werden in Gewahrsam genommen.

„Seid Ihr in Ordnung, Jungs?", sagt Dettmers gepresst. Seine Hand packt noch immer den Ärmel von Philipps Shirt, festgefroren in der Bewegung, mit der er versucht hat, ihn zur Seite zu stoßen.

„Ja, uns geht es gut", sagt einer der Jungen.

Sie starren erschrocken auf Dettmers, aus dessen Schulter helles Blut quillt und sein *Guns N'Roses*-Shirt färbt.

„Mensch, Sie sind ja getroffen", stammelt Philipp, fasst nach seinem Arm, vor allem um ihn zu stützen, als er merkt, dass er schwankt. Die Augen des Jungen sind schreckgeweitet, „es war unsere Schuld, dass das passiert ist, oder?"

Dettmers hat eine Hand auf die Verletzung gedrückt. Erst allmählich begreift er, dass er angeschossen ist. Ein Streifschuss, redet er sich ein, nichts von Bedeutung. Er fühlt Blut zwischen seinen Fingern, warm und dick und seltsam klebrig. Die Wunde pocht heftig. Er muss sich zusammen nehmen und darf den Jungen nicht zeigen, dass es ernst ist, dass er wohl heftiger verletzt ist, als er selbst sich eingestehen will. Er hat keine Zeit, angeschossen zu sein. Am Wochenende hat er

vor, mit Freunden eine Radtour um den Bodensee zu machen.
*Verfluchter Mist*, denkt er und Variationen des F-Wortes. Er hätte nicht gedacht, dass Schussverletzungen so schmerzhaft sind. Als Junge hat er mit Freunden wilde Gangsterverfolgungen nachgespielt, ist beinahe täglich erschossen worden, *peng peng*, er ist schon damals immer auf der Seite der Gesetzeshüter gewesen, und alle waren begeistert, weil er immer besser wurde, mit verzerrten Zügen an den Bauch zu fassen, einzuknicken und sich sterbend auf den Boden zu rollen. Dettmers beißt auf die Zähne. Er wendet sich den Jungen zu und setzt eine ermutigende Miene auf.
„Unsinn. Es ist nicht Eure Schuld." Er sagt es so lässig wie möglich und zwinkert Philipp dabei zu. „Macht Euch keine Gedanken. Es ist nur ein Kratzer."
Er hat sich immer gewünscht, das einmal zu sagen. Bei Schauspielern klingt es toll, doch die Realität ist anders. Sein Teint straft ihn Lügen, er ist weiß wie Papier. Philipp hält ihn noch immer fest, er hat einen Arm um seine Taille gelegt und stützt ihn so gut er kann. Seine Freunde sind wie paralysiert. *Nicht sterben. Bitte nicht sterben*, fleht einer von ihnen stumm. Sie werden von Fiorino beiseite genommen, er nimmt die Jungen fürsorglich zur Seite, redet leise mit ihnen und bringt sie dazu, sich auf eine der Bänke zu setzen, von wo aus sie das Geschehen nicht unmittelbar sehen können. Vor allem nicht Dettmers, den Fiorino die ganze Zeit über scharf im Blick hat.

Dettmers, der sich nicht mehr auf den Beinen halten kann und mittlerweile gekrümmt auf dem Boden liegt. Einige Polizeibeamte kümmern sich um ihn. Sie knien neben ihm, einer von ihnen drückt die flachen Hände auf die Wunde. Drei haben unabhängig voneinander den Rettungswagen gerufen, die Mitarbeiterin in der Notrufzentrale reagiert erst ärgerlich, als sie hört, dass es sich bei dem Verletzten um Dettmers handelt, ist selbst sie besorgt. Er ist einer der beliebtesten Kollegen der Dienststelle.

Dann ist Fiorino bei ihm und auch Schmitz geht neben dem Kollegen in die Knie. Sein rundes Gesicht ist blass, sein Blick erschrocken auf Dettmers gerichtet. Der Polizist, der die Schusswunde versorgt hat, rückt zur Seite, lässt los und sofort sprudelt Blut wie eine Quelle. Fiorino bemerkt, dass Dettmers auf zwei Dienstjacken liegt, die wie eine Decke auf dem Kies ausgebreitet worden sind.

„Wir müssen die Blutung stoppen", sagt Fiorino leise. Er wirkt ruhig und besonnen, versucht, Kompetenz auszustrahlen und seine Leute, wie er sie gern nennt, zu beruhigen. Und er kommt nicht gut damit an. Einer der Kollegen im Hintergrund reagiert genervt. Er denkt, dass man Fiorino nicht braucht, um das festzustellen und dass sie gut ohne ihn zurechtgekommen wären und Dettmers hätten verarzten können. Wenn man sie gelassen hätte.

„Als erstes muss das T-Shirt runter", fügt Fiorino überflüssiger weise hinzu und während er noch in der Tasche nach ei-

nem Messer sucht, um das Hemd aufzuschneiden, hat Schmitz bereits Dettmers Shirt mit beiden Händen am Halsausschnitt gepackt und mit kräftigem Ruck und ratschenden Geräusch der Länge nach zerrissen. Er deckt einen flachen trainierten Oberkörper auf und eine kleine Tätowierung in Form eines Drachens, die Dettmers auf der linken Seite der Brust trägt, unmittelbar unter der Blutquelle.
Fiorino wirft Schmitz einen Seitenblick zu. Wenn die fließende kraftvolle Bewegung, mit der er den Stoff zerrissen hat, auf Übung beruht, muss Schmitz unerwartete leidenschaftliche Talente haben, denkt er. Und Dettmers, der bis dahin unbeteiligt und wie betäubt ausgestreckt am Boden liegt, denkt Ähnliches. Er ist kurzzeitig amüsiert: „Wow, Schmitz, hast Du es so eilig oder hältst Du es aus, bis wir allein sind."
„Klappe, Marco", sagt Schmitz gutmütig. Hätte er die Gedanken der beiden lesen können, hätte er lachen müssen.
Dettmers Lider flattern. Ansonsten zeigt er keine Regung. Fiorino drückt, wie der Beamte vor ihm, eine Hand flach auf die Wunde und drängt das Blut zurück. Dettmers gibt ein leises Ächzen von sich: „Du bringst mich um, Chef."
„Hörst Du mit dem Chef-Gerede auf", sagt Fiorino.
„Ist gut, Roger", sagt Dettmers matt. Er wirkt, als hätte alle Kraft ihn verlassen. Sein Kopf sinkt kraftlos zur Seite, als sei er zu schwer. Er hat das Bewusstsein verloren.
„Mach jetzt nicht schlapp, Marco. Komm schon", sagt Fiorino beunruhigt, fasst Dettmers am Kinn und schüttelt ihn

leicht. Er hinterlässt blutige Fingerabdrücke auf seiner Haut. Abdrücke seines eigenen Blutes.
*Wehe Du stirbst*, denkt er. Er möchte sich nicht vorstellen, nie wieder Dettmers unbeschwertes Grinsen, seine bunten Indie-Shirts, sein Luftgitarrenspiel und die imaginären Laserschwertkämpfe mit dem Kollegen Bartkowski zu sehen, mit denen er die Sekretärinnen von der Arbeit abhält. Ihn nie wieder Shakespeare zitieren zu hören.
*Wie Deine Worte zieren Dich die Wunden. Und Ehre strömt aus beiden.*

Der Tod jedes Menschen ist ein Verlust, doch Dettmers zu verlieren, würde alle schwer treffen. Er ist nicht nur eine herausragende Nachwuchskraft, er ist liebenswert. Und er hat ein großes Herz.
Fiorino brüllt über die Schulter: „Kann endlich jemand einen Sanikasten holen, verflucht." Der Hauch eines Schweizer Akzents schwingt mit, den sein klassisches Hochdeutsch sonst unterdrückt. Gleich darauf kommt eine junge Polizistin, die außer Atem die Erste Hilfe-Box aus dem Dienstwagen bringt. Schmitz reicht ihm Verbandspackungen, mit denen er routiniert einen Druckverband anlegt. Er will niemand anderen an Dettmers heranlassen, er will sich selbst um ihn kümmern. Er breitet vorsichtig eine Decke über ihn, die eine weitere Polizistin ihm reicht. Mehrere Beamte stehen um sie herum, alle

sind besorgt. Besorgt, wie sie immer bei einem verletzten Kollegen sind.
Fiorino und Schmitz tauschen einen Blick, mit dem sie sich gegenseitig zu bestärken versuchen. Beide sind nur unwesentlich älter als Dettmers und haben dennoch im Laufe der Monate, in denen sie mit ihm arbeiten, väterliche Gefühle für den jungenhaften Kollegen entwickelt, sie wollen ihn beschützen, so gut es in dieser Situation möglich ist. Fiorino steht auf, wischt notdürftig das Blut von den Händen, er hat sich nicht die Zeit genommen, Handschuhe überzuziehen. Er entfernt sich ein paar Schritte, spricht leise in sein iPhone. Rettungsdienst und Notarzt für die beiden Verletzten seien, wie er erfährt, unterwegs. Schmitz bleibt neben dem Kollegen am Boden. Dettmers ist wieder bei Bewusstsein, er schaut müde zu ihm auf und sagt: „Bist Du schon mal angeschossen worden, Smitti?"
„Nein, im Leben nicht", sagt der und es klingt fast empört.
„Und hast Du schon mal auf jemanden geschossen?"
Schmitz schüttelt sacht den Kopf: „Ich trage für gewöhnlich nicht einmal eine Waffe."
„Ich weiß. Sieht Dir ähnlich", sagt Dettmers. Eigentlich ist es nur ein Flüstern. Seine Stimme ist so schwach, dass sie nicht mehr nach seiner Stimme klingt. Seine Haut ist fahl und von kaltem Schweiß überzogen. Er verzieht den Mund zu einer Grimasse, die mit Fantasie als schiefes Lächeln durchgeht, er murmelt: „Ich bin froh, dass Du bei mir bist."

*Das hat auch Frodo zu Sam gesagt*, denkt er. Und er meint es ehrlich. Er hat einige gute Freunde, doch keinen von ihnen hätte er in dem Moment lieber an seiner Seite gehabt als den Kollegen Schmitz, den er für einen anständigen Kerl hält. Er sucht seinen Blick. Schmitz erkennt Unsicherheit darin. Und Angst. Etwas, das er noch nie bei ihm gesehen hat. Sonst ist Dettmers selbstsicher, smart, gewandt. Er greift nach seiner Hand, hält sie fest und fühlt, wie sich Dettmers Finger um seine krallen. Sie sind kalt.

Dettmers geht regelmäßig zur Blutspende, ist es gewohnt, Blut seinen Körper verlassen zu sehen, doch sonst langsam durch eine enge Kanüle und nicht in diesen Mengen. Auf einmal ist der Tod eine reale Option, nichts mehr, das in weiter Ferne liegt und in vielen Jahren auf ihn zukommen wird, sondern etwas, das als dunkler Schatten vor ihm aufragt. Angst kommt in Wellen über ihn, hüllt ihn ein, reißt ihn mit sich fort. Die Decke, die über ihn gebreitet ist, riecht muffig, er schiebt sie zurück. Schmitz wirkt so ruhig und gütig und verlässlich, dass Dettmers sich besser fühlt.

„Keine Sorge", sagt Schmitz, versucht, aufmunternd zu klingen, „in ein paar Wochen trainierst Du wieder. Wirst schon sehen. Und Du wirst wieder mit den hübschesten Mädchen ausgehen. Außerdem schulde ich Dir mindestens ein Bier für das zerfetzte Shirt."

Dettmers hebt den Kopf und lässt ihn wieder sinken, als alles sich vor ihm dreht: „Du würdest ein Bier mit mir trinken?"

„Was ist daran ungewöhnlich?", sagt Schmitz ungewollt ruppig. Er ahnt, dass die Kollegen ihn nicht besonders hoch einschätzen. Dass sie ihn für einen Weichling halten, einen vertrottelten Snob. Einen, mit dem man kein Bier trinken kann.

Dettmers beeilt sich zu antworten: „Ich dachte, dass ein Mann wie Du sicher nicht mit einem Kerl wie mir ein Bier trinken würde. Ich wollte Dich schon fragen, habe mich aber nicht getraut."

„Ein Mann wie ich?", wiederholt Schmitz. Unter anderen Umständen wäre er in seine alte Gewohnheit verfallen, beleidigt zu sein.

„Ich meine, ein Mann, der gebildet und belesen ist wie Du", sagt Dettmers, „was solltest Du mit mir reden, wenn wir was trinken."

Schmitz lacht leise. Er schüttelt den Kopf und auf einmal ist er sicher, dass alles gut wird.

„Du hast sie nicht alle", sagt er, „worüber haben wir denn beim Grillen geredet? Und was heißt belesen. Du bist derjenige, der seitenweise Shakespeare zitieren kann. Keine Ahnung, wie Du Dir das alles merken kannst. Da kann ich nicht mithalten."

*Sterben – schlafen – Schlafen! Vielleicht auch träumen!*

Dettmers grinst erleichtert: „Dann haben wir eine Verabredung. Und Du schuldest mir zwei Bier. Es war mein Lieblings-Shirt."

***

Zuerst glaubt Pathologe und Polizeiarzt Doktor Wassmer, am Set einer Hollywoodstudioproduktion zu sein. Er sieht hektisch kreisendes Blaulicht, er sieht einen Mann in Handfesseln, der neben dem Polizeiwagen steht, einen weiteren verletzt und mit bandagiertem Arm auf dem Rücksitz eines Einsatzwagens. Er sieht einen Mann am Boden, erkennt, dass es Dettmers ist. Er sieht Schmitz, der neben ihm kniet, Fiorino, der mit einem der Polizisten redet.

*Was um alles in der Welt geht hier vor.*

Er kommt näher und dann erst bemerkt er die drei Jungen. Sein Blick bleibt an seinem Sohn hängen, er ist wie vom Donner gerührt, ihn hier zu sehen, und er versucht, gegen seine Gefühle anzukommen, die wie eine Flut über ihn hereinbrechen.

*Das darf doch nicht wahr sein.*

Wut und Enttäuschung darüber, dass der Junge sich wieder aus dem Haus geschlichen hat.

*Der Bursche kann sich auf was gefasst machen.*

Erleichterung und Dankbarkeit, dass ihm nichts passiert ist, was immer ihm in dem Getümmel im Stadtgarten hätte passieren können.

Der Junge ist leichtsinnig, als wolle er die Gefahr herausfordern. Wassmer weiß von Philipps nächtlichen Ausflügen. Natürlich weiß er davon. Er hat es immer gewusst, doch er hat so getan, als sei er ahnungslos, es scheint ihm die beste Möglichkeit, ihn davon abzubringen, besser als Strenge zu zeigen und es ihm zu verbieten und damit das Gegenteil zu erreichen. Er will nicht, dass sein Sohn zu einem Nachtwanderer wird, zu einer der einsamen Gestalten, die schlaflos herumziehen, getrieben von etwas Unbenennbarem und einer unstillbaren Sehnsucht. Tief in seinem Inneren ahnt er, dass der Junge damit um seine Aufmerksamkeit bettelt. Um seine Liebe, die er ohnehin niemals verloren hat, wenngleich Wassmer keine Übung mehr hat, seine Gefühle offen zu zeigen. Ihre Beziehung zueinander, ihr Umgang miteinander ist kühler geworden, seltsam verkrampft. Sie spüren es beide. Er wünschte, es wäre einfach, ihm wieder näher zu kommen, sein Vertrauen zu gewinnen nach der Zeit, der der sie getrennt waren und er sich nichts mehr gewünscht hat, als den Jungen bei sich zu haben. Er hat mit einem Blick erfasst, dass er und seine Freunde unverletzt sind, doch dass sie unter Schock stehen. Er kennt die beiden anderen Jungen, Gregor Staletsch, der Sohn eines seiner Studienkollegen, und Jürgen von der Aach, dessen Familie vor etwa einem Jahr in das ge-

genüberliegende Haus gezogen ist und mit dem Philipp eine Art Seelenverwandtschaft zu verbinden scheint.

Er bemerkt, dass sie bibbern, obwohl die Nacht warm, fast subtropisch ist. Die drei kauern auf einer Bank, haben die Arme um die angezogenen Beine geschlungen. Sie halten Decken um sich gehüllt und flüstern leise miteinander. Er ist gerührt von der Zartheit und der Zerbrechlichkeit ihrer Jugend, den lang aufgeschossenen mageren Körpern, die viel zu schnell gewachsen sind, den flachen Wangen, auf denen sich der erste Hauch von flaumigem Bartwuchs zeigt.
Philipp hat seinen Vater nicht bemerkt. Wassmer versucht, sich zusammenzureißen. Er weiß, dass er sich nicht um seinen Sohn kümmern darf, nicht sofort, dass er erst nach den Verletzten sehen muss, nach Dettmers und dem Mann im Einsatzwagen. Zum ersten Mal seit seinem Medizinstudium fällt es ihm schwer. Er fühlt sich seltsam hilflos. Er ist Polizeiarzt, in erster Linie Pathologe, und es ist etwas anderes, mit amtsärztlichen Untersuchungen und forensischen Auswertungen zu tun zu haben oder einem verletzten Menschen zu helfen. Er kann den jungen Beamten am Boden kaum ansehen, er sieht dabei unwillkürlich seinen Sohn vor sich, er sieht seine Sorge bestätigt, was ihm hätte geschehen können an diesem Abend. Er strafft den Rücken, dann tritt er auf Fiorino zu: „Roger, was ist hier los?“

Fiorino wirbelt herum und schaut ihn an wie einen Geist. Wassmer ist ein großer massiger Mann, der athletisch und dynamisch hätte wirken können, wären nicht seine Gestalt und seine Haltung durch permanenten Schlafentzug und Überarbeitung leicht gekrümmt und wäre nicht seine Haut trotz des seit Wochen andauernden Schönwetters fahl und grau gewesen.

„Was machst Du hier, Martin?“, sagt er heiser, „Egal. Dich schickt der Himmel.“

„Ich war auf dem Weg nach Hause und habe das Blaulicht gesehen. Ich wollte sehen, ob ich helfen kann.“

Fiorino fragt nicht, welche Arbeiten der Polizeiarzt um diese Zeit in seinem Labor zu erledigen hat und warum er erst zu dieser Stunde nach Hause geht. Er findet es Frankensteinmäßig gruselig und spooky, nachts in der Pathologie zu tun zu haben. Doch Wassmer ist als Eule verschrien und kann sich seine Tätigkeit weitgehend selbst einteilen.

„Und ob du helfen kannst. Die Ambulanz lässt auf sich warten“, sagt Fiorino. In seiner Stimme schwingt von der Anspannung, Hysterie und Resignation mit, die ihn in den Klauen hält. Wassmer murmelt etwas Beruhigendes. Dann geht er zu Dettmers. Er kniet neben ihm nieder, spürt einen schmerzlichen Stich in der Brust, Mitleid, Bedauern, ein seltenes Gefühl von Beschützerinstinkt. Er kann es nicht ertragen, den sonst so fröhlichen jungen Mann schmerzverkrümmt liegen zu sehen.

„Dettmers“, sagt er leise, „ganz ruhig.“
Er legt ihm behutsam die Hand auf die Stirn. Dettmers ist bleich, selbst die Sommersprossen auf seiner Nase sind verblasst. Er zittert.
„Ihr habt den Pathologen gerufen“, sagt er krächzend an Schmitz gerichtet, „das ist kein gutes Zeichen, oder?“
„Immerhin kannst Du noch Witze machen“, sagt Wassmer. Er beugt sich über ihn. „Lass sehen, was ich tun kann.“
Er öffnet seine Tasche und seine Konzentration ist wieder da.

***

Thomas Sanderson steht mit gesenktem Kopf zwischen zwei Polizeibeamten. Sein Blick streift zwischen seinen Partnern hin und her, dem blonden Mädchen, das haltlos weinend in einem Einsatzwagen sitzt, dem jungen Vespafahrer, der noch immer seinen Helm trägt und seltsam verloren wirkt. Wie Strandgut am Rande der Nacht. Und Jan Folkerts. Der hält eine Hand auf den Oberarm gedrückt. Er hat Schmerzen. Der Arm hängt herunter, als würde er nicht zum Körper gehören. *Gut so*, denkt Sanderson. *Gut so.* Wenigstens hat es den Richtigen erwischt. Er hat kein Mitleid mit Folkerts. Der dreht sich zu ihm um.

„Dumm gelaufen“, sagt er mit seltsam abgeklärter Stimme. Als schiene ihn das alles nichts anzugehen. Als sei das Ganze nur das unabwendbare Ende und die logische Folge von Ereignissen, auf die er selbst keinen Einfluss und die er dennoch erwartet hat. Sanderson hakt in Gedanken alle Flüche ab, die er jemals gehört hat, auf Englisch, Deutsch, Spanisch. Er ist eine Weile damit beschäftigt und wenigstens lenkt es ihn vom Denken ab. Fiorino ist neben ihn getreten und schenkt ihm ein süffisantes Lächeln. Sanderson kramt weiter in der Gedächtniskiste von Verwünschungen.
„Sie wollen noch immer nicht mit mir reden, Mister Sanderson?“, fragt Fiorino sanft und gibt Anweisung, Sanderson die Plastik-Handfesseln abzunehmen. Sanderson reibt über seine Gelenke.

„Halt bloß Dein Maul“, ruft Folkerts-Stompanato von seinem Rücksitz. Es klingt drohend. Die Beherrschung und Ruhe, die er eben noch ausgestrahlt hat, sind wie weggeblasen. Er hat sich halb aufgerichtet, als wolle er aus dem Wagen springen und ihn zum Schweigen bringen. Einer der Beamten drängt ihn zurück. Früher wäre Sanderson davon beeindruckt gewesen. Früher hätte er sich einschüchtern lassen. Hätte ist das falsche Wort. Er hat sich einschüchtern lassen. Viel zu lange. Wie die anderen. Wie Anton Keller.

„Und wenn nicht?“ ruft er, „was willst Du dann tun? Willst Du mich erschießen?“
„Halt Dein Maul“, schreit Folkerts noch einmal, „oder Du wirst es bereuen, das schwöre ich Dir.“
Fiorino lächelt. Er bleibt neben Sanderson stehen: „Nun?“, sagt er tonlos, „wollen Sie mir erzählen, was in jener Nacht passiert ist? Oder wollen Sie auf den Gentleman dort drüben hören?“
Er braucht nicht näher zu erklären, welche Nacht er meint. Die Nacht, in der Marit Fleming gestorben ist. Vor genau einer Woche. Sanderson senkt wieder den Kopf. *Marit*, denkt er. *Marit.* Es ist wie ein verzweifeltes sehnsüchtiges Gebet. Wie in diesem Musical. Seine Hand fährt nervös über das Kinn. *Marit.*
„Ich habe mich mit ihr getroffen an dem Abend“, beginnt er leise.
„Sei endlich still“, ruft Folkerts, „die können uns gar nichts.“
Sanderson achtet nicht auf ihn: „Im Stadtgarten haben wir uns getroffen. Es war ein herrlicher Sommerabend.“
Fiorino kann sich erinnern. Er war ebenfalls draußen an jenem Abend, am Seerhein, hat ein belegtes Brot und eine Flasche gekühltes Bier mitgenommen und gelesen bis es zu dunkel geworden ist.
„Wir haben uns in einem der Lokale Pizza geholt und Cola und Wein und haben uns ans Wasser gesetzt.“ Sanderson lächelt in der Erinnerung. „Es war schön. Aber ich musste mit

ihr über unschöne Dinge reden. Ich weiß nicht, was sie sich dabei gedacht hat. Ich dachte, ich könnte ihr vertrauen."
Fiorino sagt nichts dazu. Der Kriminelle, der über den Vertrauensbruch der Geliebten entsetzt ist. Was sollte das sein? Ganovenehre?
„Sie ist Ihren Machenschaften auf die Spur gekommen, nicht wahr? Hat sie versucht, Sie zu erpressen?"
„Nein. Natürlich nicht." Sanderson klingt entsetzt.
„Warum haben Sie die ganze Sache mit der Schmuggelware überhaupt aufgezogen. Sie waren doch gut im Geschäft. Hat Ihnen das nicht genügt?"

Sanderson fährt sich durch die Haare. *Gut im Geschäft*, denkt er. Genau das hat sein Vater, den zu beeindrucken er all das aufgezogen hat, auch gedacht. Er war bis zu seinem Tod stolz auf ihn. Stolz auf seinen beruflichen Erfolg, auf die Geschäftskette, die er gegründet hat. Er will sich nicht vorstellen, was er empfunden hätte, wenn er je hätte erfahren müssen, dass sein hübscher prächtiger Junge nur ein gewöhnlicher Gangster ist. Wenigstens hat er es geschafft, seinen jüngeren Bruder weitgehend aus den Geschäften herauszuhalten. Er sagt leise: „Ich habe aufs falsche Pferd gesetzt. An der Börse lief es nicht so gut für mich."
„Ach, und da sind Sie auf die Idee gekommen, hier und da ein paar Kleinigkeiten zu schmuggeln."

„So war das nicht", sagt Sanderson.
„Wie war es dann? Erklären Sie es mir", sagt Fiorino barsch. Er schlägt der Faust auf das Autodach des Einsatzwagens, direkt neben Sandersons Kopf. Der zuckt zusammen.
„Ich habe falsch spekuliert und so ziemlich alles verloren, OK? Ich wusste nicht mehr, was ich machen sollte. Und da bin ich mit diesem Mann ins Gespräch gekommen."
„Mit dem großen Unbekannten", sagt Fiorino spöttisch.
Sanderson geht nicht darauf ein: „Ich habe ihn in einer Bar getroffen. Es ist wirklich wahr", beginnt er und bewegt die Hände, als suche er nach geeigneten Worten, „es war wie …wie … in einem Kriminalroman. Wir haben uns unterhalten, haben über dies und das geredet und darüber, wie schlecht die Geschäfte laufen und wie man zu Geld kommen könnte und da hat er damit angefangen, wie man international agierende Firmen als Deckmantel für diverse Geschäfte nutzen kann. Ich habe erst gedacht, er meint das nur in der Theorie."
Fiorino schüttelt unmerklich den Kopf. *Jetzt kommt die Nummer vom armen unschuldigen Jungen, der hereingelegt worden ist,* denkt er, sagt laut: „Und Sie sind auf seine Vorschläge eingegangen."
Sanderson nickt: „Ich habe gedacht, ich könnte nur ein oder zwei Deals abschließen. Und wenn ich genug Geld hätte, aussteigen."
„Aber Sie haben es nicht getan."

„Nein. Habe ich nicht."
„Und dann ist Ihre Freundin Ihnen auf die Spur gekommen?", sagt Fiorino.
Hier mischt sind wieder Folkerts ein. Er ruft ein weiteres Mal ein scharfes und bellendes „Halt endlich Dein Maul, Sanderson."

„Ich war stolz, dass sie für ihren neuen Roman eine Figur gewählt hat, die mir ähnlich ist", sagt Sanderson wie zu sich selbst, „sie hat mich alle möglichen Dinge gefragt, wie ich meine Geschäfte gegründet habe, über die ersten Jahre und so. Ich konnte doch nicht wissen, dass sie anfängt, in meinem Leben herumzugraben."
„Das nennt man Recherche", sagt Fiorino trocken.
„In dieser Nacht, in der wir zusammen Pizza gegessen haben, habe ich sie damit konfrontiert. Sie war erst erschrocken, dass ich davon weiß, dann hat sie versucht, mich zum Aussteigen zu überreden. Ich weiß nicht, warum sie nicht vorher mit mir darüber gesprochen, warum sie geschwiegen hat."
„Sie war ein kluges Mädchen", sagt Fiorino, „und mutig."
„Ja. Das war sie."
„Und dann?"
„Wir haben uns gestritten", sagt Sanderson leise, „das letzte, das ich zu ihr gesagt habe, war so unsagbar gemein."

„Und dann sind Sie gegangen“, sagt Fiorino und klingt ungerührt. Gemäß der Aussage von Philipp Wassmer müsste es so gewesen sein. Und sie müsste danach dem Weißen Riesen begegnet sein. Das finale Puzzleteil liegt zum greifen nahe.

„Ich habe mit meinen Partnern gesprochen“, sagt Sanderson leise, um Folkerts nichts davon hören zu lassen, der mit loderndem Blick zu ihm herüberschaut, „und sie haben gesagt, sie würden sich drum kümmern.“ Seine Stimme wird unsicher. „Und ich habe es zugelassen. Ich habe zugelassen, dass er“, er deutet mit dem Kinn zu Folkerts hin, „mit ihr spricht und versucht, sie zur Vernunft zu bringen, wie er so was nennt.“

Fiorino ballt die Faust. Er hätte sie Sanderson am liebsten ins Gesicht gerammt und dann mit Folkerts weitergemacht. Die beiden Polizeibeamten, die noch immer neben Sanderson stehen, sehen angewidert aus.

„Sie haben zugelassen, dass diese Typen sich Ihre Freundin vornehmen“, sagt Fiorino leise. Er erinnert sich an Philipps Aussage, dass Marit Fleming sich nicht habe einschüchtern lassen.

„Kann ich eine Zigarette haben?“, fragt Sanderson anstelle einer Antwort und als einer der Umstehenden eine Packung hervorzieht und eine Zigarette herausschüttelt, nimmt der Amerikaner sie mit zitternder Hand. Er lässt sich Feuer geben und nimmt zwei Züge. Fiorino hat unbändige Lust, ebenfalls zu qualmen, doch er lässt es. Er will nicht gemeinsam mit ihm rauchen.

„Meine Partner wollten Marit dazu bringen, ihnen die Datenträger zu geben“, sagt Sanderson.
„Und es nicht geschafft, wie es scheint. Haben sie wenigstens daran gedacht, dass sie eine Kopie angefertigt haben könnte?“, sagt Fiorino mit einem Ton, als sei er stolz auf Marit Fleming.
„Natürlich haben wir das“, sagt Sanderson. Er sieht Fiorino mit hochgezogenen Brauen an. Kurzzeitig schält sich wieder der selbstbewusste gutaussehende Yuppie hervor, „das war ja unser Problem. Wir haben vermutet, dass sie die Originale und eine Sicherungskopie, wenn Sie so wollen, in ihrer Wohnung deponiert hat. Und er“, er deutet wiederum mit dem Kinn auf seinen Partner, „hat vorgeschlagen, sie vorübergehend auszuschalten, um danach zu suchen.“
„Was genau heißt das. Wollten Sie sie entführen?“
An Sandersons Wange zuckt ein Muskel, als er den Kiefer zusammenbeißt. Um Zeit zu gewinnen nimmt er einen tiefen Zug von der Zigarette. Seine Hand zittert wie die eines Junkies auf Entzug.
„Wir haben ihr ein Beruhigungsmittel ins Getränk gegeben, das sie kurz außer Gefecht setzt, um ihr Appartement zu durchsuchen. Ausdrucke und einen Stick haben wir auch gefunden. Und dann hat dieser Blödmann ihn verloren.“

Fiorino geht davon aus, dass damit nicht Folkerts gemeint ist. „Er hat ihn mitten im Stadtgarten verloren, auf dem Rückweg, dieser Idiot, und in der Dunkelheit nicht wieder gefunden. Wir haben dann erfahren, dass ein junger Mann, ein Eisdielen-Pächter, ihn gefunden und an sich genommen hat. Er muss uns beobachtet haben."
Sanderson ergänzt nicht, wie sie davon erfahren haben, er behält für sich, dass er selbst es war, der gesehen hat, wie Di Centa in den Stadtgarten gekommen ist, offenbar in der Absicht, den Stick zu suchen. Dass er nicht selbst danach gesucht, dass er Luigi nicht aufgehalten hat. Es wäre ein leichtes für ihn gewesen und hätte den späteren Überfall auf ihn überflüssig gemacht. Er hat es nicht fertiggebracht. Er hat sich nicht rühren können.
„Und wir haben uns den Stick wiedergeholt", sagt Sanderson düster.
Fiorino nickt. Das hat er hören wollen. Er hat den Bericht gelesen, den Dettmers ihm gegeben hat und bereits veranlasst, dass mit dem Pächter, seinem Freund Luigi Di Centa, gesprochen wird.
„Sie haben nur nicht bedacht, dass Marit Fleming eine zweite Kopie angefertigt haben könnte", sagt Fiorino, „und dass sie schlau genug war, sie in ihrer Puderdose zu verstecken. Recht dramatisch, muss ich sagen, aber offenbar wirkungsvoll. Und Sie hätten sich, als ihr Freund, der freien Zugang zu ihrer Wohnung hatte, jederzeit dort umsehen und die Unterlagen

finden können. Warum die Nummer mit dem Beruhigungsmittel?“

Sanderson schweigt beharrlich.

„Ich habe nur noch eine Frage, Mr. Sanderson“, sagt Fiorino, „wer von Ihnen hat Marit Fleming die Barbiturate gegeben?“

„Das war ich“, sagt Sanderson nach einer kurzen Pause, „ich habe sie ihr gegeben, in ihren Wein gemischt. Einer meiner Partner hat es besorgt, irgendwas – wie sagt man – das vom Arzt verschrieben werden muss. Es hat eine Weile gedauert, bis es überhaupt gewirkt hat. Aber das Mittel war zu stark. Es war zu stark für sie.“

Sein Gesicht ist eine Maske, der Blick verliert sich in der Ferne. Er sieht Marit vor sich an jenem Abend, das schwarze Kleid, das sie so gern getragen hat, ihre gebräunte Haut. Sie hat Pizza Hawaii bestellt und als erstes die Ananasstückchen heruntergepflückt, wie sie es immer getan hat, und dabei den dunklen Wein getrunken, der dieselbe Farbe hat wie ihr Lippenstift. Er hat ihr nachgeschenkt und die Tabletten heimlich eingefüllt. Nach dem Streit mit ihr ist er gegangen. Sie muss irgendwann eingeschlafen sein, nach dem Gespräch mit seinen Partnern, die er angerufen und zu ihr zitiert hat. Er hat später nach ihr gesehen. Da war sie bereits tot. Er hat sie allein gelassen. Er hat sie allein sterben lassen. Als er zurückgekommen ist, war es zu spät. Er hat sie auf die Uferböschung gelegt und ihr ein neues Glas in die Hand gegeben. Eines, an

dem keine Spuren zu finden sind. Für alle Fälle. Fiorino empfindet Mitgefühl für ihn.
„Es ist meine Schuld, dass sie sterben musste", flüstert Sanderson noch einmal, „aber es war keine Absicht. Ich wollte doch nicht, dass ihr was geschieht. Ich habe sie doch geliebt."
*Liebe*, denkt Fiorino. Was versteht ein Mann wie Sanderson von Liebe, ein Mann, der seine Freundin in einer Weise behandelt hat, wie er es getan hat. Um es mit Tina Turner zu sagen: *What's love got to do with this.* Sanderson wird die Schuld und die Reue für den Rest seines Lebens mit sich herumtragen. Er wird sich für immer verantwortlich für den Tod seiner Geliebten fühlen. Was er nicht weiß, was er, was niemand jemals erfahren wird und was auch die Obduktion nicht aufdecken kann, ist die Tatsache, dass die Dosis, die er ihr gegeben hat, nicht tödlich gewesen wäre. Dass sie selbst Tabletten aus einem mitgebrachten Röhrchen genommen hat, um sich nach dem Streit mit Sanderson zu beruhigen. Tabletten, die sie immer in der Handtasche hat. Nur zwei Tabletten zuviel. Das Röhrchen ist aus ihrer Hand geglitten, ins Wasser, und von den Wellen rheinabwärts gespült worden.

Eine Hand berührt Fiorinos Arm. Doktor Wassmer tritt neben ihn.
„Bist Du OK, Roger?", fragt er leise.

„Geht so“, sagt Fiorino.
Wassmer klopft ihm aufmunternd auf den Rücken und geht zu Folkerts, um dessen Wunde zu versorgen. Fiorino sieht ihm nach, er ist unendlich froh über sein Auftauchen, seine Hilfe bei der Versorgung der Verletzten, über seine ruhige vertrauenerweckende Art, mit der er – Fiorino kann es kaum erklären – der Situation die Brisanz genommen hat. Er blickt zu Sanderson, der mit hängenden Schultern und anrührend verloren steht. Er sucht seine Augen, die abwesend durch ihn hindurch starren. Es ist nichts darin. Keine Trauer. Keine Reue. Keine Angst. Sie sind unergründliche Krater, dunkel wie kaltes Vulkangestein. Sanderson folgt der Anweisung eines der Beamten und steigt ohne Widerstand in den Einsatzwagen, er setzt sich neben seine Partner.
Ein Kollege tritt zu Fiorino und reicht ihm einen Becher mit Kaffee. Fiorino ist überrascht und erfreut, er fragt sich, woher er ihn hat, er sieht, dass auch andere Polizisten dampfende Becher in den Händen halten. Es ist eine einfache Geste und doch weit mehr. Fiorino weiß, dass er damit anerkannt ist. Er bedankt sich, erhält als Antwort ein Brummeln, zwei weitere Beamte nicken ihm zu, tippen kurz mit den Fingern an ihre Mützen, sie lächeln und er erwidert erleichtert den Gruß. Er nimmt vorsichtig einen Schluck. Der Kaffee ist heiß und stark und er trinkt ihn langsam. Er spürt, wie die warme Flüssigkeit in seinen Magen rinnt, er spürt die Wärme, die sich aus seiner Mitte in den ganzen Körper verteilt. Er steht am Rande der

steinernen Uferböschung, starrt hinaus auf den See. Er hört das melodische Schlagen der Hafenuhr. Auf einmal fühlt er sich glücklich. Er hat es geschafft. Und es hat nichts damit zu tun, dass er den Fall klären und die Tatverdächtigen festnehmen lassen konnte. Nicht er allein, das ganze Team. Sein Hochgefühl, seine Erleichterung kommen von der Tatsache, dass er Teil dieses Teams ist und dass er diesen Job hat, den er gern macht. Er ist angekommen. Er ist angenommen von den anderen.

Er schüttet die letzten Tropfen des Kaffees auf den Boden, wo sie zwischen Kies versickern, zerknautscht den leeren Pappbecher, zielt und wirft ihn aus rund acht Metern Abstand in einen der grünen Papierkörbe, die in regelmäßigen Abständen entlang des Spazierweges hängen und auf dem ein alter halb vergilbter Aufkleber mit dem einstigen Werbekreis-Slogan *Sauber isch konstanzerischer* prangt. Er trifft genau. Er wischt die Handflächen an seinen Jeans ab. Dann geht er hinüber zu den Kollegen.

***

Derweil lehnt sich Jan Folkerts auf dem Rücksitz des Wagens zurück. Er ist, ebenso wie Dettmers, kalkweiß. Sein dunkles Designersakko liegt achtlos neben ihm. Der Ärmel des Seidenhemdes ist zerrissen, der Verband an seinem Arm nicht mehr hell, er hat sich blutrot gefärbt. Wassmer redet leise mit ihm und Folkerts nickt, wenngleich er nichts von dem aufnimmt, was der Arzt sagt. Er wirkt beinahe sanftmütig, als habe er alles hinter sich gelassen. Nichts erinnert an die Brutalität und Mitleidlosigkeit, mit der er für gewöhnlich andere Menschen behandelt, die ihm den Ruf des Psychopathen eingebracht hat.

Folkerts blickt auf den pastellfarbenen Streifen am Himmel, auf die erhabene Schönheit des blassen, noch jungen Morgens, und denkt an seine kleine Tochter. Daran, wie lange er sie nicht mehr sehen wird, das fantasievolle Mädchen, die niedliche Prinzessin, die nachts versucht, mit offenen Augen zu schlafen, um zu sehen, was sie träumt. Er wird in der Krankenstation einer JVA gesund gepflegt werden, danach in Untersuchungshaft sitzen, bevor es zur Verhandlung kommt. Womöglich monatelang. Die Mühlen der Justiz mahlen langsam und gründlich. Er ist müde, seltsam erleichtert, dass all dies ein Ende hat, die Gewalt, die Reihe falscher Entscheidungen, die ihn an diesen Punkt seines Lebens gebracht haben. Fetzen eines Songtextes von Meat Loaf wirbeln durch seinen Kopf. Vielleicht wegen des Verletzungsschocks, vielleicht beginnt er, hysterisch zu werden oder den Verstand zu verlieren. Die Szene um ihn ist seltsam unwirklich. Seine Partner im anderen Einsatzwagen, das Mädchen, das mit einem Papiertaschentuch über ihr verweintes Gesicht tupft, der junge

Mann, der seinen Helm inzwischen abgenommen hat und dumpf vor sich hin starrt. Sanderson, der seine Fassung wiederzuerlangen versucht. *Elender Schwätzer, Verräter, Feigling.* Die drei Jungen, die zur falschen Zeit unterwegs waren.
Er selbst wird von niemandem beachtet. Selbst der Arzt ist, nachdem er ihn versorgt hat, wieder gegangen. Schmerz pocht in seinem Arm, den er mit der anderen Hand stützt, er ist seltsam taub und gefühllos. Folkerts unterdrückt ein Stöhnen. Er schiebt sich auf der Sitzbank näher in Richtung der halb geöffneten Schiebetür des Einsatzwagens und saugt die Morgenluft tief in seine Lungen. Das Mädchen dreht den Kopf, instinktiv. Sie runzelt die Stirn. Er zwinkert ihr zu. Dann erhebt er sich ungewohnt schwerfällig, steht auf wackeligen Beinen, sie drohen unter ihm nachzugeben. Die Ein- und Austrittswunde, der Durchschuss macht ihm mehr zu schaffen, als er gedacht hätte. Die Beamten sehen ihn nicht, sie nehmen noch immer keine Notiz von ihm.

*Dämliche Bullen. Was kann man erwarten. Zu nichts zu gebrauchen. Schaffen es grade noch, gegen nächtliche Ruhestörung und Ladendiebstahl vorzugehen.*
Das Mädchen beobachtet jede seiner Bewegungen und er richtet seinerseits die volle Aufmerksamkeit auf sie. Erst jetzt fällt ihm auf, wie hübsch sie ist, eine große schlanke Frau mit der kraftvollen Anmut einer Kriegerin. Ihre kinnlangen was-

serstoffblonden Haare sind dicht, leicht zerzaust von dem Helm, den sie getragen hat. Die Lippen schimmern zartrosa, als hätte sie frischen Lipgloss aufgelegt. Sie lächelt ihm unsicher zu. Er spürt Verlangen, sie zu küssen, sie zu halten, sie zu spüren. Vermutlich wird er sie niemals wiedersehen. *Lily.* Sie trägt denselben Namen wie seine erste Freundin. Auf einmal fällt alle Lethargie von ihm ab. Er heftet jenen brennenden abgründigen Blick auf sie, der den meisten Menschen Angst macht. Und er formt lautlose Worte. Versteht sie, was er von ihr will? Sie nickt beinahe unmerklich.

***

Marco Dettmers Augen sind auf seinen Kollegen Schmitz fixiert, während er in den Rettungswagen geschoben wird, und er überlegt, ob er irgendwelche *famous last words* sagen sollte. Die Medikamente, die Wassmer ihm gegeben hat, dämmen sein Hirn in Watte. Das Zeug ist gut. Er hat keine Schmerzen mehr, fühlt sich leicht, sorglos, als habe sein Geist sich vom Körper gelöst, als treibe er träumend an den Gestaden der Ewigkeit. *Feels like I'm knocking on heavens door.* Nein, noch nicht. Nicht mit 24 Jahren, dem Alter, in dem James Dean gestorben ist. Er nimmt seine Umgebung wie durch einen Schleier wahr, krallt sich an dieses Leben, indem er Schmitz

Hand, die seine noch immer umschließt, mit der Kraft eines Schraubstocks festhält.
„Alles ist gut“, sagt Schmitz leise. Er ist mit in den Einsatzwagen gestiegen, er setzt sich neben die Bahre, auf die sein Kollege gebettet ist. Er ist den Rettungssanitätern im Weg, es ist ihm egal. Es ist das mindeste, was er tun kann. In einem Kriegsepos hätte er den verletzten Dettmers vom Schlachtfeld getragen und hinter den Linien in Sicherheit gebracht. *He ain't heavy, he's my brother*, und all so was.

In einem Western hätte er die Kugel mit einem Messer entfernt und mit Hemdstreifen einen Verband und eine Armschlinge improvisiert.
Fiorino und Wassmer sehen der abfahrenden Ambulanz nach, die mit heulendem Blaulicht über den Bahnübergang rast und in die Konzilstraße einbiegt. Fiorino senkt den Kopf, er versucht die Fassung zu bewahren. Wassmer hingegen ist froh, dass er etwas für Dettmers hat tun können. Er war noch nie so froh, einem Menschen helfen zu können. *Den Rest,* denkt er, *müssen sie in der Klinik machen.* Es klingt selbst für einen Pathologen seltsam. *Es in der Klinik machen.* Als wollte er einen Hund einschläfern oder einen Kater kastrieren lassen. Laut sagt er: „Keine Sorge, Roger, er wird es schaffen. In ein paar Wochen wird er ganz der Alte sein, Du wirst sehen. Ich fürchte nur, es wird anstrengend mit ihm. Wie ich

Dettmers kenne, wird er die Geschichte jedem erzählen, der sie hören will."
„Ich weiß", sagt Fiorino und fühlt sich bereits besser, „und er wird jeder Sekretärin in der Direktion seine Narbe zeigen."
Er denkt an Mariska Lorenz und bemerkt nicht, dass Wassmer sich von ihm verabschiedet hat und zu seinem Sohn gegangen ist. Der sieht erschrocken auf, als er unvermittelt vor ihm auftaucht.
„Vater", krächzt Philipp. Er ist von der Bank aufgesprungen, die Decke rutscht halb von seinen Schultern. Er blinzelt. „Vater, was machst Du denn hier?"
„Das könnte ich Dich fragen", sagt Wassmer.
„Hören Sie, Doktor, es nicht so, wie es…", beginnt Jürgen von der Aach. Auch er ist aufgestanden und macht eine unbeholfene, schwankende Bewegung, wie eine misslungene Verbeugung. Wassmer schneidet ihm mit einer Handbewegung das Wort ab. Er ist einen Schritt auf Philipp zugetreten, steht ihm gegenüber, sie sehen einander an, ihre Blicke auf einer Höhe. Er registriert erstaunt, dass der Junge seine eigene Größe erreicht hat, es ist ihm zuvor nie aufgefallen. Sein Ärger ist schlagartig verflogen. Er wundert sich selbst. Noch vor ein paar Minuten hat er sich beherrschen müssen, ihn nicht zusammenzustauchen und ihm empfindliche Strafen anzudrohen, Hausarrest bis zur Volljährigkeit, vor allem, als er den Alkoholdunst bemerkt, der die drei umgibt. Nun ist sein einziges Gefühl Erleichterung. Er ist so sehr erleichtert, dass

ihm und seinen Freunden nichts geschehen ist, und hätte ihm beinahe alles verziehen. Und er hätte alles getan, um noch einmal die Zuneigung, das bedingungslose Vertrauen zu sehen, mit dem sein Sohn früher zu ihm aufgeschaut hat. Philipp, dem das schlechte Gewissen ins Gesicht geschrieben steht, kann davon nichts ahnen. Er hat die düstere Miene seines Vaters gesehen und keine Vorstellung von dem, was in ihm vorgeht. Er rechnet mit beinahe

allem, sogar mit einer Ohrfeige, obwohl er niemals zuvor geschlagen worden ist. Eigentlich ist er froh, dass er bei einem der nächtlichen Ausflüge ertappt worden ist, insgeheim hat er sich gewünscht, es würde passieren und der Vater müsste sich endlich mit ihm auseinandersetzen. Er steht abwartend, misstrauisch, und dann geschieht, was er als letztes erwartet hätte. Keine Strafe, keine Vorwürfe, stattdessen legt Wassmer nach ein paar reglosen Sekunden in einer raschen Bewegung die Arme wie schützende Flügel um seinen Sohn und zieht ihn an sich. Es ist etwas, das er lange nicht getan hat und das Philipp überrumpelt. Wassmer hat nicht mehr viel Übung, Menschen näher zu kommen. Er erwidert Begrüßungsküsse und Umarmungen, wenn sie anfallen, er kann Menschen trösten und beruhigen, wie er es bei Fiorino getan hat, doch er hat seit langer Zeit niemanden von sich aus in seinen Armen gehalten, nicht einmal die Frauen, mit denen er zusammen ist. Er

fürchtet, zurückgestoßen zu werden und ist froh, dass sich der Junge nicht gegen die Berührung wehrt.
Philipp wäre gern cool gewesen, hätte ihn abgeschüttelt und wäre wie Schwarzenegger oder ein anderer 80er-Jahre-Actionhero davon gestapft. Stattdessen werden seine Arme zu Verrätern, machen sich selbständig und ehe er selbst realisiert, was er tut, erwidert er die Umarmung, tollpatschig und ebenso unsicher wie sein Vater. Und er schmiegt das Gesicht an den Stoff seines Hemdes, es duftet nach einem herben Männerparfum, eines von der Sorte, die Frauen angeblich unwiderstehlich finden und Philipp beschließt, in den nächsten Tagen davon zu nehmen und zu testen, ob es auch bei den Mädchen in seiner Klasse wirkt.
Die Umstehenden sind gerührt über den Ausdruck in Wassmers Gesicht, über die Weise, wie er seinen Sohn festhält, über dessen Haare streicht, wie er die Decke, die halb herunterrutscht, fester um ihn zieht. Mehr braucht man über die Liebe eines Vaters nicht zu wissen. Gregor schluckt und blickt zu Boden. Er wünschte sehnsüchtig, sein eigener Vater würde ihn ein einziges Mal so behandelt, ihn so ansehen, auf eine solche Weise wahrnehmen. Dann lösen sie sich voneinander, beide sind verlegen. Die Magie ist verschwunden und Wassmers Miene nicht länger versöhnlich, sondern ernst und traurig. Philipp wendet sich ab, setzt sich wieder zu seinen Freunden, er bemerkt kaum ihr halbherziges Grinsen, mit dem sie die eigenen Gefühle zu kaschieren versuchen.

„Was ist mit dem Kripobeamten, der angeschossen worden ist?“, fragt er zaghaft, „er wird doch nicht sterben, oder?“
Drei Augenpaare sind ängstlich auf Doktor Wassmer gerichtet. Der schüttelt begütigend den Kopf und antwortet fester Stimme: „Nein, wird er nicht. Macht Euch keine Sorgen. Marco Dettmers ist schwer

verletzt, doch er wird im Klinikum sofort operiert werden und es gibt keinen Grund anzunehmen, dass es Komplikationen gibt. Er ist jung und kräftig. Er schafft es.“
Er versucht, sie zu beruhigen, wie Dettmers selbst es getan hat und tatsächlich entspannen sich ihre Gesichter. Gregor und Jürgen erheben sich von der Bank – *endlich,* fleht er in Gedanken, und lassen sie allein. Sie diskutieren im Davongehen, wie sie Dettmers eine Freude machen können. Eine CD für ihn brennen, Musik, die hart oder heavy ist. Der Mann steht auf Guns N’Roses.
Wassmer nimmt an ihrer Stelle auf der Parkbank Platz. Er wünschte, er hätte ein Drehbuch, an das er sich halten kann wie die Väter in Filmen, die in solchen Situationen sensibel und pädagogisch perfekt reagieren. Er bemerkt, wie erschöpft und überdreht der Junge ist nach den Szenen, die er erlebt hat. Philipp hingegen versucht, seine Tränen zurückzuhalten. Hastig wischt er mit dem Handrücken über die Augen. Er hofft, der Vater würde wieder gehen, zu seinen Kollegen, und ihn allein lassen. Wassmer zieht ein Päckchen Zigaretten aus

der Tasche. Es gibt ihm kurzen Aufschub, er muss nicht reden. Seine Hände zittern, er braucht drei Streichhölzer, sie anzustecken. Es ist die erste seit drei Monaten. So lange hat er durchgehalten, das zerknautschte Päckchen symbolisch mit sich herumgetragen. Er wird morgen damit fortfahren, nicht zu rauchen.
„Ist Dir eigentlich klar, was alles hätte passieren können?", sagt er schließlich durch den ausgeatmeten Qualm hindurch, „dass Ihr hättet getötet werden können? Was ist nur los mit Dir. Was geht in Dir vor, wenn Du Dich nachts herumtreibst?"
„Tut mir leid", sagt Philipp. Es ist nicht mehr als ein Flüstern.
„Ja, das sollte es auch", sagt Wassmer und wirkt dabei schroffer als er es meint. Er bemerkt es selbst und versucht, sich zu korrigieren. Er muss sich zusammenreißen. Philipp sieht elend aus, er zieht die Decke enger um sich. Er murmelt: „Ich weiß, ich mache Dir ziemlichen Ärger."
Wassmer zieht an der Zigarette. Er runzelt die Stirn: „Nein, keinen Ärger, Junge. Du machst mir Sorgen. Große Sorgen sogar."
Philipp fährt es in den Magen, als er es hört. Er wehrt sich mit aller Kraft gegen seine Gefühle. Notgedrungen kehrt er den harten Burschen heraus: „Wieso Sorgen", fragt er leichthin.
„Hör auf damit. Du weißt, was ich meine."
Philipp wird unbehaglich unter seinem forschenden Blick. Natürlich weiß er, worauf er hinaus will. Dass er auf ungelen-

ke Art versucht, an ihn heranzukommen. Darauf hat er all die Jahre gewartet.

Warum fällt es ihm so schwer, ihm zu vertrauen? Es hat damit zu tun, dass er ihn schon einmal im Stich gelassen hat.
Wassmer sagt: „Willst du mir nicht endlich sagen, was los ist, Phili?“ Es ist Ewigkeiten her, dass er ihn Phili genannt hat. „Ich weiß, Du hast in den letzten Monaten sehr viel mitgemacht, durch den Tod deiner Mama, die Trennung von Deinen Freunden und die neue Umgebung. Aber ich merke, dass da noch was anderes ist. Irgendwas quält Dich, es macht Dich krank und ich glaube, ich kann es nicht mehr länger mit ansehen.“
Philipp schaut verbissen zur Seite.
„Durch Deine nächtlichen Ausflüge ist es nicht besser geworden, nicht wahr?“, fährt Wassmer fort, „warum versucht Du nicht mal, mit mir zu reden?“
Inzwischen ist seine Zigarette bis zum Filter geraucht, er schnippt sie auf den Boden und zündet eine neue an.
„Kann ich einen Zug haben?“ fragt Philipp fast automatisch. Er rechnet nicht damit, dass er darauf eingehen würde, er will nur auf ein anderes Thema lenken und ist überrascht, dass er sie ihm tatsächlich reicht. Er zieht daran und gibt sie seinem Vater zurück. Der hat erwartet, dass er sich am Rauch verschlucken würde und sagt mit mildem Lächeln: „Ich sehe

schon, das ist nicht Deine erste. Hast wohl schon öfter heimlich gequalmt."

„Logisch, mit Frank zusammen. Der hat sie seinem älteren Bruder geklaut. Wir haben uns eingeredet, wir bekämen davon Haare auf der Brust."

Doktor Wassmer lacht leise und wird schnell wieder ernst. Philipp fällt auf, wie unglaublich jung und verletzlich er wirkt, mehr wie ein älterer Bruder. Er hat nicht mehr das Gefühl, mit einem Erwachsenen, einem Erziehungsberechtigten zu tun zu haben. Alles, was für ihn zählt, sind zwei verständnisvolle Augen, die die seinen suchen. Und bevor er anfangen kann zu reden von all den Dingen, über die er so lange geschwiegen und die er tief in sich verborgen hat, bricht seltsamer Tumult aus. Irgendwo von rechts wird gebrüllt: „Wassmer, Wassmer, schnell, kommen Sie."

Er springt auf, wendet sich seinem Sohn zu und sagt strenger als beabsichtigt: „Du wartest hier auf mich, Phil, hörst Du. Rühr Dich ja nicht von der Stelle."

Er nimmt seine Arzttasche auf und eilt in Richtung der Rufe. Mehrere Personen haben sich um die Frau versammelt, die nicht mehr schluchzend auf der Sitzbank kauert, sondern auf dem Boden liegt, lang ausgestreckt, leichenblass und reglos.

„Sie ist heruntergeglitten wie eine Puppe. War wohl alles ein wenig zuviel für sie", sagt ein junger Mann. Es klingt wie eine Rechtfertigung. Fiorino verzieht das Gesicht. *Ein wenig zuviel* ist die passende Umschreibung für das Geballere, das die Frau und ihre Partner veranstaltet haben. Wassmer braucht nur einen Augenblick, um festzustellen, dass es ihr bereits besser geht und sie das Bewusstsein wiedererlangt, ohne dass er selbst etwas getan hätte. Dennoch sind die Umstehenden beruhigt, erleichtert, als habe er allein dies bewirkt. Er lächelt väterlich beruhigend auf sie herunter.

„Na, es geht ja schon wieder“, sagt er und greift nach ihrem Handgelenk, um den Puls zu fühlen, „bleiben Sie ein wenig liegen. Nicht zu schnell aufstehen.“

„Ist gut“, flüstert sie und klingt für eine Frau ihrer Größe und Vitalität seltsam dünn und piepsig, wie ein schutzbedürftiges Kind. *Die tut doch nur so*, denkt Fiorino. Er findet es beinahe belustigend. Die Dame vor ihm, dessen ist er sicher, will Zeit schinden, durch den gespielten Zusammenbruch Mitleidpunkte sammeln. Und sie erholt sich erstaunlich schnell. Nach angedeutetem Liderflattern setzt sie sich auf, steht kurz danach aufrecht, ohne Anzeichen von Schwäche und Kreislaufproblemen.

Indes erhebt sich neuerlicher Lärm und sämtliche Köpfe drehen sich synchron zur Seite. Ein Polizeibeamter mit pausbäckigem Gesicht ruft etwas, das niemand verstehen kann, doch es ist unmissverständlich, was er meint, wohin er deutet. Der Einsatzwagen, in dem bis dahin Folkerts saß, ist leer, abgesehen von seinem Sakko, das achtlos auf der Rückbank liegt.

*Nein*, denkt Fiorino, *nein, bitte nicht. Das darf nicht wahr sein. Welcher Trottel hat da gepennt.*

Die Beamten, Wassmer, Sanderson, das Mädchen und der Motorradfahrer sehen zu ihm hin. Gespannt. Ratlos. Verwirrt. Folkerts ist verschwunden, er hat den kleinen Auflauf um seine Partnerin genutzt, sich abzusetzen. Wie in einem miesen Plot. *Nein, nein, nein.* Fiorino hätte es am liebsten laut gebrüllt. Er sieht schon das Feixen der älteren Kollegen, die sich und ihre jahrelange Erfahrung wieder einmal bestätigt sehen. Er ist nicht der Einzige, der fieberhaft überlegt, wie dies im Bericht formuliert, dem Chief mitgeteilt, gegenüber der Öffentlichkeit argumentiert werden kann. Andererseits hat er oder besser das Team den Fall Fleming aufgeklärt. Sie haben die Tatverdächtigen verhaftet. *Die meisten von ihnen*, sinniert er wütend. Sie haben ein Geständnis, eine nahtlose Beweiskette und auf der anderen Seite der Waagschale Folkerts, der sich dem Zugriff entzogen hat. Fiorino kann sich vorstellen, was sein Vorgesetzter dazu sagen wird.

***

Zur selben Zeit, als Fiorino geistesabwesend eine Zigarette entgegennimmt, die Wassmer ihm gibt, klingelt Folkerts energisch bei der Sanderson'schen Villa und wird von Maria, die sich dazu auf die Zehenspitzen stellen muss, umarmt.

Die alte Dame ist erfreut und erstaunt, den Neffen um diese Tageszeit zu sehen. Sie trägt einen altroséfarbenen Seidenmorgenmantel, hat ihre sich kringelnden Löckchen unter einem Haarnetz gebändigt, sie ist auf großmütterliche Weise niedlich und vertraut und er erwidert gerührt die Umarmung. Er schluckt die Rüge herunter, weil sie ihm derart arglos und ohne Nachfrage mitten in der Nacht geöffnet hat. Er schiebt sich an ihr vorbei durch die halbgeöffnete Tür, erklärt rasch, er müsse für ein paar Tage untertauchen. Sie nickt, zu verschlafen um sich zu wundern, erschrickt ein wenig, als sie den Verband und das geronnene Blut am zerrissenen Hemdsärmel bemerkt. Er tut es als harmlos ab, um sie nicht weiter zu beunruhigen.

Er ist sicher, dass er sich auf sie verlassen kann, dass sie niemandem von seiner Anwesenheit erzählen, seine Wunde versorgen, ihn pflegen und, sollte Joseph in der Villa auftauchen, ihn selbst vor ihm verstecken wird. Und dass sie keine Fragen stellt. Sie hat niemals Fragen gestellt hat. Nicht ihm, nicht Thomas gegenüber, und hat dennoch, dessen sind sich beide bewusst, die Zusammenhänge verstanden. Er spürt leises Bedauern, ihr schon wieder, wieder einmal, wie so oft, Kummer zu bereiten. Und er grinst zugleich bei der Vorstellung, in Sandersons Villa Schutz und Unterschlupf zu bekommen, während der sich in Polizeigewahrsam befindet.

Maria blickt verstohlen um sich und schließt die Tür. Er ist in Sicherheit.

Als die Zigarette bis zum Filter geraucht ist, beschließt Fiorino, sich nicht weiter aufzuregen. Der Einsatz, der erste, bei dem er die Leitung hat, ist gut gelaufen. Mit einer Einschränkung.

„Wenn Dettmers hier gewesen wäre, wäre der Kerl niemals entwischt“, murmelt er. Die Fahndung nach Folkerts läuft bereits auf Hochtouren.

„Schon möglich“, gibt Wassmer zurück.

Sie paffen vor sich hin, Fiorino hat eine neue angezündet. Er sagt leichthin, mit aufgesetzt lässiger Miene: „Er musste ja wieder den Superbullen spielen. Du kennst ihn doch. Jungfrauen und Kinder retten.“

„Wie meinst Du das?“, fragt Wassmer.

„Er hat die drei Jungen während der Schießerei zur Seite gezogen, dabei hat es ihn selbst erwischt“, sagt Fiorino. Er wundert sich, dass Wassmer nicht informiert ist.

„Du meinst, er hat meinen Sohn gerettet?“

„Deinen Sohn?“

Fiorino ist anzusehen, wie sein Gehirn die Informationen in Zusammenhang bringt, dass er begreift und sich fragt, warum er nicht selbst darauf gekommen ist. Philipp hat ihnen gesagt, dass sein Vater Arzt ist und es gibt in Konstanz nur einen einzigen Mediziner dieses Namens. Wie blind kann man sein.

Wassmer kommt ihm mit der Antwort zuvor: „Sag nichts“, murmelt er, starrt entrückt an ihm vorbei auf den See.

„Wenn Du irgendwann Kinder hast, Roger, mach es besser als ich."
*Wenn Du irgendwann Kinder hast.* Der Satz tönt in Fiorinos Kopf und vermischt sich mit dem, den Dettmers einst zu ihm gesagt hat. *Sie werden sicher mal ein guter Vater, Chef.* Und er tröstet seinen Freund: „Ich denke, Dein Sohn ist gut geraten", sagt er. „Und was immer zwischen Euch vorgefallen ist, Du hast Zeit, es gerade zu biegen."
Mit dieser Antwort hat Wassmer nicht gerechnet, er ist ihm dankbar, weil er bestätigt, was er selbst sich verzweifelt vorgesagt hat. Dass sie eine zweite Chance bekommen werden und sie bekommen haben. Nicht zuletzt, weil Dettmers mutig genug war, zu tun, was er getan hat.
Wassmer wendet sich Philipp zu, der neben ihn getreten ist. Sein Gesicht verzieht sich zu einem Lächeln und er sagt den Satz, den der Junge von allen Sätzen im Kino am meisten liebt. Ebenso wie die Drehbuchautoren, die ihn in zahlreiche Filme eingearbeitet haben. Er liebt ihn mehr als „*Ich komme wieder*" oder „*Ich mache ihm ein Angebot, das er nicht ablehnen kann.*" Mehr als „*Möge die Macht mit Dir sein.*" Es ist der am häufigsten zitierte Satz der Filmgeschichte. Er sagt: „*Lass uns nach Hause gehen.*"

Ende